ULRIKE BAROW

Baltrumer Zukunft

VERSENKT Das Ehepaar Becker und Markus Knube kommen als Fernsehteam nach Baltrum, um einen Bericht über die Gruppe »Baltrumer Zukunft« zu drehen, welche die Insel touristisch voranbringen will. Tonassistent Knube trifft auf der Baltrum III unerwartet auf eine berühmte Schauspielerin, deren Anwesenheit nach Wunsch ihres Mannes jedoch auf keinen Fall öffentlich gemacht werden darf. Auf der Insel angekommen, läuft ihm ein alter Bekannter über den Weg. Jann Kannings, ein ehemaliger Bewohner des Hambacher Forsts, möchte nicht an die Zeiten erinnert werden, die er mit Knube dort verbracht hat. Und auch Fiete Peters, ein sehr eigenwilliger Insulaner, ist von seiner Anwesenheit nicht gerade begeistert. Es dauert nicht lange, bis Knube tot aus dem Hafenbecken geborgen wird. Viele haben ein Motiv, aber wer ist wirklich für den Tod des Mannes verantwortlich? Wieder einmal ist es an der Zeit, dass dem Inselpolizisten Michael Röder und seinem Hilfssheriff Wille Weerts die Kollegen aus Aurich zu Hilfe kommen.

Ulrike Barow wuchs in Gütersloh auf und machte eine Ausbildung zur Buchhändlerin. Danach zog es sie zum Lieblingsurlaubsort ihrer Kindheit, der kleinen Nordseeinsel Baltrum. Dort lernte sie ihren Mann kennen und arbeitete im Einzelhandel sowie im familieneigenen Vermietungsbetrieb. Nebenbei verfasste Ulrike Barow Artikel für die Lokalzeitung. Vor einigen Jahren griff sie die Idee auf, Baltrum-Krimis zu schreiben. Viele Kurzgeschichten sind seitdem ebenfalls entstanden. Inzwischen lebt sie mit ihrer Familie nicht nur auf der Insel, sondern auch in der schönen ostfriesischen Stadt Leer.

ULRIKE BAROW

Baltrumer Zukunft

INSELKRIMI

GMEINER

Immer informiert

Spannung pur – mit unserem Newsletter informieren wir Sie regelmäßig über Wissenswertes aus unserer Bücherwelt.

Gefällt mir!

Facebook: @Gmeiner.Verlag
Instagram: @gmeinerverlag
Twitter: @GmeinerVerlag

MIX
Papier aus verantwortungsvollen Quellen
FSC® C083411
www.fsc.org

Besuchen Sie uns im Internet:
www.gmeiner-verlag.de

Im Ehnried 5, 88605 Meßkirch
Telefon 07575/2095-0
info@gmeiner-verlag.de

1. Auflage 2022

Lektorat: Claudia Senghaas, Kirchardt
Herstellung: Mirjam Hecht
Umschlaggestaltung: U.O.R.G. Lutz Eberle, Stuttgart
unter Verwendung eines Fotos von: © CLOVERFIELD / stock.adobe.com
Druck: CPI books GmbH, Leck
Printed in Germany
ISBN 978-3-8392-0103-9

Personen und Handlung sind frei erfunden.
Ähnlichkeiten mit lebenden oder toten Personen
sind rein zufällig und nicht beabsichtigt.

MONTAG

1

Klara Becker atmete tief durch. Es war geschafft. Markus hatte die Fähre erreicht. Der Tontechniker war bekannt für seine Unpünktlichkeit. Zwar gab es am Abend eine weitere Abfahrt von Neßmersiel, aber so war es besser. Bertus war im Vorfeld bereits wegen des möglichen Nichterscheinens des Kollegen stinksauer gewesen und hatte auf der Fahrt von Hannover bis an die Küste nur gemeckert. Bis sie ihm, was selten vorkam, über den Mund gefahren war. Aber das hatte sich nun erledigt.

Lachend ließ sich der Mann mit der halben Glatze auf die Bank gegenüber fallen. »Mensch, Leute, was haben wir für ein Glück mit unserem Job. Beinahe täglich lernen wir neue Gegenden und Menschen mit ihren unterschiedlichen Schicksalen kennen. Einfach super.«

»Nun übertreib mal nicht«, murmelte Bertus, »stundenlanges Autofahren, versagende Technik und Typen, die nicht wissen, worüber sie reden, gehören auch zum Geschäft.«

»Klar. Trotzdem – mit jedem Treffen können wir bei den Menschen etwas bewegen, wenn wir es richtig anstellen. Man muss nur den richtigen Ton und das passende Thema haben, oder?«

Klara stand auf. »Ich hole uns einen Kaffee. Wer möchte?«

Bertus schüttelte den Kopf, und Markus zog einen Metallbehälter raus. »Danke. Du weißt ja …«

Ja, sie wusste, dass Markus jeglicher konventioneller

Nahrung abgeschworen hatte. Vermutlich befand sich wieder einmal extrem ökologisch angebauter Ingwertee in der Kanne.

Sie ging zu dem Stand, in dem ein Besatzungsmitglied die Kaffeemaschine bediente, und bat um einen Becher Milchkaffee.

»Kaffee kann ich Ihnen geben. Milch und Zucker stehen dort.« Er deutete auf ein Tablett.

Sie bezahlte, goss Milch in den Becher in der Hoffnung, dass sich das Getränk zügig abkühlte, und ging vorsichtig jonglierend zum Außendeck. Sollten sich die Männer allein vergnügen. Es war ziemlich kühl für Ende Oktober. Trotzdem war der eine oder andere Stuhl auf dem Oberdeck belegt. Sie wunderte sich, dass doch einige Menschen auf die Insel fuhren, denn die Herbstferien waren vorbei.

Es war nicht ihre erste Überfahrt, doch die erste mit der *Baltrum III*. Soweit ihr bekannt war, wurde dieses Schiff im Sommer für Ausflugsfahrten genutzt und im Winter, wenn die große *Baltrum I* in der Werft war, im Linienverkehr eingesetzt. Schon im Frühjahr hatte sie im Auftrag eines Fernsehsenders mit Bertus, ihrem Mann, und Markus Knube zu Recherchezwecken die Insel besucht. Damals war es um die Franzosenzeit gegangen, also die Jahre, in denen die Insulaner unter der Knechtschaft Napoleons gelitten hatten. Sie hatten das Heimatmuseum besucht und geschichtsinteressierte Einwohner befragt. Tatsächlich gab es in einigen Familien Unterlagen, die von der Zeit um 1806 zeugten. Damals wurde geschmuggelt, was das Zeug hielt, damit man dem Hungertod entkam.

Jetzt ging es um ein anderes Thema, das weitaus weniger dramatisch war. Es ging um die Zukunft Baltrums. Denn genauso hatte sich eine Gruppe Insulaner betitelt, die auf der Insel neue Wege gehen wollte. Sie hatte bereits einige der Mitglieder befragt, ob sie vor der Kamera Rede und Antwort stehen würden, und die meisten hatten spontan zugesagt. Sie würden in den nächsten drei Tagen mit Eva Hinrichs reden. Ihr gehörte der Bioladen, und Markus hatte darauf bestanden, sie einzubinden. Dann waren da ein Architekt, von dem sie sich nur an den Vornamen erinnerte, Fiete nämlich, und Julia Coordes auf ihrer Liste. Frau Coordes gehörte dem Vorstand der *GENOBA*, einer Wohnungsbaugenossenschaft an, die sich für bezahlbaren Raum für Angestellte einsetzte. Gleichzeitig war sie die Wortführerin einer Gruppe, die sich *Baltrumer Zukunft* nannte. Was genau dahintersteckte, würde sie sicherlich am nächsten Tag erfahren.

Das Schiff bog aus der Neßmersieler Hafeneinfahrt heraus. Ein kräftiger Wind wirbelte ihre Haare durcheinander. Es wurde ungemütlich. Klara nahm einen Schluck Kaffee, aber es half nicht wirklich. Gerne hätte sie sich die Seehunde im Norderneyer Osten aus der Nähe angesehen, aber im Gegensatz zu den Menschen um sie herum trug sie keine kuschelige Strickmütze. Die lag wohlverwahrt auf der Bank im Inneren des Schiffes. So hatte der Wind freies Spiel. Sie beschloss kurzerhand, die niedlichen Robben durch das Fenster zu bestaunen, und ging entschlossen zurück zu ihren beiden Männern. Aber nur Bertus saß dort, wo sie die beiden zurückgelassen hatte. Er fummelte an seinem Handy herum. Wie üblich. »Wo ist Markus?«, fragte sie ihren Mann.

Der zuckte mit den Schultern. »Keine Ahnung. Der hatte eine Eingebung oder so. Er meinte wohl, jemanden Bekanntes gesehen zu haben. Frag ihn selbst. Da kommt er.« Bertus deutete auf die Treppe, die ins Unterdeck führte.

Neugierig schaute sie Markus entgegen. Seinem Gesichtsausdruck ließ sich nichts entnehmen.

Er ließ sich auf die Bank fallen und schwieg, was für den Tonassistenten eher ungewöhnlich war.

Klara wartete einen Moment, dann fragte sie: »Willst du uns nicht erzählen, was du erlebt hast?«

»Was ich erlebt habe? Etwas sehr Seltsames, genaugenommen«, flüsterte er. »Ich bin aufgestanden, um mir die Beine zu vertreten. Unten habe ich zwei Menschen sitzen sehen. Einen Mann und eine Frau.«

»Seltsam. Sehr seltsam. Tatsächlich. Da sitzen ein Mann und eine Frau. Das muss in die *Tagesschau*.« Bertus schaute kurz auf, bevor er sich wieder seinem Handy zuwandte.

Sie hätte ihn würgen können. Zehn Jahre war sie mit diesem Kerl verheiratet, und jedes Jahr war er ein bisschen ekeliger geworden. Aber es hatte bald ein Ende. Der Besuch beim Scheidungsanwalt war für nächste Woche vorgesehen. Danach gab es kein Zurück mehr. »Also, was war mit den beiden?«

»Die Frau. Ich habe sie sofort erkannt, obwohl sie eine Mütze trug. Und das hier drinnen. Sie hatte den Kragen ihres Mantels hochgeschlagen und ihren Schal vor dem Mund. Es war Dora Warfsmann. Ganz eindeutig.«

Donnerwetter. Das war ein Ding. Dora Warfsmann. Wenn sie die vor die Linse kriegten, das wäre ein echtes Highlight. »Was ist mit dem Mann? Hast du den auch erkannt?«

Markus schüttelte den Kopf. »Nein. Aber es war so seltsam. Er redete leise, aber intensiv die ganze Zeit auf die Frau ein. Als ich kurz anhielt, weil ich so überrascht war, die Frau zu sehen, schaute der mich ganz böse an. Die Frau blickte in meine Richtung, und ich kann schwören, dass sie etwas bedrückte.«

»Bist du ganz sicher, dass es sich um die Warfsmann handelt?«

Markus zögerte. »Am besten überzeugst du dich selbst. Sie sitzen dort unten. Sie hatte ihr Gesicht fast verdeckt. Aber trotzdem – ja, ich bin ziemlich sicher.«

Klara stand auf. »Bin gleich wieder da.« Sie ging in die Richtung, aus der Markus gekommen war. Aufmerksam schaute sie sich die Menschen um sie herum an. Einige packten bereits ihr Handgepäck zusammen. Nicht mehr lange, und die *Baltrum III* würde den Baltrumer Hafen erreichen. Sie stieg die Treppe hinab in den unteren Bereich. Nur zwei Familien mit Kindern und eine einzelne Dame saßen dort. Sie ging wieder nach oben und raus zum Außendeck. Aber auch hier sah sie keine Frau, bei der sie eine Ähnlichkeit mit der bekannten Schauspielerin und Sängerin erkannt hätte. Zurück bei den Männern griff sie ihren Rucksack. »Kommt, lasst uns die Ersten sein, die vom Schiff gehen. Dann können wir auf dem Anleger alle beobachten, die nach uns die Fähre verlassen«, forderte sie die beiden auf. Doch nur Markus schien damit einverstanden.

Bertus verdrehte die Augen. »Seid ihr jetzt ganz verrückt geworden? Das sind Paparazzi-Methoden. Habt ihr vergessen, warum ihr hier seid?«

Nein, hatten sie nicht. Ihr Job war es, nette Einwohner zu befragen und daraus einen Film zu machen, der hoffentlich vom Sender angenommen wurde. Bertus hatte recht. Dennoch – wenn sich die Warfsmann auf Baltrum aufhielt, könnte sich daraus eine prächtige Story ergeben.

»Schon gut. Besinnen wir uns auf unseren Job und gehen ins Hotel. Dann sehen wir weiter.« Sie hängte sich den Rucksack um, ohne auf Markus zu achten. Sie war sich sicher, dass er mit ihrer Entscheidung nicht unbedingt einverstanden war.

Als der Landgang bereit war, zeigte sie ihre Fahrkarte vor und verließ zügig das Schiff. Sie schaute sich nicht einmal um, ob die Männer ihr folgten. Dort, wo die Handkarren der Hotels standen, sah sie den jungen Mann, der für ihr Gepäck zuständig war.

»Kenny Janssen«, stellte er sich vor. »Sie sind …?«

»Klara Becker. Mein Mann und Markus Knube sind auf dem Weg zu Ihnen. Wir sind wegen der Filmaufnahmen hier.«

»Welche Nummer hat Ihr Container?«

»105. Wir haben auch Einiges an technischem Kram mit. Normalerweise haben wir auch immer einen Bollerwagen zum Transport auf der Insel dabei, aber da ist uns in letzter Minute die Deichsel abgebrochen«, antwortete sie. »Mein Mann zeigt Ihnen, was alles uns gehört. Ich gehe schon mal vor.«

»Alles klar. Wir kommen mit dem Gepäck nach«, versprach Janssen.

Sie atmete ein paar Mal tief durch, dann reihte sie sich in den Strom der Gäste ein. Wie schön, wieder auf der Insel zu sein. Rechts der Hafenstraße sah sie ein kleines Flugzeug Fahrt aufnehmen, links grasten friedlich zwei kräftige Braune. Das Hotel *Sonnenstrand* war nicht weit entfernt. Sie hoffte, dass sich Bertus, wie abgesprochen, um das Gepäck kümmerte. Schließlich konnte der Hausmeister nicht ahnen, welche Taschen und Kisten in den Holzcontainern zu ihnen gehörten. Rechts sah sie das Nationalparkhaus. Ob sie die Chefin des Hauses auch in ihre Berichterstattung aufnehmen sollte? Abwarten, ermahnte sie sich. Zunächst würde sie mit den Menschen sprechen, mit denen sie bereits einen Termin vereinbart hatte. Sollte sich dabei herausstellen, dass der eine oder die andere vor der Kamera völlig ungeeignet war, konnte sie immer noch nach anderen Gesichtern Ausschau halten. Markus hatte den Auftrag übernommen, nach dem Mittagessen den Bioladen aufzusuchen, in der Hoffnung, Eva Hinrichs anzutreffen. Ein kurzes Gespräch vor den eigentlichen Aufnahmen war stets sinnvoll, damit die Interviews zügig abgewickelt werden konnten. Denn so viel Zeit blieb gar nicht. Jede Nacht im Hotel kostete Geld. Und nächste Woche wartete der unangenehme, aber unumgängliche private Termin. Danach würde sie sich mit ziemlicher Sicherheit einen neuen Kameramann suchen müssen, denn ein weiterer Auftrag wartete bereits.

2

»Haben Sie lose Eier?«

Sandra Röder bemerkte eine kräftige Röte, die sich augenblicklich auf Janns Wangen breitmachte. Einen kleinen Moment schwieg er, dann versuchte er sich an Worten, doch es kam nur ein leichtes Krächzen über seine Lippen.

»Junger Mann, ich meine die, die Sie auf der Platte haben und einzeln verkaufen. Das letzte Mal, also gestern, waren sie ausverkauft.« Die graugewellte Frau mit dem Rollator bückte sich über ihre Einkaufstasche und zog einen leeren Sechserpack heraus. »Ich hasse es, jedes Mal die Verpackung wegschmeißen zu müssen, daher kaufe ich lieber lose. Außerdem benötige ich nur vier Eier. Ich komme schließlich spätestens übermorgen wieder rein.« Sie lächelte. »Ich hätte es vielleicht anders ausdrücken sollen. Tut mir leid. Ich wollte Sie nicht in Verlegenheit bringen.«

Jann Kannings winkte ab. Offensichtlich hatte er die Abgeklärtheit seiner 25 Jahre wiedergefunden. »Kein Problem«, erwiderte er nonchalant. Er nahm den leeren Sechserträger und füllte ihn mit der gewünschten Anzahl Eier. »Es sind Bruderhahneier, daher auch etwas teurer.«

»Das weiß ich. Hauptsache, sie schmecken. Was bekommen Sie?«

»Zwei Euro 90.«

Die Kundin öffnete bedächtig ihre Geldbörse, suchte Kleingeld zusammen und legte Stück für Stück auf den

Tresen. »So, das müsste passen.« Sie verstaute die Eier und verließ fröhlich winkend den Laden.

Jann lachte. »Habe ich meine Verkäuferprüfung bestanden?«

»Hast du. Deshalb lasse ich dich jetzt allein. Deine Chefin wird in etwa einer halben Stunde wieder da sein. So lange musst du den Laden allein schmeißen. Wir haben dich …«, jetzt lachte auch Sandra, »… schließlich nicht zum Spaß eingestellt. Wir brauchen deine Hilfe.«

»Alles klar. Ich räume die Regale auf und hoffe auf eine Menge Kunden.«

»Ach, die Dame von eben war unsere Nachbarin, Meentje Schippers. Du wirst sie schon öfter hier gesehen haben, und nun kannst du sie mit Namen begrüßen. Macht sich immer gut.«

Sandra Röder ging in den hinteren Bereich, nahm ihre Jacke und fuhr nach Hause. Sie spürte eine leichte Beklemmung. Amir, ihr Heidewachtel, war krank. Er hatte sich vor einigen Tagen beim Gassigehen den rechten Hinterlauf vertreten, und anstatt, dass sich die Lage besserte, hatten Michael und sie das Gefühl, dass die Schmerzen im Bein schlimmer wurden, denn Amir reagierte immer ungehaltener, wenn sie ihn nach draußen baten. Auch sein Appetit hatte stark nachgelassen. Aber gleich würde der Tierarzt kommen. Zumindest hatte er sich heute Morgen telefonisch angekündigt. Sandra setzte große Hoffnung in den Besuch. Sie wollten Amir nicht verlieren. Aber den Hund mit großen Schmerzen weiterleben zu lassen, war auch keine Lösung. Sie atmete tief durch. Noch war es nicht soweit.

In der Wohnung war es still, bis auf das leise Jaulen des Hundes. Sie wunderte sich, dass ihr Mann nicht da war.

Aber wahrscheinlich saß er in der Wache nebenan und erledigte Papierkram. Sie ging in die Küche und kniete sich neben das Körbchen. »Na, mein Guter, gleich wird dir hoffentlich geholfen.« Sie konnte die Schmerzenslaute und den Blick aus den braunen Hundeaugen kaum ertragen. Aber es nützte nichts. Sie musste auf den Fachmann warten. Sandra stand auf und warf die Kaffeemaschine an. Doktor Menzel hätte bestimmt auch nichts gegen eine Tasse einzuwenden.

Kaum war der Kaffee durchgelaufen, klopfte es schon. Typisch, dachte sie, Männer finden immer genau den Zeitpunkt, wenn Essen oder Trinken fertig ist.

»Kommen Sie rein«, rief sie, und gleich darauf stand der Tierarzt, der für seine Patienten immer mit dem Flieger von Norderney anreiste, in der Küche. Sie begrüßte den Mann, den sie bereits von einem früheren Besuch kannte, deutete auf Amir und berichtete von seinem gesundheitlichen Problem. »Aber wenn Sie erst einen Kaffee möchten – er ist gerade fertig geworden.«

»Nein, erst die Arbeit, dann das Vergnügen«, erwiderte der Arzt freundlich. »Außerdem ist Amir hier und heute mein dritter Patient, und ich habe überall bereits eine Tasse getrunken. Was ich jedoch prima finde. Ich bin leidenschaftlicher Kaffeetrinker.« Er setzte seine Tasche ab und beugte sich zu Amir. »Dann wollen wir mal.« Vorsichtig tastete er das Bein ab.

Plötzlich jaulte Amir laut auf.

»Ich schätze, er hat eine Zerrung im Oberschenkel.« Der Arzt öffnete seine Tasche. »Ich lege ihm einen Stützverband an und lasse Medikamente gegen die Schmerzen da. Sollte sich sein Zustand nicht in Kürze verbessern, rate ich zu einer Röntgenaufnahme bei einem Tierarzt am

Festland. Normalerweise habe ich mein mobiles Röntgengerät dabei, aber es ist vorgestern ausgefallen. Das neue erwarte ich erst morgen und bin erst in der übernächsten Woche wieder hier. Ich weiß, die Fahrt ans Festland ist umständlich, aber der Schmerz könnte auch andere Ursachen haben, die ich durch Abtasten jetzt nicht feststellen kann. Ein Bruch ist es nicht, da bin ich mir sicher.« Er umwickelte das Bein, dann sagte er: »Ruhe ist die erste Hundepflicht. Ich rate zu möglichst wenig Bewegung in den nächsten Tagen.« Und nach einer kurzen Pause: »Das gilt natürlich nur für den Hund. Sie und Ihr Mann dürfen gerne Sport treiben!«

»Na prima«, antwortete Sandra. »Wie gut, dass Sie das gesagt haben. Sonst hätte ich mich die nächsten Tage nicht mehr vom Sofa wegbewegt. Möchten Sie jetzt einen Kaffee?«

»Gerne. Ich habe nur kurz Zeit, aber dafür immer. Ich muss nach einem Kutschpferd schauen. Es soll laut Besitzer in letzter Zeit ziemlich kurzatmig daherkommen. Mal schauen, ob ich helfen kann.« Er nahm einen kräftigen Schluck aus der Tasse, dann noch einen.

»Die Tiere haben hier auch ordentlich zu tun. Seien es die mit Menschen besetzten Kutschen oder die Wagen der Spedition, vollbeladen mit Waren für die Insulaner – alles hat sein Gewicht und muss von den Pferden bewegt werden.« Doktor Menzel stand auf. »Und noch eines: kühlen, kühlen, kühlen. Das wird dem Hund guttun. Die Rechnung schicke ich. Melden Sie sich bitte, wenn Ihr Hund meine Hilfe braucht.«

»Das mache ich auf jeden Fall.« Sandra begleitete den Arzt nach draußen. Ein kräftiger Wind fegte um die Hausecke. Sie hätte jetzt sicher keine Lust, mit einem kleinen

Flieger unterwegs zu sein. Selbst wenn es nur die kurze Strecke von Insel zu Insel war.

Sie schaute auf die Uhr. Es war erst 11.30 Uhr. Ob sie zurück in den Laden fahren sollte? Sie war sich nicht ganz sicher, ob Jann auf alle Fragen der Kunden bereits eine Antwort wusste. Es war ein großes Glück, dass Jann urplötzlich aufgetaucht war und nach Arbeit für die nächsten Wochen gefragt hatte. Eva hatte zunächst gezögert, aber dann eingewilligt. Zumal sie der neuen Gruppierung *Baltrumer Zukunft* damit mehr Zeit widmen konnte. Aber jetzt sollte Eva wieder im Laden sein, also konnte sie ruhig zu Hause bleiben und ihre Freundin Wiebke anrufen, solange Michael nicht auftauchte.

Sie hatte Glück. Wiebke Kleemann war daheim und nicht gerade auf dem Feld, um Kohlrabi zu ernten.

»Wie schaut es aus? Steht der Termin?«, fragte Sandra ohne lange Vorrede, denn jeden Moment konnte Michael seine Nase zur Tür reinstecken.

»Von uns aus, ja. Alle haben den Termin eingetragen. Sogar Müller, Michaels Chef, kommt mit. Näheres weiß Arndt. Aber der ist gerade im Dienst.«

»Das hört sich sehr gut an. Ihr könnt mir eine Nachricht schicken, wie viele ihr seid. Dann gebe ich das an Henning und Birgit durch. Die haben schon ein paar Zimmer reserviert«, antwortete Sandra.

»Dein Mann ahnt immer noch nichts?«, fragte Wiebke.

»Bestimmt nicht«, lachte Sandra, dann horchte sie und flüsterte: »Ich glaube, er kommt. Wechseln wir das Thema.« Als der Inselpolizist Michael Röder die Küche betrat, hörte er nur Worte wie Grünkohl, Möhren und Bio-Frischmilch in Flaschen.

Bald darauf beendete Sandra das Gespräch mit ihrer

Freundin und berichtete vom Besuch des Tierarztes. »Spaziergang ist untersagt«, erklärte sie. »Nur zur Abwicklung des großen und kleinen Geschäftes soll er nach draußen.«

»So machen wir es«, sagte Röder. »Und wie geht es meinem Freund Arndt?«

»Er ist im Dienst. Also muss es ihm gut gehen.«

Röder lachte. »Ja, das denke ich auch. Allerdings schätze ich, dass es ihn auch mal wieder nach Baltrum zieht. Einfach so. Ohne, dass ein Einsatz auf ihn wartet. Wenn er nicht kommt, werde ich ihn besuchen. Meine Vespa wartet schon ungeduldig in Neßmersiel auf mich.«

»Hast du da schon einen Termin im Auge?«, fragte Sandra ahnungsvoll.

»Ich dachte so an das Wochenende in 14 Tagen. Dann ist Wille noch hier, und ich kann mir problemlos freinehmen. Was hältst du davon?«

»Das wäre … hätte …« Sie riss sich zusammen. »Das wäre zu besprechen. Mal schauen, was dann anliegt.« Sie stand auf. »Ich muss zu *Stadtlander*. Ich habe eine Jacke für mich bestellt. Die soll heute ankommen.«

»Dann werde ich mal wieder die Wache besetzen. Wille ist auf Streife.«

Fast fluchtartig verließ Sandra die Küche. Wie konnte sie ihren Mann nur von seinen Reiseplänen abbringen? Sie musste unbedingt noch einmal mit Wiebke sprechen.

3

Hagen Krasmer hatte es kaum glauben wollen, als sein Vermieter per Mail mitgeteilt hatte, dass der Schlüssel in der Haustür stecken würde. Doch genau so war es. Als sie ankamen, genügte ein kleiner Dreh, und sie konnten das Häuschen betreten.

Er ließ Dora den Vortritt. Sie juchzte verhalten. »Meine Güte, das ist schön hier. Schau mal, die blauen Kacheln dort hinter dem Ofen. Wie gemütlich! Danke, dass du mich zu diesem Urlaub überredet hast.«

Hagen nickte nur kurz. Sollte sie es Urlaub nennen. »Ich hole die Koffer rein. Bis gleich.« Er nahm erst den eigenen von der Wippe, was zur Folge hatte, dass der Handkarren mit lautem Krachen unter dem Gewicht von Doras Koffer nach hinten schlug. Klar. Das musste so kommen. Er hatte die Karre verkehrt beladen. Dabei hätte er es besser wissen müssen.

Er stellte den Koffer im Schlafzimmer ab und wollte den zweiten holen, als Dora ihn von hinten umfasste. »Schatz, gehen wir gleich an den Strand?«

Er blieb stehen, löste ihre Arme vorsichtig und drehte sich um. »Wir müssen erst einmal ankommen.« Er deutete auf den Koffer. »Während du auspackst, werde ich einkaufen.«

Sie schaute ihn mit fragenden Augen an. »Gehen wir nicht essen?«

Er schüttelte den Kopf. »Nein, heute nicht. Ich habe keine Lust. Ich hole uns etwas.«

Er sammelte seine ganze Kraft, um Doras Koffer in das Häuschen zu bringen. Vergeblich hatte er zu Hause versucht, ihr zu erklären, dass sie mit weniger Dingen auskommen konnte. Aber sie hatte sehr ungehalten reagiert. So hatte er sie packen lassen. Es waren schließlich nur kurze Wege.

Er half ihr, den Koffer auf das Bett zu legen und ihn zu öffnen. Sofort quollen ihm mehrere Paar Schuhe und die prall gefüllte Kosmetiktasche entgegen, als hätten die Teile nur darauf gewartet, befreit zu werden.

Dora lachte. »Schau mal. Das ist wie neulich. In diesem Theaterstück. Wie hieß es noch?«

Gute Frage. Er wusste es nicht. »Ist doch egal. Du packst jetzt aus, und ich gehe los«, sagte er behutsam, nahm seine Geldbörse und schloss die Haustür hinter sich ab.

Er nahm das Fahrrad, das, ebenfalls mit dem Vermieter abgesprochen, auf ihn wartete, klemmte die Wippe dahinter und fuhr ins Westdorf. Wenn er dem Internet Glauben schenken durfte, gab es zwei Lebensmittelmärkte auf der Insel. An einem würde er schon vorbeikommen. Er fuhr an den Wiesen vorbei, auf denen einige Pferde grasten, und bog kurz vor dem Hafen rechts ab. Ein wenig ging es aufwärts, dann sah er ein hölzernes Gestell mit einer Glocke und dahinter eine kleine Kirche. Rechts daneben zeigte ihm ein leuchtendes Werbeschild, dass er eine Einkaufsmöglichkeit gefunden hatte.

Er ging hinein und packte Milch, Butter, Kartoffeln, Obst und alles außer frischen Brötchen, was sie in den nächsten Tagen zum Frühstück, Mittag- und Abendessen benötigten, in den Einkaufswagen. Auch eine Flasche Wein und ein paar Kekse durften nicht fehlen. Wie gut, dass er die Wippe dabeihatte. Dora würde sich sicher wundern, wenn sie das alles sah, aber es nützte nichts. Sie würden sich ihre Mahlzeiten in der Wohnung zubereiten. Hagen stöhnte leise. Es war nicht einfach, wenn alles auf seinen Schultern lastete. Aber er tat es für Dora.

»129 Euro und 35 Cent«, holte die Kassiererin ihn aus seinen Gedanken. Er legte die restliche Ware wieder in den Einkaufswagen, schob ihn nach draußen und packte die Wippe voll.

»Guck mal, Mama, der Mann hat aber viel. Gibst du uns was ab?« Ein kleiner Junge mit blondem Haarschopf griff, noch ehe Hagen reagieren konnte, nach den Keksen.

Doch die Mutter des Jungen reagierte schnell, nahm ihrem Sprössling die Kekse wieder ab und legte sie zurück. »Entschuldigung. Kleine Jungs müssen noch viel lernen«, sagte sie lächelnd. »Aber große manchmal auch. Kekse sollten nach dem Einkauf immer unten liegen. Das vermindert die Diebstahlrate. Und«, sie zeigte zum Himmel, »die Schmelzrate, wenn die Sonne scheint und es sich um Schokoladenkekse handelt.«

»Sie haben recht«, erwiderte Hagen freundlich. Tatsächlich war die Sonne herausgekommen. Allerdings zeigte das Thermometer sicher keine sommerlichen Temperaturen an. Er nahm das Kekspaket und öffnete es. »Es zeugt jetzt nicht gerade von Konsequenz, aber ich möchte Ihrem Sohn und natürlich Ihnen einen Keks anbieten, wenn ich darf.«

»Sie dürfen. Schließlich ist Urlaub. Da kann man Ausnahmen machen. Sind Sie heute angekommen?«, fragte sie mit einem Blick auf die Wippe.

Er nickte. »Ja. Mein erster Einkauf. Meine Frau und ich gehen nicht gerne essen. Daher die Menge.«

»Dann man guten Appetit. Den werden Sie in den nächsten Tagen haben. Das Nordseeklima macht hungrig. Ich habe da Erfahrung.« Sie strich sich über ihren Bauch, nahm zwei Kekse aus der Packung, steckte einen ihrem Sohn und einen sich selbst in den Mund, winkte und verschwand im Laden.

Auf der Höhe des Schwimmbades hatte er so langsam das Gefühl, dass ihn die Kraft verließ. Seit Jahren war er nicht mehr Fahrrad gefahren. Zu Hause in Neuss wohnten sie neben einem Supermarkt. Dorthin war er stets zu Fuß unterwegs. Alles andere erledigte er mit dem Auto, wenn Dora es nicht benötigte, um zu Drehorten zu fahren. Aber in letzter Zeit spielte sie wieder mehr Theater im benachbarten Düsseldorf. So war sie, wenn keine Proben anstanden, nur ab dem späten Nachmittag damit unterwegs. Und wenn sich alles so entwickelte, wie er sich das wünschte, bliebe das so.

Er bremste, dort, wo sich die Straßen kreuzten. Links fiel ihm ein Schriftzug auf dem Dach eines großen Gebäudes auf. *Strandcafé* las er. Rechts in der Ferne sah er ein Hotel. Er stieg wieder auf. Geradeaus war sicher die richtige Entscheidung. Schließlich befand sich ihre Unterkunft im Ostdorf. Irgendwelche entgegenkommenden Menschen nach dem Weg zu fragen, wäre die schlechteste Entscheidung. Er fuhr an einem Fischgeschäft vorbei, sah links eine große Düne, zu der ein Weg hinaufführte. Vielleicht gab es ja mal eine Möglichkeit, dort hinaufzugehen und den vermutlich grandiosen Ausblick zu genießen. Zweimal wechselte er die Richtung, dann fand er sich vor dem kleinen Ferienhaus wieder, das etwas zurückgesetzt, mit einem schmalen Blumenbeet vor dem Fenster, sehr einladend wirkte.

Er stellte das Rad ab und hatte die vage Idee, die Wippe in die Wohnung zu fahren. Doch sie erwies sich als fünf Zentimeter zu breit für die Haustür. So schob er sie möglichst nah heran, stieg darüber in die Küche, was ihm augenblicklich ziemlich dämlich vorkam. Aber er hatte Zeit zum Üben. Sie hatten dieses Häuschen für drei Wochen gemietet. Gegebenenfalls mit Option auf Verlängerung.

Der Vermieter hatte sofort zugestimmt. »In den November hinein kommt sowieso keine Anfrage mehr. Das kriegen wir geregelt.«

»Schatz, was hast du denn da alles mitgebracht?« Dora war aus dem Schlafzimmer getreten und schaute fassungslos auf das, was er bereits zur weiteren Sortierung auf den Küchentisch gestapelt hatte.

Er zuckte mit den Schultern. »Wir bleiben eine lange Zeit, und die Saison neigt sich dem Ende zu. Wer weiß, ob die Läden dann genügend Auswahl haben.«

»Aber die Restaurants, die haben geöffnet.« Sie nahm eine der drei kleinen Steckrüben hoch. »Die … die … die mag ich nicht.«

»Steckrübe«, sagte Hagen nur, nahm ihr die braune Knolle aus der Hand und legte sie wieder zu den anderen. »Ruh dich aus. Ich räume hier weg und bereite dann ein Abendessen.«

»Aber wir wollten doch …«

»Leg dich hin«, wiederholte er leise, aber eindringlich. Am liebsten hätte er geschrien, aber das hätte alles nur schlimmer gemacht.

4

»Füllst du bitte den Aufschnitt auf?« Eva Hinrichs beugte sich über die Ladentheke und deutete auf die Stelle, wo vor zehn Minuten noch jede Menge luftgetrocknete Würstchen gelegen hatten. »Strandstöckchen« hatte Sandra sie getauft, und sie verkauften sich wie verrückt. Der Bauer hinter dem Deich, der als Fleischer die von ihm gezogenen Tiere auch verarbeitete und von dem sie die salamiartigen Würste bezogen, kam mit der Herstellung kaum nach.

Jann ging ins Lager und schaute im Kühlraum nach. Ein Glück – eine Handvoll wartete auf den Verzehr. Er nahm sie mit in den Laden, drapierte sie sorgfältig zwischen Leberwurst und Schinken und wollte, da kein Kunde im Laden war, wieder nach hinten, um Bananen zu holen, als seine Chefin ihn zurückhielt.

»Jann, hör mal, eigentlich war doch abgesprochen, dass du nur vier Wochen bei uns bleibst. Aber mir gefällt sehr gut, wie du dich eingearbeitet hast, und daher meine Frage: Möchtest du nicht ganzjährig bei mir beschäftigt sein? Im Winter ist nicht viel zu tun, aber ich kann mir dann mal eine Auszeit nehmen, und Sandra wollte sowieso öfter ans Festland. So habe ich mir gedacht …«

Jann schaute Eva Hinrichs erstaunt an. Damit hatte er nun gar nicht gerechnet. Ein winziges bisschen gehofft, ja, aber so richtig? Nein. Zumal im Winter wirklich nicht viel zu tun war.

»So habe ich mir gedacht, dass du dann ja eine vernünftige Bleibe brauchst, und habe mit Julia Coordes gesprochen. Du weißt, das ist die von der *GENOBA*. Sie hat versprochen, sich nach etwas Passendem umzusehen. Na, was sagst du nun?« Eva Hinrichs sah ihn erwartungsvoll an.

Was sollte er sagen? Selbst wenn er gewollt hätte – die Überraschung war ihm auf die Stimme geschlagen, sodass ihm nur übrig blieb zu nicken.

»Ein bisschen mehr Freude hätte ich schon erwartet.« Eva Hinrichs ging vor die Theke und schob die beiden Stühle an den Tisch. Meistens war die Ecke mit Kaffee trinkenden Gästen oder Insulanern besetzt. Vor einer halben Stunde erst hatten zwei Frauen es sich dort gutgehen lassen.

Jann räusperte sich. Einmal. Zweimal. Dann krächzte er. »Frau Hinrichs, äh, Eva. Es kommt unerwartet, aber ich bin, so glaube ich, sehr begeistert. Ich mag dich und Frau Röder und den Laden hier. Ich mag Baltrum, den Strand und kann gerne auf das Leben in der Stadt verzichten. Also ja. Ich nehme dein Angebot gerne an.«

Sie drehte sich zu ihm um. »Das hatte ich gehofft. Winter ist auch die Zeit, Kontakte zu knüpfen. Es gibt viele Vereine und Gruppierungen hier. Du kannst dich im Kultur- und Sportverein engagieren, dem Bootsklub beitreten oder im Shantychor singen.«

Er lachte. »Wenn ich mich beim Shantychor vorstelle, mache ich mich ziemlich sicher sehr unbeliebt. Da solltest du mal meinen Musiklehrer von damals fragen. Er war ein sehr geduldiger Mensch, ist jedoch an meinem schrägen Gesang verzweifelt. Aber alles andere kann ich mir überlegen.«

»Gut. Dann sage ich Frau Coordes Bescheid. Mit dem Bezahlen der Miete hast du sicher kein Problem, oder? Schließlich verdienst du bei mir gut.«

Jann schüttelte den Kopf. Nein, das sollte machbar sein. Auch wenn die Mieten hier auf der Insel wohl höher waren als am Festland.

»Darf man nach deinem Leumund fragen? Kein Zusammenstoß mit dem Gesetz in deinem früheren Leben?«

»Alles klar«, erwiderte er knapp.

»Gut, dann gehe ich mal. Wenn ich wieder da bin, machst du Pause.« Sie verschwand im Lager, und Jann atmete tief durch. Sein neues Leben konnte gleich mit dem nächsten Kunden beginnen.

»Ich hätte gerne Hafergrütze.«

»Was bitte?«

»Hafergrütze.«

Jann überlegte einen Moment. So kamen sie jedoch nicht weiter. Er hatte keine Ahnung, was der Mann von ihm wollte. »Würden Sie mir bitte erklären, was das ist?«, bat er den Kunden.

»Hafergrütze ist ein Nahrungsmittel aus zerkleinerten Haferkörnern, und der Ostfriese braucht es für Grünkohl. De Tied beginnt, und ohne Hafergrütze schmeckt der Kohl einfach nicht. Er bindet das Gemüse, verstehen Sie?«

Ja, er verstand, wusste dennoch nicht, wo genau im Laden er danach suchen sollte.

»Im letzten Herbst stand es dort.« Der Mann zeigte auf das Regal, in dem auch Gerstenflocken und andere Getreideprodukte standen. Und wirklich, dort sah Jann die Tüte, die mit Hafergrütze gefüllt war. Er nahm sie und stellte sie auf die Theke. »Darf es sonst noch etwas sein?«

»Pinkel hebbt ji nich?«

Langsam reichte es. Heute Morgen die Sache mit den losen Eiern, und nun wollte der Typ Pinkel. Wo war er gelandet?

»Also Pinkel ist eine Wurst, die besonders in Oldenburg und in Bremen gerne zum Grünkohl gegessen wird. Ich bin zwar Ostfriese und sollte Kohlwurst essen, bin jedoch ein großer Fan der Bremer Pinkel. Es gibt einfach nichts Besseres. Aber da gehen die Meinungen sicher auseinander. Allerdings – im letzten Jahr hat Eva welche besorgt. Daher meine Frage.«

»Ich werde mich darum kümmern. Wenn Sie morgen noch einmal reinschauen, dann weiß ich mehr«, versprach Jann.

»Dann fragen Sie doch bitte auch nach Pümmelwurst. Vielleicht hat sie die Möglichkeit, auch daran zu kommen.«

»Und was ist das nun?« Ihm war klar, wollte er bleiben, musste er sich an all diese seltsamen Namen gewöhnen.

»Das ist eine Mettwurst, die vier bis sechs Wochen an der Luft trocknet. Sie ist meistens aus Schweinefleisch hergestellt. Auch eine echt ostfriesische Spezialität.«

»Danke für den Hinweis«, sagte Jann. »Auch darum kümmere ich mich.« Evas Bauer hinterm Deich kannte sich bestimmt bestens mit ostfriesischen Essgewohnheiten aus.

»Gut. Dann nehme ich jetzt erst einmal zwei Strandstöckchen. Die brauche ich, um die Zeit besser rumzukriegen, bis der Grünkohl fertig ist. Ach ja, auch ein Kilo festkochende Kartoffeln stehen auf meiner Einkaufsliste.«

Jann wog die Kartoffeln ab. »Das war es?«

»Ja.«

Er nannte den Preis, kassierte und bat um den Namen des Mannes. »Damit Frau Hinrichs weiß, wer gefragt hat.«

»Fiete Peters. Eva kennt mi. Ik arbeid mit ehr tosamen bi *Baltrumer Zukunft*.

Jann notierte den Namen auf einem Zettel, und gleich darauf verließ Peters den Laden. Es dauerte jedoch nur einen kurzen Moment, dann kam der nächste Kunde. Jann schaute zur Tür und hatte das Gefühl, dass sein altes Leben ihn plötzlich einholte. »Markus?«

»Jann – was machst du hier?«, fragte der andere, wohl ebenso erstaunt.

»Wie du siehst, arbeite ich hier im Bioladen. Und es geht mir gut«, fügte er nachdrücklich hinzu.

»Das ist ja ein Ding. Das letzte Mal trafen wir uns im Hambi auf einem Baum, nicht wahr? Du hattest damals noch einen Bart und lange Haare.«

Ja, der Hambacher Forst. Auch er gehörte zu seinem früheren Leben. Aber damit hatte er abgeschlossen. Es nützte nichts. Er musste wohl antworten. »Ja, das stimmt wohl. Aber nun bin ich ein neuer Jann. Nicht nur äußerlich.«

Markus lachte. »Also nicht mehr der, der dem Polizisten ins Gesicht getreten hat, als er dich vom Baum holen wollte. Ich verstehe. Du rettest jetzt die Natur, indem du Biowaren verkaufst. Auch eine Möglichkeit!«

»Der eine so, der andere so.« Langsam wurde Jann böse. Schließlich stand sein alter Mitbewohner hier vor ihm und hatte offensichtlich auch der Bleibe im Wald den Rücken gekehrt. »Was möchtest du?«

»Kaufen möchte ich gar nichts, sondern Frau Hinrichs sprechen. Wir haben einen Drehtermin für morgen früh, und ich bin abgeordnet zu fragen, ob das so passt«, erklärte Markus. »Ich bin Tonassistent eines Fernsehteams.«

»Meine Chefin ist nicht da, aber soweit ich weiß, hat sie den Termin im Kalender. Ruf sie an, dann weißt du mehr.«

»Hallo, Junge. Nun mal etwas freundlicher«, protestierte Markus. »Vor zwei Jahren hast du sogar gelächelt, als du dem …«

»Ich weiß. Die Zeiten sind vorbei, versteh das. Ich möchte nicht mehr daran erinnert werden.« Schlagartig erinnerte sich Jann an Evas Frage nach dem Leumund. Wenn sie herausfand, was damals passiert war, dann wurde es nichts. Weder mit dem Job noch mit der Wohnung.

»Keine Sorge.« Markus winkte ab. »Aber ich möchte gerne alte, nein, gute Erinnerungen austauschen. Wie wäre es heute Abend?«

Was sollte er tun? Er wollte nicht. Gar nicht. Aber was blieb ihm übrig? Verweigerte er sich, würde Markus mit seinem Wissen morgen vielleicht bei seiner Chefin hausieren gehen, und das war das Letzte, was er gebrauchen konnte. »Also gut. Heute 20 Uhr in der *Kleinen Freiheit.*« Jann drehte sich um, ließ Markus ohne ein weiteres Wort stehen und räumte das Regal mit dem Kaffee aus. Warum, war ihm völlig egal.

5

Klara Becker schaute ungehalten auf ihre Uhr. Nein, sie hatten sich nicht versehen. Ort und Uhrzeit stimmten. Nur Julia Coordes war nicht da. Dabei hatten sie vor einer Stunde miteinander telefoniert, und da schien alles klar zu sein. Jetzt standen sie vor dem Haus, das die Frau ihnen genannt hatte, und standen sich die Beine in den Bauch.

»Bist du sicher, dass wir hier richtig sind?«, brummte ihr Mann.

Sie nickte. »Ja. Haus *Wassersicht*. Genau das ist es«, erwiderte Klara. »Nach den Straßennamen konnten wir schließlich nicht gehen, die gibt es hier nicht.« Auch dass die Nummern der Häuser die Reihenfolge der Bebauung wiedergaben, hatte sie bei ihrem ersten Besuch auf der Insel erst mühevoll lernen müssen. Da genau war es ihr passiert, dass sie völlig durcheinander an einer falschen Ecke ihren Gesprächspartner gesucht hatte.

»Ich möchte wirklich gerne wissen, wo die Tante bleibt. Ich habe die Kamera nicht umsonst in Stellung gebracht.«

Sie musste Bertus zustimmen. Das Einrichten der Kamera nahm einige Zeit in Anspruch. Und wenn Frau Coordes nicht kam, war alles umsonst. Auch Markus wirkte nicht so gelassen wie üblich. Klara Becker nahm ihr Handy heraus. Doch gerade, als sie die Verbindung herstellen wollte, hörte sie eine helle Stimme.

Eine ältere Frau mit wehenden Haaren kam in schneller Fahrt die D-Straße herunter. »Entschuldigung«, rief sie von Weitem. »Bin schon da.« Sie sprang vom Rad und reichte allen die Hand. »Mein Hund war ausgebüxt. Und ehe der sich in den Dünen über Fasane und Kaninchen hermacht – was er gerne macht – musste ich ihn erst einmal wieder einfangen. Aber nun bin ich da. Sollen wir?«

Klara atmete tief durch. Entweder hatte die Frau nur ein schlechtes Gewissen, oder sie gehörte zu denen, die einfach nicht aufhörten zu reden, wenn man sie ließ. »Ja, wir sollen. Schön, dass Sie da sind. Gehen wir erst hinein und verschaffen uns einen Überblick?«

Julia Coordes zögerte. »Ja … nein. Bitte lassen Sie uns einen Moment warten. Der Architekt kommt ebenfalls, und der kann Ihnen bestimmt genauere Daten nennen.«

»Gut, dann nehmen wir hier draußen schon einmal eine Sequenz auf«, stimmte sie zu. Sie rief sich die Fragen ins Gedächtnis, die sie Julia Coordes zu *Baltrumer Zukunft* stellen wollte. Im Haus selber würde es um die Wohnungsbaugenossenschaft gehen. Ein Thema, das für den Sender eher zweitrangig war, jedoch aus ihrer Sicht durchaus dazugehörte. Sie nickte Bertus und Markus zu und begann, indem sie die Frau zunächst vorstellte. Dann fragte sie: »Wie kamen Sie auf die Idee, diese Gruppierung zu gründen?«

»Wir haben sie nicht gegründet«, erwiderte Julia Coordes. »Sie ist zu uns gekommen. Wir saßen nach einer Ratssitzung zusammen und diskutierten über die Dinge, die während der Sitzung besprochen worden waren, und plötzlich war allen klar, dass wir die Zukunft unserer Insel nicht allein den Politikern überlassen sollten. Schauen Sie, wir haben ganz viele Fähigkeiten, die wir einsetzen können. Frau Hinrichs kümmert sich um die Umwelt, Herr Bartels übernimmt die Kulturszene, Herr Peters ist Architekt und kennt sich auch im Landschaftsbau aus. Jasper Blüm ist Bademeister und für den Sport am Strand verantwortlich und …«

Klara Becker winkte ab und tatsächlich – Julia Coordes hielt inne.

»Dann sehe ich es so: Mit Hilfe der politischen Parteien Ihre Wünsche durchzusetzen, ist nicht Ihr Ding. Darum gehört auch der Bürgermeister nicht dazu?«

Coordes lachte. »Sollten wir etwas durchsetzen wollen, werden wir durchaus die Politik einschalten. Aber zunächst wollen wir einen gemeinsamen Weg finden. Wo wollen wir in Zukunft hin? Wollen wir elitärer werden? Wollen wir weiterhin eine Insel für Familien bleiben? Ist sanfter Tourismus unsere Devise? Was müssen wir ändern? Wo müssen wir aufrüsten? Erst dann, wenn wir wissen, was wir wollen, legen wir richtig los. Aber bis dahin wird es sicher einige Diskussionen geben.«

Klara stellte ein paar weitere Fragen, bis sie merkte, dass Markus unruhig wurde. Das Mikro wackelte hin und her, was sonst gar nicht seine Art war. Sie unterbrach das Gespräch, bedankte sich und bat um eine kurze Pause. Dann wandte sie sich an ihren Tonassistenten. »Was ist los?«, raunte sie ihm zu.

Markus zeigte auf die andere Straßenseite. »Dort. Schau mal. Das ist sie.«

Bevor sie ein Wort sagen konnte, hatte er Klara das Mikrofon in die Hand gedrückt und war über die Straße gelaufen. »Hallo. Bitte warten Sie. Darf ich Sie etwas fragen? Sind Sie nicht Frau Warfsmann?«

»Was soll der Blödsinn? Nein, es ist nicht Frau Warfsmann. Lassen Sie uns in Ruhe.« Ihr Begleiter beschleunigte seinen Schritt.

»Aber warten Sie doch bitte. Ich will nichts Böses. Eine Aufnahme vielleicht.«

Klara meinte, ein leichtes Nicken bei der Frau zu sehen, aber vielleicht war es auch nur der Griff zum Schal, der ihr vom Gesicht gerutscht war. Kurz blieb die Frau stehen, doch der Mann legte seinen Arm um ihre Schulter und schob sie energisch weiter. Fast wäre die Frau gestolpert. Eine skurrile Situation.

Markus gab jedoch nicht auf. Er folgte dem Pärchen, überholte es und stellte sich den beiden in den Weg. »Bitte. Darf ich mit Ihnen reden? Einfach so?«

Er erhielt keine Antwort. Der Mann wechselte mit raschen Schritten auf die andere Straßenseite, die Frau fest im Griff.

Gleich darauf war Markus wieder bei Klara und Bertus. »Ich weiß, dass sie es war. Ich habe sie genau erkannt. Was ist nur mit denen?«

»Hast du mal darüber nachgedacht, dass nicht jedermann, nur weil du es wünschst, ins Fernsehen kommen will? Es bleibt schließlich jedem selbst überlassen, oder nicht? Sie wird schon ihre Gründe haben«, fauchte Bertus. »Können wir weitermachen?«

»Ich glaube, ich muss los.« Julia Coordes schien die Freude am Gespräch vergangen zu sein.

»Einen Moment bitte«, bat Klara, »ich möchte Ihnen ein paar weitere Fragen stellen. Außerdem hatten Sie den Architekten angekündigt. Wird er bald hier sein? Und als Letztes: Haben Sie in den nächsten Tagen eine Sitzung? So, dass wir Sie und Ihre Themen alle zusammen haben?«

Julia Coordes schaute auf die Uhr. »Wann Herr Peters kommt, weiß ich nicht. Die nächste Sitzung der *BZ* ist morgen im Hotel *Strandburg* um 17 Uhr. Ich schlage vor,

Sie nehmen daran teil, und ich erzähle Ihnen danach von unserer Genossenschaft. Herr Peters wird sicher ebenfalls anwesend sein. Wenn er jetzt nicht auftaucht, wird er bestimmt morgen mit Ihnen reden wollen.«

Klara stimmte zu. Was blieb ihr anderes übrig. Der Dreh war mehr als mager verlaufen, aber wenn die Leute nicht wollten, konnte sie eben nichts machen.

So schnell, wie Julia Coordes erschienen war, verschwand sie wieder.

»So kann man auch einen Dreh kaputt machen.« Bertus packte seine Utensilien zusammen. »Der Blödmann mit dem Mikro hat nichts gelernt. Wenn das so weitergeht, fahren wir mit leeren Händen nach Hause. Aber vielleicht muss er ja kein Geld verdienen und ist Kind reicher Eltern.«

»Bertus, jetzt ist es gut.« Sie schaute zu Markus, der sich bis jetzt nicht geäußert hatte. »Markus, das war wirklich kein professioneller Auftritt, aber ich möchte keinen Streit. Nicht das auch noch.«

Markus nickte schweigend, dann sagte er: »Es ist schon erstaunlich, wer einem auf dieser kleinen Insel so alles über den Weg läuft.«

»Wen hast du denn außer der Warfsmann, wenn sie es denn war, noch auf der Liste?«, fragte Klara.

»Ach, nicht so wichtig. Ein alter Bekannter eben«, erwiderte Markus.

»Hoffentlich müssen wir den nicht auch filmen. Aber da gibt es eine andere Möglichkeit.« Bertus deutete auf Markus. »Das nächste Mal nehmen wir ihn nicht mehr mit. Ist das klar?«

Beinahe hätte Klara aufgelacht. Wenn der wüsste, dass er es war, der beim nächsten Mal nicht mehr dabei sein würde. Sie hatte mit dem Planungsredakteur vom Sender bereits gesprochen. Ein wenig voreilig vielleicht. Das war ihr jedoch erst klar geworden, als sie das Gebäude verlassen hatte. Der Redakteur hatte auch gefragt, ob sie mit Markus zufrieden war oder ob da ebenfalls eine Neubesetzung gewünscht war. Das hatte sie strikt abgelehnt. Markus war eigentlich sehr gut in seinem Fach. Eigentlich. Heute allerdings war sein Einsatz voll danebengegangen.

»Was liegt nun an? Wir haben drei Stunden Zeit bis zum Abendessen. Was also machen wir? Gerne auch Feierabend.« Bertus schien immer noch aufgebracht. »Ich warte nicht auf den Architekten.«

Geduld war keine Eigenschaft ihres Mannes. Das würde sich mit ziemlicher Sicherheit heute nicht mehr ändern, das hatte sie in den letzten Jahren zu oft erfahren müssen. Sie musste allein sein. Sollten die Männer machen, wozu sie Lust hatten. »Ich bringe meine Unterlagen ins Hotel und gehe dann an den Strand. Ob ich zum Abendessen wieder da bin, weiß ich nicht.« Klara schnappte ihre Tasche. »Seid ihr fertig?«

Schweigend gingen sie zurück zum Hotel. Markus verschwand in seinem Zimmer, und Bertus war gar nicht mit hineingegangen. Er hatte die Kamera und alles andere auf der Terrasse des Hotels abgelegt und sich dort auf einen der wenigen Stühle fallen lassen. Er war der Einzige draußen. Die anderen Gäste hatten es wegen des kühlen Windes vorgezogen, drinnen zu sitzen.

Klara zog feste Schuhe und eine dickere Jacke an und nahm eine Mütze aus dem Koffer. Es würde nicht mehr lange hell sein, aber diese Zeit würde sie zu einem ausgedehnten Spaziergang nutzen.

6

»Schau mal. Dort!« Dora Warfsmann zeigte auf den kleinen Elefanten. »Was ist das?«

»Überleg mal. Die Tiere wohnen in Afrika, sind dunkelgrau und haben einen Rüssel«, antwortete Hagen Krasmer.

Dora blieb stehen. »Du meinst, ich kenne das? Was ist Afrika?«

Hagen schluckte. Es war nicht der erste Versuch, während sie die Insel erkundeten. Manchmal gab Dora zu seiner Überraschung zielgenau die richtigen Antworten, und dann wieder stand sie ratlos vor Dingen, die sie ganz sicher seit ihrer Kinderzeit kannte. Wie eben Elefanten. »Afrika ist ein sehr warmes Land auf der Südhalbkugel.« Beinahe biss er sich auf die Lippen. Jetzt würde logischerweise die Frage folgen, was eine Südhalbkugel war. Er täuschte sich.

»Natürlich. Das kenne ich. Da leben Elefanten. Wieso sollte ich das nicht wissen«, sagte sie mit einer kräftigen Portion Arroganz in der Stimme. »Lass uns weitergehen. Wo sind hier eigentlich Autos?«

»Hier gibt es keine«, erwiderte er kurz angebunden. Es war nicht das erste Mal, dass sie heute danach fragte.

»Lass uns hier entlang gehen.« Sie deutete auf ein großes Gebäude.

Er zögerte. Eigentlich hatte er überhaupt nicht mit Dora nach draußen wollen. Es war einfach zu gefährlich. Das hatten sie soeben mit diesem Heini von der

Fernsehtruppe erleben müssen. Was wäre nur gewesen, wenn die einfach, ohne zu fragen, drauflosgefilmt hätten? Seine sorgfältig geplante Reise auf eine kleine Nordseeinsel wäre völlig umsonst gewesen. Solange ihnen dieser Typ über den Weg lief, konnte es jederzeit passieren, dass der sie erneut anquatschte. Erschwerend kam hinzu, dass Dora überhaupt nicht begriff, warum sie hier und nicht auf der Düsseldorfer Bühne war. Aber wie sollte er es ihr erklären? Sollte er ihr sagen, dass man ihm als ihrem Manager die Pistole auf die Brust gesetzt hatte? Entweder sie ginge freiwillig und nähme sich eine Erholungsauszeit, oder sie würde entlassen? Was für Doras Image als bekannte Schauspielerin ein Fiasko wäre.

Vor gut einem halben Jahr hatte es begonnen. Erst selten, dann immer häufiger hatte sie während der Aufführung um den Text gerungen. Ihre Kollegen hatten es bisher geschafft, die Pausen zu überbrücken, sodass das Publikum nichts oder sehr wenig mitbekommen hatte. Doch inzwischen waren ihre Ausfälle nicht mehr tragbar. Also hatte man sich auf »Burn-out« geeinigt, und Hagen hatte seine Frau, die er sehr liebte, ins Auto gepackt und war losgefahren.

»Ich will … ich will das Ding nicht tragen.« Dora riss mit Kraft den Schal von ihrem Gesicht und hätte ihn wohl auf die Erde geworfen, wenn Hagen ihn nicht aufgefangen hätte.

»Schatz, denk an deine Stimme. Wenn du dich erkältest, ist die nächste Saison für dich gelaufen.« Sorgsam legte er ihr den Schal wieder um. Er hatte gehofft, auf der Insel sei es ruhiger, aber es waren einige Gäste unterwegs. So achtete er sehr darauf, dass möglichst keiner sie erkannte.

»Komm, wir schauen einmal auf die Strandmauer, dann geht es ab nach Hause. Schließlich muss ich unser Abendessen zubereiten.«

Zu seinem Erstaunen folgte sie ohne Widerstand. Dort angekommen, sah er in der Ferne einige wenige Strandkörbe stehen. Die meisten hatten die Mitarbeiter der Kurverwaltung, wenn man Sommerbildern vom Strand glauben durfte, bereits ins Winterlager gebracht. Er hatte gelesen, dass man ab Oktober jederzeit mit einer Sturmflut rechnen musste. Daher wurde wohl Vorsorge getroffen.

»Da. Morgen möchte ich im Strandkorb sitzen«, sagte Dora mit leuchtenden Augen. »Und ins Wasser gehen.«

»Wir schauen mal, was der morgige Tag bringt. Jetzt habe ich Hunger.« Wieder hakte er sie ein und nahm sie mit zurück in den Ort. Ihr Widerstand war spürbar, aber es nützte nichts. Er war müde und wünschte sich nichts mehr, als die Tür hinter sich abzuschließen, zu essen und dann vor dem Fernseher einzuschlafen. Oder noch mal allein rauszugehen, einfach gedanklich abzuschalten, wenn sie eingeschlafen war.

DIENSTAG

7

»Ich wünsche einen guten Morgen.« Birgit Ahlers deutete auf einen Tisch am Fenster, auf dem Tassen und Teller für drei Personen standen.

Klara Becker sah, dass längst nicht alle Tische eingedeckt waren, wie es sicher im Sommer normal war. Die Saison neigte sich dem Ende.

»Kaffee oder Tee? Was darf ich Ihnen bringen?«, fragte die Hotelchefin und deutete auf das Büfett. »Hier können Sie sich mit allem anderen bedienen.«

»Ich nehme gerne Ostfriesentee, mein Mann Kaffee, und was Herr Knube nimmt, weiß ich nicht. Das ändert sich immer mal. Aber das wird er Ihnen sicher gleich selber mitteilen. Er hat nämlich immer großen Frühstückshunger«, sagte Klara.

»Wenn er nicht gerade abends einen gehoben hat«, murmelte Bertus. »Mit einem dicken Kopp frühstückt es sich nicht gut.«

Birgit Ahlers lachte. »Das kenne ich. Warten wir also ab.« Sie ging hinaus, und Klara packte sich zwei Brötchen, Aufschnitt und Käse auf den Teller und brachte ihn zum Tisch, bevor sie sich ein zweites Mal an dem abwechslungsreich gestalteten Büfett bediente. Marmelade, etwas Obstsalat und Orangensaft waren genau die Leckereien, die ihr Frühstück abrundeten.

Auch Bertus kam mit gefülltem Teller zum Tisch, setzte sich hin und schaute sie missmutig an. »Wir fangen an, oder?«

»Kein Problem.« Klara hatte nicht die geringste Lust, sich bereits vor dem Frühstück die Laune verderben zu lassen. »Er wird schon auftauchen. Er ist schließlich groß.«

»Wenn du meinst«, antwortete ihr Mann nur und legte sich eine doppelte Scheibe Wurst auf das Brötchen.

Sollte er. Solang er den Mund voll hatte, konnte er wenigstens nicht rummeckern.

Frau Ahlers brachte den Kaffee und eine Teekanne, die sie auf ein Stövchen stellte. »Sie wissen, wie es geht?«

Klara nickte. »Ich war schon öfter in Ostfriesland. Einen Kluntje in die Tasse, den Tee darauf und einen Löffel Sahne darüber. – Wie nennt man das noch?«, fragte sie.

»Wölkchen. Een Wulkje, wie der Ostfriese sagt«, erklärte Frau Ahlers. »Und bitte nicht umrühren. Das ist gegen die Sitte. Man trinkt sich durch das Herbe zum Süßen. So wird es gemacht. Und wenn der Ostfriese drei Tassen getrunken hat, legt er den Löffel in die Tasse, als Zeichen, dass er nichts mehr möchte.«

»Stimmt. Ich erinnere mich«, sagte Klara. »Wir haben vor zwei Jahren im Teemuseum in Leer gefilmt. Dort habe ich zum ersten Mal die echt ostfriesische Teezeremonie erlebt. Sehr entspannend, das Ganze.«

»Mir würde es schon reichen, wenn ich in Ruhe frühstücken könnte.« Bertus biss von seinem Brötchen ab und kaute mit offenem Mund.

»Natürlich. Entschuldigen Sie.« Birgit Ahlers nahm ihr Tablett und verließ den Frühstücksraum.

»Langsam reicht es mir. Ich habe die Nase gestrichen voll. Morgen frühstücke ich mit Markus. Du kannst dich dann gerne an den Nebentisch setzen«, fauchte Klara.

»Wenn dir das man gelingt. Dazu müsste der Mann erst einmal da sein«, murmelte Bertus.

Damit hatte er natürlich recht. Sollte ihr Tonassistent tatsächlich gestern Party gemacht haben? Aber mit wem und wo? Egal. Sie hatten gut zwei Stunden Zeit bis zu ihrem Termin mit Eva Hinrichs. Vorher brauchte sie Markus nicht.

Schweigend genoss Klara ihr Frühstück. Dann ging sie auf ihr Zimmer, ohne auf Bertus zu warten, und legte ihre Unterlagen bereit. Sollte sie einen kurzen Spaziergang machen? Warum nicht. Ein halbes Stündchen, bevor die Arbeit begann.

Sie ging am Flugplatz vorbei und bog hinter dem Hotel *Fresena* links ab. Rechts sah sie das Schulgebäude. Hier hatte sie bereits im Frühjahr, nachdem sie die Aufnahmen zur Franzosenzeit abgeschlossen hatte, Filmaufnahmen unter dem Motto *Schule auf den Inseln* gemacht. Danach hatten sie auf Spiekeroog im Internat gedreht und waren dann auf einer Hallig gewesen.

Es war schön heute Morgen. Die Sonne wärmte ihr den Rücken. Langsam ging sie zurück, an den Häusern vorbei, die schon ziemlich verlassen aussahen. Zurück im Hotel *Sonnenstrand* klopfte sie erneut an Markus' Tür. Wieder kam keine Antwort. Sie nahm ihr Telefon aus der Tasche und wählte seine Nummer, doch das Einzige, was sie hörte, war nach ein paar Klingeltönen seine Stimme, die ihr mitteilte, dass er momentan nicht zu erreichen sei. Sie schaute in den Frühstücksraum, fand jedoch nur Birgit Ahlers vor, die ein paar Scheiben Käse auf dem Büfetttisch nachlegte. Auch sie hatte Markus Knube bisher nicht gesehen.

»Ob wir mal in seinem Zimmer nachschauen können?«, bat sie die Chefin. »Kann doch sein, dass er eine Nachricht hinterlassen hat. Oder so tief schläft, dass er womöglich die Zeit verpasst. Wir haben in einer Stunde einen Drehtermin.«

Birgit Ahlers zögerte. »Eigentlich gehört es nicht zu unseren Aufgaben, Gäste zu wecken. Es sei denn, sie bitten uns ausdrücklich darum. Stellen Sie sich vor, wir betreten den Raum, und die Person ist nicht allein. Ganz schön peinlich.«

»Das ist wohl wahr«, bestätigte Klara. »Dann werde ich warten müssen.«

Sie stieg die Treppe hoch und überlegte. Was wäre, wenn die Tür zu seinem Zimmer gar nicht abgeschlossen war? Durfte sie dann das Hotelzimmer betreten? Schließlich kannten sie sich gut genug. Und wenn er schon nicht da war, brauchte sie zumindest das Mikrofon, die Tonangel und das Aufnahmegerät. Sie ging zum Ende des Gangs und klopfte erneut, diesmal etwas energischer. Sie hörte nichts. Vorsichtig drückte sie die Klinke herunter. Abgeschlossen. Also konnte sie davon ausgehen, dass ihr Gespräch mit der Bioladen-Besitzerin ausfallen würde. Es sei denn, sie konnte Birgit Ahlers doch überreden, die Tür zu öffnen. Sie ging zurück und erklärte, wie dringend sie das technische Gerät brauchte. Diesmal willigte Frau Ahlers ein. »Mein Mann und ich haben Hausrecht. Also kommen Sie.«

Birgit Ahlers nahm den Zweitschlüssel aus dem Büro hinter der Rezeption, klopfte drei Mal, und kurz darauf war die Tür offen. Das Arbeitsgerät lag auf dem Tisch, von Markus war jedoch nichts zu sehen. Das Bett war unbenutzt. Nur eine Hose und ein T-Shirt lagen darauf.

Klara warf einen Blick ins Badezimmer. Dort stand eine Zahnbürste im Glas, Zahncreme und ein Rasierer lagen daneben. »Weg ist er nicht«, schloss sie daraus.

»Da hat sich der Herr wohl woanders eingekuschelt«, sagte Birgit Ahlers, dann drehte sie sich zu Klara um. »Sie haben die Genehmigung, die Sachen mitzunehmen?«

Klara nickte. »Ich habe den Drehauftrag vom Sender in meinem Zimmer. Ich hole ihn gerne, wenn Sie möchten. Dort ist vermerkt, wer zum Team gehört. Sie können auch beim Sender anrufen.« Wieder nahm sie ihr Handy heraus. »Ich verbinde Sie.«

»Danke. Das ist in Ordnung. Nehmen Sie mit, was Sie brauchen.«

Birgit Ahlers beobachtete Klara aufmerksam, als sie die Technik an sich nahm.

»Soll ich tragen helfen?«, fragte sie.

»Nein danke. Es geht.« Klara verließ vollgepackt das Zimmer, und Frau Ahlers folgte ihr. »Ich schließe wieder ab und lege den Schlüssel zurück. Wenn Sie uns brauchen – einer von uns ist immer in der Küche oder im Büro. Hoffentlich taucht Herr Knube gesund und munter wieder auf.«

Ein frommer Wunsch, dachte Klara. Vielleicht wäre es gut gewesen, einen Zettel in Markus' Zimmer zu legen, mit dem Hinweis auf die mitgenommenen Sachen. Aber das war wohl wieder zu altmodisch gedacht in Zeiten von Handys und E-Mails. Außerdem wusste Frau Ahlers Bescheid.

Sie schaute wieder einmal auf die Uhr. Nun wurde es wirklich Zeit. Sie rannte beinahe zurück zu ihrem Zimmer. Bertus hatte netterweise bereits seine Jacke an und die Kamera samt Zubehör zusammengepackt. Wortlos schaute er auf die Technik, die sie aus Markus Zimmer geholt hatte. Sie fühlte sich nicht zu einer Erklärung berufen, sondern sagte nur: »Gehen wir. Frau Hinrichs wartet.«

Draußen, neben dem Hotel, sah sie den Hausmeister und bat ihn um einen der Handwagen. »Gestern durften wir für unser Equipment bereits einen mitnehmen.«

Kenny Janssen lachte. »Kein Problem. Abreise ist nicht. Ich hole eine.« Gleich darauf kam er mit der Wippe zurück.

Sie beluden die Karre, und bald hatten sie den Bioladen erreicht. Klara wurde im Laden freundlich empfangen. »Wie schön, dass alles klappt«, begrüßte Eva Hinrichs sie. »Bleiben wir hier oder gehen wir nach draußen?«

»Wir drehen erst drinnen, schlage ich vor«, sagte Klara.

»Kommt denn der andere Kollege noch, den wir im Frühjahr schon einmal kurz kennengelernt haben?«, fragte Hinrichs. »Oder ist er einer Sparmaßnahme zum Opfer gefallen?«

»Er ist seit heute Morgen verschwunden. Wir haben keine Ahnung, wo er steckt. Also fangen wir wohl oder übel ohne ihn an.«

»Vielleicht sollten Sie sich mal mit meinem Mann in Verbindung setzen«, hörte Klara eine Stimme aus dem Lager.

Ehe sie nachhaken konnte, sagte Eva Hinrichs: »Das war Sandra Röder. Wir arbeiten hier zusammen, und sie ist die Frau von Michael Röder, dem Inselpolizisten.«

»Sie sind hier zu zweit?«, fragte Klara.

»Nein. Zum Glück haben wir Jann, der uns seit einiger Zeit hilft. Aber der hat heute Morgen frei.«

8

Gibt es bei diesem Telefon eigentlich eine Aus-Taste, dachte Röder genervt, als es erneut klingelte. »Polizeistation Baltrum, Röder am Apparat. Was kann ich für Sie tun?«, meldete sich der Inselpolizist, wohl wissend, welche Antwort auf ihn wartete.

»Meine Wippe ist weg. Gestern stand sie am Hafen. Meine Gäste haben sie nicht gebraucht und ich habe versäumt, sie abzuholen. Jetzt stehe ich hier und sie ist nicht da, aber …«

»Annette, halt dein Wort fest«, unterbrach er die Insulanerin, die für ihre ausschweifende Art zu erzählen bekannt war. »Wir sind schon so gut wie unterwegs.«

»Du bist heute Morgen ein begehrter Mensch«, lachte Wille Weerts und zog seine Dienstjacke an. »Das ist der fünfte Anruf in zehn Minuten.«

Sie holten ihre Räder aus dem Gartenhaus und als sich Röders Handy erneut meldete, überhörte er es. Es würde nichts weiter als die sechste Wippe sein, die als vermisst gemeldet werden wollte.

Fünf Minuten später erreichten sie das Hafengebiet und mussten feststellen, dass sich eine ganze Menge Insulaner dort aufhielten, obwohl das Schiff in Neßmersiel lag. Sie hatten kaum ihre Räder abgestellt, als einer der Männer auf sie zugerast kam. »Diese Idioten«, brüllte er. »Haben die unsere ganzen …«

»Moment mal«, versuchte Röder, sich Luft zu verschaffen. »Dürfen wir bitte erst einmal ankommen.«

Tatsächlich schwieg der Mann und gab den Weg frei. Röder ließ seinen Blick über den Anleger schweifen und er sah nichts. Keine einzige Wippe wartete dort auf ankommende Gäste. Nur ein Sonnenstrahl, der sich aus dem bewölkten Himmel befreit hatte, beleuchtete wie im Hohn die leere Hafenfläche. Das durfte nicht wahr sein. Wo waren die Dinger?

»Sie liegen im Hafenbecken. Schau doch.« Auch Hanna Goedeke, die Lebensgefährtin seines zweitbesten Freundes, Salomon Bartels, war da. Sie arbeitete bei der Firma *Saubär.* Nein, nicht *Saubär,* so hatte die Firma geheißen, als es noch Herrn Bärmann gab, der die Insel seit Langem verlassen hatte. Gleich nach der Scheidung hatte Frau Bärmann ihren Mädchennamen angenommen und hieß Vogelsang. Seitdem kannte man den Betrieb unter dem Namen *Sorgenfrei.* Man kümmerte sich um das Vermieten und Sauberhalten von Ferienwohnungen, wenn der Vermieter keine Zeit oder keine Lust dazu hatte.

Er folgte Hanna und sah zwei Fischkisten auf dem Wasser treiben. Sie gehörten zu eher kleineren Wippen. Aber auch etwas Größeres, Silbernes blitzte im Wasser. Es schien der Griff einer anderen Wippe zu sein. Aber war das möglich? Gut, es war beinahe Niedrigwasser, aber immerhin stand auch da das Wasser im Hafen etwa zwei Meter hoch. Was war passiert?

»Ich denke, da haben sich welche den Scherz erlaubt, die Fahrzeuge immer an der gleichen Stelle ins Wasser zu werfen. So haben die sich mit der Zeit aufgetürmt«, überlegte Wille Weerts.

»Als Scherz würde ich das nicht gerade bezeichnen. Stellt euch vor, es wäre mir nicht sofort aufgefallen, dann wäre die Fähre beim Anlegen direkt da reingerasselt.«

Christian Wollschläger, der Hafenmeister, stand neben ihnen und schüttelte ratlos den Kopf. »Immerhin besteht durchaus mal die Möglichkeit, dass die Fähre vor meinem Dienstbeginn den Baltrumer Hafen erreicht. Je nachdem, was die Tide vorgibt.«

»Das habe ich auch eher ironisch gemeint«, sagte Wille. »Ich sehe das natürlich nicht als Spaß an.«

»Das will ich auch nicht hoffen«, rief einer der Insulaner.

»Jetzt mal friedlich«, unterbrach Röder. »Claas, du wohnst im Haus der Spedition. Das liegt am nächsten dran. Hast du heute Nacht etwas mitbekommen? Oder einer von euch?«

Der junge Mann schüttelte den Kopf. »Nee, hab geschlafen wie ein Bär. Die Bausaison beginnt. Da haben wir so viel Zeugs ausgefahren. Die Pferde und ich waren richtig fertig gestern.«

»Ich wohne im Ostdorf. Also hatte ich auch keine Chance, etwas zu hören.«

Natürlich nicht. Das hätte sich Henk sparen können. Er kannte den Mann nicht gut. Der wohnte erst seit einem knappen Jahr auf der Insel und lebte sehr zurückgezogen.

Auch Hanna und die anderen hatten nichts bemerkt.

»Was ist mit den Schiffseignern im Seglerhafen?«, überlegte Christian. »Es sind nicht mehr viele Gastlieger da, aber vielleicht haben wir Glück.«

»Darum kümmere ich mich«, sagte Wille und war gleich darauf auf dem Weg am Häuschen der *DGzRS* vorbei zur Hafenseite, wo die Boote der Mitglieder des Baltrumer Bootsklubs und die der Besucher lagen.

»Ich erstatte Anzeige.«

»Ich auch.«

»Ich auch.«

Das hatte sich Röder genauso vorgestellt. Die Menschen, die hier aufgebracht auf die leere Stellfläche starrten, würden nicht die Einzigen sein, die sich bei ihnen meldeten. Er nahm sein Notizbuch raus, was eine der Frauen mit einem »Für so was gibt es inzwischen Technikkram« kommentierte. Ihm sollte es egal sein. Er war kein Feind der Technik. Allerdings hielt er es immer gerne mit dem Satz: Nur was du schwarz auf weiß besitzest … Von wem war der nur? Seit Wochen wollte er schon nachgesehen haben.

Röder notierte sich die Namen der Anwesenden und die Anzahl der Wippen, die sie hier abgestellt hatten. Meist war es eine pro Haushalt, Hanna jedoch sprach von mindestens zwei Wippen. »Schließlich erwarten wir Gäste für zwei Wohnungen«, erklärte sie. »Was machen wir nur? Wir haben zwar zwei weitere am Haus, die ich jetzt schnellstens herschaffen muss, aber das war es dann auch.«

»Vielleicht kann man die schnell bergen«, überlegte Henk. »Ein Taucher und ein Bagger, das müsste gehen.«

Röder schaute zu Christian. Was hielt der von der Idee?

»Ich rede mit meinem Chef von Niedersachsen Ports. Ich denke, ein Wurfanker wäre die einfachere Variante. Wirst du die Wasserschutzpolizei benachrichtigen?«

»Natürlich«, antwortete Röder. »Meinen Chef, Müller, werde ich unterrichten und die Reederei. Schließlich muss sie wissen, dass sie ihre Fähre heute an anderer Stelle im Hafen festmacht. Dann sehen wir weiter.«

»Alles klar. Ich werde mich heute ziemlich sichtbar auf dem Hafengelände bewegen. Falls weitere Insulaner nach ihren Wippen suchen. Wir bleiben aber wegen der Bergungsarbeiten auf jeden Fall in Verbindung.« Er deutete zum Bootshafen. »Dort kommt dein Kollege.«

»Leider negativ«, rief Wille schon von Weitem zu ihnen herüber. »Die Schiffer haben wohl abends zusammengesessen und sind danach zurück auf ihre Boote. Einer ist zwischendurch mal wachgeworden und hat ein leichtes Klirren und so etwas wie verhaltenes Gelächter gehört. Er hat sich aber nichts dabei gedacht. Beziehungsweise, er hat geglaubt, dass im *Verhungernix* Party wäre. Ich werde bei denen aber noch einmal nachhaken.«

»Seht bloß zu, dass ihr die bald erwischt. Nicht damit die weiteres Unheil anrichten. Wer einmal damit durchkommt …« Henk griff nach seinem Fahrrad. »Meldet euch, wenn ihr mit der Bergung anfangt. Ich helfe gerne.«

Das war mal eine vernünftige Aussage. Röder sah, dass auch die anderen nickten.

»Macht die Sache mal auf der Insel bekannt. Es wäre gut zu wissen, wessen Wippe ebenfalls im Hafenbecken gelandet ist«, bat Röder.

»Das seht ihr doch, wenn ihr die Dinger wieder rausgezogen habt. Sind schließlich überall Namensschilder dran«, rief einer der Männer, bevor er sich auf den Sattel seines Rades schwang und davonsauste. Es würde ihm nichts nützen. Röder kannte ihn genau. Gleichzeitig wusste er, dass der Typ es nicht böse gemeint hatte. Er liebte lediglich schräge Sprüche, musste jedoch nach Röders Meinung nicht immer damit durchkommen. Aber das konnte warten.

Der Inselpolizist rief bei den Kollegen in Norddeich an und die versprachen schnellstmögliche Anreise.

»Wille, bleibst du zunächst hier und unterstützt den Hafenmeister? Ich fahre zur Wache und fange die Leute ab, die dort auftauchen. In einer Stunde bin ich wieder vor Ort. Dann besprechen wir weitere Maßnahmen«, erklärte Röder und Wille Weerts, sein Kollege, der vor drei Wochen aus Norden nach Baltrum gewechselt war, nickte.

»Alles klar.«

Auf der Wache war es ruhig, so ging Röder zunächst nach nebenan in die Dienstwohnung, wo ihn Amir, ganz im Gegensatz zu früher, beinahe unbeweglich empfing. »Na, alter Junge, es geht dir nicht sehr gut, oder?« Röder bückte sich und streichelte den Heidewachtel, der ihnen in den letzten Jahren so sehr ans Herz gewachsen war. Er hatte gehofft, dass das Schmerzmittel zügig wirkte, aber das war offensichtlich nicht der Fall. Aber Röder musste auch zugeben, dass es erst kurze Zeit her war, dass der Tierarzt Amir behandelt hatte.

Er goss sich einen Schluck Leitungswasser ins Glas und nahm einen tiefen Zug. Gerade, als er wieder zurück zur Wache wollte, hörte er eine Tür schlagen. Sandra kam herein und schaute ihn überrascht an. »Na, nichts zu tun?«

»Ich kann nicht klagen«, erwiderte er und berichtete von den abgetauchten Wippen.

»Wie kommt man auf so idiotische Ideen?«, Sandra holte zwei Kohlköpfe und ein Netz Kartoffeln aus ihrer Tasche und legte alles auf den Küchentisch. »Obendrein hast du einen verschwundenen Mann an der Backe.«

Röder schaute sie fragend an »Was meinst du?«

Sandra erzählte ihm von den Filmaufnahmen und dass der Tonassistent morgens offensichtlich nicht zum Frühstück erschienen war.

»Ich will mal hoffen, dass der Mann wieder auftaucht. Die Sachlage am Hafen reicht mir schon«, sagte Röder. »Haben die ihre Dreharbeiten trotzdem durchgezogen?«

»Ja, das ging wohl auch mit zwei Leuten. Die Moderatorin hat sich um die Tongeschichten gekümmert, wenn ich Eva richtig verstanden habe. Heute Abend ist Sitzung von *Baltrumer Zukunft*. Da werden die ebenfalls drehen.«

»Hoffentlich stehen die uns gleich am Hafen nicht im Weg herum, während die Wippen aus dem Wasser gezogen werden.« Er schaute auf die Uhr. »Ich muss wieder los.«

»Keinen Kaffee? Keinen Apfelkuchen?«, fragte Sandra.

»Leider nein. Die Wasserschutzpolizei ist auf dem Weg. Wäre peinlich, wenn die Jungs mich beim gemütlichen Kaffeetrinken erwischen, während die Wippen langsam vor sich hin rosten.«

»Na, so schnell rostet nichts.« Sandra holte eine Tasse aus dem Schrank. »Aber es nützt ja nichts. Ich lasse dir ein Stück über.«

Röder ging in die Wache und unterrichtete seinen Chef von dem Ereignis. Der bat darum, auf dem Laufenden gehalten zu werden, und versprach, Hilfe zu schicken, falls nötig. »Außerdem haben wir hier in der Polizeiinspektion in Aurich mit den Kollegen der Polizeidirektion Osnabrück darüber nachgedacht, auf der Insel einen zweiten Dauerposten zu schaffen. Und wenn ich mir anhöre, was bei euch los ist, ist das sicher eine gute Idee«, sagte Müller zu Röders Verblüffung.

»Du meinst, es sollte das ganze Jahr über jemand hier sein? Also nicht nur wechselnde Kollegen während der Saison?« Der Inselpolizist sah sich bereits jedes zweite Wochenende mit der Vespa unterwegs am Festland.

»Genau so«, bestätigte Müller.

»Gibt es jemanden, der gerne nach Baltrum ziehen möchte?«

Müller zögerte. »So weit sind wir nicht. Aber wir haben jemanden im Auge. Ist aber unter Verschluss. – Kommen wir zurück zum heutigen Ereignis. In Kürze werden sicher die WaPos da sein. Dann sehen wir weiter«, schloss Müller.

Zum zweiten Mal an diesem Tag schlug Röder den Weg zum Hafen ein.

9

Sie hatte sich Fisch zum Abendessen gewünscht. Ausgerechnet Fisch. Dabei hatte er gestern Würstchen und Schweinebraten gekauft. Aber sie hatte auf Fisch bestanden. Wahrscheinlich weiß sie gar nicht mehr, was Fisch überhaupt ist, wenn ich wieder zu Hause bin, dachte er, als er die Waren auf das Laufband legte. Der Mann hinter der Kasse schob ein Teil nach dem anderen durch den Scanner, und Hagen packte alles wieder in den Einkaufswagen. Er würde draußen alles in seiner Einkaufstasche verstauen. Er bezahlte und wollte gerade los, als sein Blick auf der *Bild*-Zeitung hängen blieb. Das durfte nicht wahr sein. Er griff nach dem Blatt und las.

Wo ist Dora Warfsmann?

Die bekannte Sängerin und Schauspielerin hat zwar ihr Engagement an der Düsseldorfer Bühne aufgegeben, war jedoch als Moderatorin bei der Preisvergabe Bester Sängernachwuchs vorgesehen. Doch dort tauchte sie nicht auf. In ihrem Haus in Neuss reagiert keiner auf das Klingeln, und ihr Handy ist ebenfalls nicht eingeschaltet.
Ist sie einem Verbrechen zum Opfer gefallen oder hat sie sich lediglich zurückgezogen? Wir sind gespannt.

Daneben ein Foto. Dora auf der Bühne. Das hatte ihm gerade gefehlt. Er schob den Wagen nach draußen, ging wieder in den Laden und nahm sämtliche Zeitungen aus dem Ständer. Dann stellte er sich wieder an. Es war nicht viel los, doch als er an die Kasse kam, zögerte der Mitarbeiter.

»Sind Sie sicher, dass Sie alle mitnehmen wollen, oder haben Sie sich nur vergriffen?«, fragte er ungläubig.

Hagen versuchte zu lächeln. »Ich brauche alle. Das passt schon.« Er bezahlte und ging raus.

Dass der Mitarbeiter nach hinten rief: »Kann mal jemand die *Bild*-Zeitung auffüllen?«, bekam er nicht mehr mit.

Während er seine Sachen in die Einkaufstasche umpackte und den Einkaufswagen zu den anderen stellte, erschreckte ihn ein Gedanke: Wenn er hier schon den

Bestand aufkaufte, wie war es dann mit den anderen Geschäften? Er hatte keine Ahnung, ob *Stadtlander*, der *Frischemarkt* und wer sonst auch immer Tageszeitungen anboten, und außerdem keine Lust, die Insel abzusuchen. Zudem war es gut möglich, dass vor ihm nicht nur einige Gäste, sondern auch das Fernsehteam die Zeitung erworben hatten. Es war nicht mehr der ganz frühe Morgen, sondern schon beinahe Mittag. Daher war klar: Dora durfte ab heute nicht mehr nach draußen. Nicht mal mit einem Schal vor dem Gesicht. Das hatte bei dem Typen vom Fernsehen auch nicht geholfen.

Er musste sie schützen. Unbedingt. Aber wie sollte er ihr das klarmachen? Sie würde darauf bestehen, zum Strand zu gehen.

Auf dem Weg ins Ostdorf wurde er immer wütender. Warum, um alles in der Welt, hatte er nicht daran gedacht, die Veranstaltung abzusagen? Er blieb stehen und schaute in seinen Terminkalender. Natürlich. Da war die Museumseröffnung in drei Wochen. *Klaviere aus vier Jahrhunderten.* Auch dort hatte sie singen wollen. Aber was nützte es, wenn ihr der Text nicht mehr einfiel?

Wieder einmal hatte er das Gefühl, dass ihm alles über den Kopf wuchs. Waren eine ärztliche Untersuchung und das Wissen um die Schwere ihrer Krankheit nicht doch sinnvoller?

Aber was wäre, wenn es sich bei Dora nur um eine zeitlich begrenzte Zerstreutheit handelte? Wenn es ihr nach den drei Wochen wieder besser ging? Dann konnte sie arbeiten und Geld verdienen wie bisher und er konnte sie weiterhin managen. Er konnte sich kaum vorstellen, seinen Lebensunterhalt anders zu verdienen. Also musste er da durch. Und sie auch.

Er schloss die Tür der Ferienwohnung auf, und Dora empfing ihn mit fröhlichem Lachen. Sie trug das blaue samtige Oberteil mit dem tiefen Ausschnitt, das er so sehr an ihr liebte. Auch die Silberkette, die er ihr vor drei Jahren zu einer Musicalpremiere geschenkt hatte, hatte sie angelegt.

»Hast du Fisch bekommen?«

Er nickte. »Ja. Tiefgefroren. Frische Schollen gab es nicht im Supermarkt.«

»Kein Problem. Soll ich sie zubereiten?«

Er winkte ab. »Nein. Wir essen sie heute Abend. Das dauert bis dahin.«

»Lass uns rausgehen. Die Sonne scheint. Auf Borkum ist es einfach wunderbar.« Sie nahm ihn in den Arm.

»Baltrum. Nicht Borkum. Und wir bleiben drin. Es soll gleich Regen geben.«

»Ach? Wirklich?« Sie drückte ihn fester. »Ich hätte eine andere Idee.«

Sehr gut. Damit konnte er leben. Er legte den Fisch ins Tiefkühlfach. Alles andere konnte warten. Als er ihr ins Schlafzimmer folgte, war er sich sehr sicher, dass er bisher nichts verkehrt gemacht hatte.

10

»Ihr seid ja schon richtig fleißig«, begrüßte der Inselpolizist seinen Kollegen Wille Weerts und Christian Wollschläger, den Hafenmeister.

»Was meinst du, wie fleißig wir gleich sein werden. Netterweise habe ich Hilfe von einigen Insulanern und Bootsanlegern.« Er deutete auf einen Wurfanker. »Mit dem Ding müsste es klappen. Ein technisches Hilfsgerät brauchen wir vorerst nicht.«

»Wie soll das gehen?«, fragte Röder.

»Wir lassen den Wurfanker hinunter und hoffen, dass er sich in einer der Wippen verhakt. Dann ziehen wir alles hoch und werfen den Anker erneut aus«, erklärte der Hafenmeister.

»Du bist sicher, das klappt?«, fragte Röder ein wenig skeptisch.

»Es ist nicht das erste Mal, dass wir so einen Handwagen aus dem Wasser ziehen. Der Wind hat schon so manches Mal eine Wippe in den Hafen geweht. Es ist natürlich kräftemäßig nicht ganz einfach, aber wie ich schon sagte …«, er zeigte auf die Menschengruppe, die in einiger Entfernung dem Geschehen zuschaute, »Hilfe ist da.«

Röders Telefon meldete sich.

Thorsten Haas, sein Kollege von der Wasserschutzpolizei, war dran und berichtete, dass er soeben mit dem Hubschrauber angekommen war.

»Bin gleich bei euch.«

Es war nur ein kurzer Weg vom Flugplatz zum Hafen, daher dauerte es tatsächlich nur knapp fünf Minuten, bis Haas die Einsatzstelle erreicht hatte. »Bin allein erschienen. Und das mit einem dienstfremden Fahrzeug«, begrüßte er den Inselpolizisten freundlich. »Aber Boot und Kollegen sind anderweitig im Einsatz. Aber nun erzähl mir, was passiert ist.«

Röder stellte ihm den Hafenmeister vor und zeigte auf das wassergefüllte Becken. »Wir schätzen, dass mindestens zehn Wippen heute Nacht hier drin gelandet sind. Die Männer versuchen gerade, alle ins Trockene zu bringen, bevor das Wasser wieder steigt. Dieses Hafengebiet hat Wollschläger abgesperrt, und die *Baltrum III* wird dort anlegen, wo normalerweise die Ausflugsschiffe festmachen.«

»Gibt es schon Hinweise auf den oder die Täter?«, fragte Haas.

»Bis jetzt nicht. Ich bin übrigens Wilfried Weerts. Genannt Wille. Mein Inselkollege hat vergessen, mich vorzustellen. Ich bin hier der Hilfssheriff. Mein Hauptarbeitsgebiet ist in Norden.« Wille streckte dem Mann von der WaPo die Hand entgegen.

»Gemach, Kumpel«, lachte Röder. »Das wäre der nächste Schritt gewesen. Noch hast du schließlich eine Hand frei.« Er deutete auf den Wurfanker, den Wollschläger und drei Helfer langsam an einem massiven Seil ins Wasser ließen. »Gleich bist du dran.«

Bedauernd schüttelte Wille den Kopf. »Geht leider nicht. Ich muss die restlichen Anzeigen aufnehmen, während du dich anderweitig unterhältst. Aber wenn du ganz lieb bist, darfst du das auch machen und ich koordiniere die Einsatzstelle.«

»So regeln wir es«, bestätigte Röder, dann wandte er sich wieder seinem Kollegen aus Emden zu. »Was liegt an weiteren Fragen an?«

»Wie lange, schätzt du, wird dieser Abschnitt gesperrt sein?« Haas nahm ein Handy aus der Tasche und machte Fotos.

»Kann ich nicht beurteilen«, erwiderte Röder. »Bevor das Schiff hier wieder anlegen kann, muss das Hafenbecken sauber sein.«

»Ich sehe es wie folgt«, überlegte Haas, »ihr schafft raus, was geht. Das Becken bleibt gesperrt. Morgen schicken wir als Erstes einen Taucher runter, der bei hoffentlich einigermaßen klarer Sicht kontrollieren kann, ob alles frei ist. Sollte es so sein, wird die Anlegefläche wieder freigegeben. Sollten sich dort noch Wippen befinden, kann sicher der Taucher helfen, die Teile am Wurfanker festzumachen.«

»Das wäre hilfreich«, sagte Röder. »Habt ihr jemanden, der das machen könnte?«

Bevor Haas antworten konnte, meldete sich einer der anderen Männer. »Wenn Sie wollen – ich kann da helfen. Jörg Oltrop mein Name. Ich bin Berufstaucher im Hamburger Hafen. Natürlich habe ich meine ganz große Ausrüstung nicht dabei. Schließlich mache ich Urlaub. Aber mein Anzug und das andere Equipment liegt dort auf meinem Katamaran.« Er deutete zum Bootshafen.

Die beiden Polizisten schauten sich ein wenig zweifelnd an. Einen Zivilisten an die Sache ranzulassen, war nicht unbedingt die beste Variante, aber sicher die, die sich hier als praktisch erweisen könnte.

»Können Sie sich ausweisen? Ich meine, dass Sie Berufserfahrung haben?«

»Ich kann. Wenn Sie mit auf den Kat kommen wollen – ich habe Unterlagen dabei«, sagte der Mann eifrig.

»Gut«, erwiderte Haas. »Ich schaue mir das an, und dann treffen wir eine Entscheidung.«

»Wir haben sie«, rief einer der Helfer. Röder hörte, wie Metall an der Spundwand scheuerte. Einer der Männer griff zu, dann ein zweiter, und gleich darauf stand die erste triefende Wippe vor ihnen. Christian Wollschläger atmete tief durch. »Wenn wir die restlichen auch so einfach bergen können, dann ist es klasse. Aber daran glaube ich nicht. Die haben sich sicher zum Teil ineinander verkeilt.« Wieder ließen die Helfer den Schwerkrafthaken heruntersinken, und gleich darauf spannte sich das Ankerseil.

»Die nächste hängt dran.« Christian Wollschläger wischte sich den Schweiß von der Stirn. Diesmal war es komplizierter. Es bedurfte einiger Versuche, bis auch dieser Handwagen das rettende Ufer erreicht hatte. »Das Wasser steigt. Nicht, dass wir aufgeben würden. Aber die Kontrolle am nächsten Tag ist unabdingbar. Das sieht mein Chef genauso.«

»Dann sind wir ja einer Meinung«, bestätigte Röder. Er sah, wie die drei Männer das Seil an andere Männer übergaben. Gut, dass so viele Helfer anwesend waren. Auch Henk war wieder dabei. Was er nicht sah, war das Fernsehteam. Er wunderte sich ein wenig, dass es von der Sache keinen Wind bekommen hatte, war aber gleichzeitig froh darüber, dass die Leute keinem im Weg standen.

»Was ist nun mit der Anzeige? Meine Wippe ist fast neu, und ich möchte nicht wissen, was das Salzwasser damit anstellt.«

Natürlich Julian Flegel. Wer konnte es anders sein. Der Meckerer. Er wusste alles besser und schlängelte sich beschäftigungsfrei durch sein Leben. Angebote gab es genug, aber sie waren mit Arbeit verbunden, und die war dem Mann seit Jahren fremd. »Wir kümmern uns. Du kannst deine Daten später auf der Wache abgeben«, erwiderte Röder kurz. Er war sich nicht sicher, ob Julian überhaupt im Besitz einer Wippe war. Röders Telefon machte sich wieder bemerkbar. Diesmal war es Frau Vogelsang, die sich nach den Bergungsfortschritten erkundigte.

»Kann die Fähre anlegen?«, fragte sie.

Er erklärte ihr den Ablauf und bat auch sie, sich nachmittags auf der Wache zu melden, falls sie Anzeige erstatten wollte.

»Ich schicke meinen Hausmeister zum Hafen. Der sieht dann, was Sache ist, und kann auch mit Hand anlegen. Die Wohnungen sind sauber und warten auf die Gäste. Wenn du Neuigkeiten hast – Hanna ist im Büro.«

Der Inselpolizist winkte seinem Kollegen zu. »Ich fahre zur Wache. Du hältst hier die Stellung?«

»Mache ich.« Wille Weerts deutete die Hafenstraße herunter. »Wir werden das Flatterband ein wenig versetzen. Die ersten Gäste laufen bereits auf. Dabei legt das Schiff erst in zwei Stunden an. Die Täter können von Glück sagen, dass Herbst ist und damit die *Baltrum III* fährt. Die liegt schließlich nachts in Neßmersiel. Im Gegensatz zur großen Fähre, der *Baltrum I.*«

»Genau«, bestätigte Röder. »Die hätte hier gelegen, und die Besatzung hätte bestimmt etwas mitbekommen. Oder die Täter haben gar nicht darüber nachgedacht, sind mit besoffenem Kopp zum Hafen gelaufen, und als sie dort merkten, dass das Schiff nicht da war, haben sie die Gunst der Stunde genutzt.«

»Ich hoffe auf Hinweise. Noch einmal so etwas unter

dem Motto: ›Es hat gut geklappt, warum nicht ein zweites Mal‹, können wir nicht gebrauchen.«

»Ein wahres Wort. Sprichst du mit dem Kollegen Haas? Wir können uns später austauschen, bevor er uns wieder verlässt. Sollte er bleiben wollen, haben wir sicher eine Unterkunft im *Sonnenstrand.* Wie üblich.« Michael Röder fuhr zurück zur Wache. Er war gespannt, wer von den Einwohnern seine Wippe vermisste. Einige hatten sicher gar nicht mitbekommen, was passiert war, und ließen die ankommenden Gäste dadurch mit ihrem Kofferschicksal ganz allein. Aber auf den Inselfunk war Verlass, das war bekannt.

11

»Wir sollten abfahren.« Bertus biss von seinem Marmorkuchen das üblich große Stück ab.

»Nein. Wir haben einen Auftrag und den ziehen wir durch«, erwiderte Klara. Auch sie nahm ein Stück Kuchen. Es hatte Zeiten gegeben, da war ihr beim Anblick ihres schmatzenden Mannes der Genuss vergangen. Aber sie hatte sich daran gewöhnt. Nützte auch nichts, wollte sie nicht verhungern. Sie freute sich auf die Zeit danach. Auf die Zeit, in der sie sich allein und ganz in Ruhe ihren Mahlzeiten widmen konnte. Was sie allerdings beunruhigte, war die Abwesenheit ihres Tonassistenten. Klar, der hatte seine Macken, aber Unzuverlässigkeit hatte seit Beginn ihrer Zusammenarbeit nicht dazugehört. Was könnte ihn dazu bewogen haben, nicht zum Dienst zu erscheinen? Abgereist war er offensichtlich nicht. Zumindest nicht mit Gepäck. Seine Sachen lagen im Hotelzimmer. Sie hoffte inständig, dass er in Kürze auftauchte. Oder sollte sie doch der Idee der Frau des Polizisten folgen und die Polizei benachrichtigen? Nein. Oder doch?

»Ich bin mal kurz weg.« Ohne eine Antwort ihres Mannes abzuwarten, stand sie auf und verließ den Frühstücksraum. Im Flur sah sie Henning Ahlers. »Gibt es Neuigkeiten von meinem Kollegen?«, fragte sie vorsichtshalber. Nicht dass sie die Pferde scheu machte, und der Knabe wohlig seine Glieder auf dem Bett ausstreckte.

»Bei uns hat er sich nicht gemeldet. Haben Sie schon mit Herrn Röder gesprochen?«, fragte der Hotelchef.

Jetzt der auch noch. Schien also keine schlechte Idee zu sein. »Nein, aber ich bin auf dem Weg zu ihm. Wissen Sie, wo ich ihn finde?«

Henning Ahlers schüttelte den Kopf. »Das kann ich Ihnen nicht sagen. Ich kann Ihnen aber sagen, wo Sie die Wache finden. Auch eine Telefonnummer habe ich.«

»Beschreiben Sie mir den Weg. Die Nummer nehme ich auch«, bat sie.

»Sie gehen an der Inselglocke und den Läden vorbei bis kurz vor den Marktplatz. Am *Watt'n Grill* biegen Sie links ab. Dahinter befindet sich die Polizei.« Er schrieb etwas auf einen Zettel. »Hier ist die Nummer. Den Polizeinotruf kennen Sie.«

Sie bedankte sich und folgte Ahlers' Wegbeschreibung. Schräg gegenüber der Buchhandlung sah sie das Büro von *Gode Tied*, dem ambulanten Pflegedienst auf der Insel. Ob sie hineingehen und um ein Gespräch bitten sollte? Soweit ihr bekannt war, kümmerte sich dieser Verein auch um hilfsbedürftige Feriengäste und sorgte damit für unbeschwerten Urlaub. Nein, später. Markus war wichtiger. Erst einmal war der Besuch bei der Polizei dran. Als sie an die weiße Tür der Wache klopfte, hörte sie ein freundliches »Bitte, kommen Sie herein.« Der Mann hinter dem Schreibtisch, der beinahe den ganzen Raum einnahm, stellte sich als Röder vor.

Sie berichtete, was ihr Sorgen bereitete. Der Mann hörte sich die Sache ruhig an, dann fragte er: »Besteht der Verdacht, dass sich Ihr Kollege in Gefahr befinden könnte? Hat er sich mit jemandem gestritten? Ist Herr Knube aggressiv aufgetreten oder ist ihm gegenüber jemand aggressiv geworden?«

Klara überlegte. »Nein. Er kann manchmal etwas bissig sein. Auffahrend. Das ist jedoch immer wieder schnell vorbei.«

»Also gab es nichts Auffälliges während Ihres Aufenthaltes hier?«

»Nur eines«, sie zögerte, wusste nicht, ob es erwähnenswert war, »er hat auf dem Schiff jemanden gesehen, den er für eine sehr bekannte Persönlichkeit hielt. Gestern, als wir mit Julia Coordes sprachen, sah er die Frau wieder. Er erkannte sie, obwohl sie ihr Gesicht beinahe gänzlich unter einem Schal versteckt hatte. Er ging auf sie zu, doch der Mann, der mit der Frau unterwegs war, wollte nicht mit ihm sprechen und schob die Frau beinahe rüde weiter.«

»Wissen Sie, wer die Frau sein könnte?«, fragte Röder.

»Dora Warfsmann. Eine sehr bekannte Sängerin.«

»Der Name ist mir geläufig. Es gab eine Auseinandersetzung?«

»Nun, eine Auseinandersetzung würde ich es nicht nennen. Dazu war der Kontakt zu kurz. Aber das Pärchen schien mir nicht begeistert zu sein. Das heißt, *er* schien mir nicht begeistert zu sein. Die Frau blieb sogar stehen, und ich hatte das Gefühl, dass sie nichts gegen ein Gespräch hatte.«

»Sie wissen aber nicht, wo die beiden hier wohnen und ob sie sich überhaupt noch auf der Insel aufhalten?«

»Nein. Keine Ahnung.«

Der Polizist öffnete ein Notizbuch. »Bitte geben Sie mir die genauen Daten Ihres Mitarbeiters, soweit sie Ihnen bekannt sind.«

Klara musste erkennen, dass sie eigentlich nicht viel wusste. Ihr war bekannt, wie der Kollege mit vollem Namen hieß und in welcher Stadt er wohnte. Der Straßenname war ihr entfallen, ebenso das Alter. Ob er liiert war, konnte sie genauso wenig sagen. »Er ist auf *Facebook* aktiv. Da finden Sie sicher nähere Angaben.«

Der Polizist schaute sie an. »Ich muss Ihnen sagen, dass mir die Hände gebunden sind. Der Mann ist volljährig, und es liegt kein begründeter Verdacht auf eine Straftat oder eine Gefahrenlage vor. Es gibt unendlich viele Gründe, warum er sich nicht dort aufhält, wo es erwartet wird. Trotzdem ist es gut, dass Sie sich gemeldet haben. Sollten uns Neuigkeiten erreichen, nehmen wir Kontakt mit Ihnen auf. Bitte geben auch Sie uns Bescheid, wenn Herr Knube wieder auftaucht.«

Das versprach sie und ging zurück zum Hotel. Es wurde langsam Zeit, sich zum Treffpunkt der *Zukünftigen* aufzumachen. So hatte Eva Hinrichs die Gruppe genannt. Sie war gespannt auf die unter Umständen recht unterschiedlichen Ideen, wie die Insel mit dem Tourismus Schritt halten konnte.

Sie schaute zum Himmel. Würde es Regen geben? Das wäre für die Technik, die Bertus bereits in den Handwagen gelegt hatte, nicht gut. Am Festland war das kein Problem. Rein ins Auto und Abfahrt. Aber hier? Sie legte vorsichtshalber eine Plastikplane über die Geräte. Gut, dass sie das Ding eingepackt hatte.

Eigentlich wäre sie lieber im Hotel geblieben und hätte ein sicher leckeres Abendessen eingenommen. Aber es nützte nichts, wollte sie die Atmosphäre während der Sitzung einfangen, musste sie jetzt los. Deswegen waren sie hier.

Beim Hotel *Strandburg* angekommen, trugen sie ihre Sachen hinein. Schon von Weitem winkte ihnen Julia Coordes zu. Auch Eva Hinrichs war bereits da und der eine oder andere, den sie gleich kennenlernen würden.

Julia Coordes kam auf sie zu. »Schön, dass Sie da sind. Sie können alles aufbauen. Dann fangen wir an. Falls Sie Fragen haben – nur zu. Wenn ich vorstellen darf: Das ist Fiete Peters. Er ist Architekt.« Sie zeigte auf einen Mann, dessen kräftige Statur von einem sehr knappen gelb-blau geringelten T-Shirt zusammengehalten wurde. »Daneben sitzt Britta Edel. Sie vertritt den Einzelhandel, und der junge Mann ist Jasper Blüm. Er ist für den Sport auf der Insel zuständig und bei der Gemeinde angestellt. Eva

Hinrichs kennen Sie. Als Letztes darf ich Ihnen Salomon Bartels vorstellen. Er ist Autor, wohnt seit ein paar Jahren hier und vertritt die Kultur auf der Insel.«

Klara nickte allen freundlich zu. »Ich danke für die Einladung und bin gespannt auf Ihre Themen.«

Im gleichen Moment, als Julia Coordes sich setzte, stand Fiete Peters auf und schaute sich kritisch um. »Was wird das?«

»Wir filmen. Es soll eine Sequenz für unseren Sender werden. Für das Vorabendprogramm. Norddeutsche Entwicklungen. Unter diesem Motto wird der Bericht erscheinen.« Mit einem aufmunternden Lächeln fügte sie hinzu: »Tun Sie einfach so, als wären wir nicht da.«

»Sie werden gleich nicht mehr da sein«, sagte Fiete Peters. »Sie können Ihren Kram wieder einpacken. Wenn wir hier zusammensitzen, wird erst einmal ins Blaue debattiert.«

»Das ist gut und richtig«, rief Britta Edel, »wer hat Sie überhaupt eingeladen?«

»Leute.« Julia Coordes klopfte auf den Tisch. »Nun mal Ruhe. Das war ich. Ich habe mir gedacht, dass es für unsere Insel nur positiv sein kann, wenn die Außenwelt mitbekommt, wie wir uns stetig bemühen, die Insel für die Gäste und Insulaner weiterhin attraktiv zu gestalten.«

»Julia, das Mikro ist noch nicht an. Du kannst auch vernünftig mit uns reden.«

»Ja, Fiete. Können wir nun beginnen?«

»Nicht, bevor die ihre Technik wieder zur Seite gelegt haben. Zuhören dürfen die, aber aufnehmen oder gar filmen – nee, dat geiht nich.«

Julia Coordes schaute ratlos zu Klara herüber. »Was machen wir?«

»Also ich habe kein Problem damit, Fernsehstar zu werden«, lachte Jasper Blüm. »Meine Fans bei *Instagram* warten nur darauf.« Er wurde ernst. »Ich denke auch – zuhören ja, aufnehmen nein. Wenn Sie nach der Sitzung mit einem von uns sprechen wollen, dann ist das okay.«

Jetzt nickten alle, und bald darauf war ein intensives Gespräch entbrannt. Julia Coordes führte Protokoll, und auch Klara machte sich Notizen. Bertus saß zusammengesunken neben ihr, und sie hatte ein paar Mal das Gefühl, dass ihr Mann trotz der Lautstärke in dem kleinen Konferenzraum kurz vorm Einschlafen war.

Britta Edel: »Der Einzelhandel ist auf die Bedürfnisse von Familien mit Kindern ausgerichtet. Elitäre Geschäfte haben hier nichts zu suchen. Wir müssen uns nicht umstellen.«

Fiete Peters: »Dat denk ik ook. Was dringend erneuert werden müsste, sind die Straßen. Die sind abgenudelt, krumm und schief. Dann muss der Baustil erhalten bleiben. Das lieben de Lüüd.«

Jasper Blüm: »Ach, und wer schwärmte letzte Woche beim Bier vom Bauhausdesign? Und dass man den Gästen neue Gesichtsfelder bieten müsste?«

Fiete Peters: »Dat wet ik woll. Ik find dat moi. Aber ich habe umgedacht. De Lüüd willen Husen na ol Maneer. Mit witte holten Rickels umzu. Das ist inseltypisch. Un ik denk, dat dürssen nich mehr so veel Minschen ween, die na Baltrum kommen. Klein, aber fein, dat is de Devise. Nich immer mehr und mehr.«

Julia Coordes: »Wenn ich euch so höre, soll am besten alles beim Alten bleiben. Dann können wir die Sitzung auflösen.«

Eva Hinrichs: »Nein, warte. Was ich mir vorstellen könnte, wäre ein Blick auf Nachhaltigkeit. Das gesamte

Essen, das hier angeboten wird, wird auf Bio umgestellt. Die Läden verkaufen mehr nachhaltige Ware. Also ein Urlaubsparadies für Umweltschützer. Die müssen dann nie mehr nachfragen: Ist das auch …? Die können unbesehen alles kaufen.«

Britta Edel: »Wenn die sich das dann noch leisten können.«

Jasper Blüm: »Ich mach die Leute fit. Biete weitere Kurse an. Im Schwimmbad und am Strand.«

Julia Coordes: »Und du, Salomon? Was hast du beizutragen?«

Salomon Bartels: »Wir holen Chöre auf die Insel. Bieten Fortbildung an und stellen Raum zur Verfügung. Dafür treten sie dann auf. Jedes Chormitglied wird, wenn alles gut läuft, zu Hause ein Werbeträger sein. Besser geht es nicht.«

Julia Coordes: »Eine Idee, über die man nachdenken kann.«

Salomon Bartels: »Natürlich kann man den Gedanken weiterspinnen. Ich denke an Lesungen von bekannten und unbekannten Autoren oder Theatergruppen vom Festland, die sich neben unseren eigenen Gruppen auf die Bühne im Haus des Gastes *trauen. Den Anfang haben wir vor einigen Jahren bereits gemacht.«*

Fiete Peters: »Oder ook Plattdütschseminare. Dat will ik woll anbeeden.«

Eva Hinrichs: »Gleichzeitig müssen wir beim Klimaschutz ein Zeichen setzen. Es ist nicht nur eine allgemeingültige Aufgabe, sondern das Thema betrifft jeden von uns. Wenn der Pegel der Nordsee steigt, brauchen wir uns um den Tourismusfortschritt keine Gedanken mehr zu machen. Höchstens darum, ob alle Insulaner schwimmen können.«

Plötzlich war Ruhe im Raum. Nur Salomon Bartels

räusperte sich verhalten. Dann sagte er: »Ein wahres Wort. Aber auch da können wir etwas unternehmen. Müllsammeln am Strand mit den Gästen.«

»Klar«, lachte Jasper Blüm, »die kommen her, um unseren Müll aufzusammeln. Geht's noch?«

»Das nennt man Aufmerksamkeit wecken. Nicht Müll sammeln«, sagte Bartels trocken.

»Die meisten Urlauber wollen nicht mit der Nase auf alte Fischernetze, kaputte Luftballons mit Bändern dran und leere Plastikbehälter gestoßen werden, sondern den Strand und das Meer genießen«, sagte Britta Edel. »Da gebe ich Jasper recht. Ist doch auch gar nicht so schlimm. Wenn ich über den Strand schaue, sehe ich feinen Sand, Muscheln und ab und zu ein Stück Holz.«

»Außerdem – man stelle sich die neue Internetseite der Kurverwaltung vor: Liebe Gäste, kommt auf diese wunderschöne kleine Insel und sammelt Müll mit uns. Oder noch besser – wir stellen nach alter Sitte irgendwo einen Infostand auf und legen nicht nur Prospekte aus, sondern Glasbehälter mit Strandmüll.« Jasper lachte lauthals. »Das macht Sinn.«

»Lieber Jasper, achte auf deine Worte.« Eva Hinrichs stand auf. »Ich muss weg. Wir sehen uns.«

Klara reichte es. Sie hatte sich mehr von dieser Sitzung erwartet. Aber wahrscheinlich bedurfte es weiterer Zusammenkünfte, um zu gemeinsamen Beschlüssen zu kommen. Zumindest hatten ein paar der Leute, die hier saßen, erkannt, dass man etwas tun musste, um attraktiv zu bleiben. Wie sich der Weg entwickelte, war ungewiss.

»We mutten dringend Wohnungen für Mitarbeiters hebben.« Fiete Peters schaute zu Julia Coordes. »Wat makt din *GENOBA*?«

»Übrigens – wir haben gestern auf dich beim Haus *Wassersicht* gewartet. Das Fernsehteam war da.« Julia Coordes zeigte auf Klara und ihren Mann.

»Wo du dat seggst. Ik heb mi versehn. Dat deit mi leid. We kunnen nu proten«, sagte Fiete Peters.

Klara war sich nicht sicher, ob der Mann nun zu einem Gespräch bereit war, ging aber davon aus, so fröhlich, wie er schaute. Verstanden hatte sie ihn nicht. Das Plattdeutsche war ihr fremd. Sie würde darauf bestehen, dass der Mann während des Interviews hochdeutsch sprach.

»Gerne. Sollen wir nach nebenan gehen?«, fragte sie.

»Nicht nötig. Warten Sie einen Moment, dann bin auch ich verschwunden«, rief Britta Edel. »Es sei denn, Sie brauchen mich noch.«

»Darf ich mich morgen bei Ihnen melden?«, schlug Klara mit einem Blick auf Bertus vor. 19 Uhr, und das ohne Abendessen, schien seine Miene anzuzeigen.

»Auch gut.« Britta Edel ging, und Jasper Blüm folgte ihr. Auch Salomon Bartels verließ mit freundlichem Nicken den Raum. Den Mann nehme ich mir ebenfalls vor, beschloss Klara. Einem bekannten Gesicht hört der Mensch gerne zu.

Julia Coordes und Fiete Peters hatten nebeneinander Platz genommen und Bertus die Technik aktiviert.

»Bevor wir beginnen – haben Sie diese unmögliche Sache am Hafen heute gefilmt?«, fragte Julia Coordes.

»Was war denn da los?«

»Da hat jemand in der Nacht sämtliche Wippen in das Hafenbecken geworfen«, sagte Coordes.

»De meesten sünd all weer buten«, fügte Peters hinzu. »Aber morgen früh kummt een Taucher und holt de letzten herut.«

»Gut, dass ich das weiß. Das könnte glatt eine Nachricht für den Sender wert sein«, sagte Klara.

»Können wir weitermachen?«, knurrte Bertus.

Der Mann hatte Hunger. So sah er immer aus, wenn sein Magen knurrte.

»Das machen wir. Nehmen wir uns die Zukunft vor.« Sie stellte Julia Coordes einige Fragen, und die Vorsitzende der *GENOBA* antwortete mit viel Leidenschaft und Überzeugung. Nur mit Unterbringungsmöglichkeiten für Mitarbeiter könne der Tourismus weiter bestehen. Und ohne einen Zukunftsplan für die Insel brauche man keine Mitarbeiter mehr. Daher passe ihr Engagement wunderbar zusammen.

Fiete Peters schaffte es tatsächlich, alle seine Vorstellungen um eine positive Zukunft im Hochdeutschen zu formulieren. Nur zum Schluss gab es ein freundlich, aber bestimmtes: »So maken wi dat.«

Nach einer weiteren halben Stunde hatten sie alle Fragen abgearbeitet. Jetzt meldete sich auch ihr Magen. Sie bedankte sich, und versprach, die Entwicklung weiter zu verfolgen. Dass sie allerdings nicht ganz sicher war, ob *Baltrumer Zukunft* ein Erfolg würde, verschwieg sie. Man konnte schließlich nicht wissen.

Im Hotel *Sonnenstrand* angekommen, nahmen die beiden ein schnelles Abendessen ein, dann verzog sich Bertus in sein Zimmer. Getrenntes Schlafen war zwar teurer, aber anders ging es nicht. Sie schnarchte oftmals so laut, dass Bertus stundenlang kein Auge zubekam.

Auch sie ging auf ihr Zimmer. Ihre Gedanken schweiften zu Markus. Als sie vor dem Abendessen an seine Tür geklopft hatte, hatte sie keine Antwort erhalten.

MITTWOCH

12

Röder gähnte. Nachdem Thorsten Haas von der Wasserschutzpolizei wieder abgefahren war, hatten Wille und er lange in der Wache gesessen und überlegt, wie sie vorgehen sollten. Eine Nachtschicht am Hafen? Das hatten sie beide als sinnlos empfunden. Zumal die meisten Wippen sowieso von deren Besitzern sichergestellt worden waren. Außerdem hielten sie die Aktion für eine einmalige Geschichte. Eher würden sich die Täter eine neue »lustige« Aktion ausdenken, als noch einmal das Hafenbecken zu füllen. Also blieb nur das, was sie am unangenehmsten fanden – abwarten. Reagieren anstatt zu agieren.

Er stand auf, weckte seine Frau und ging hinunter in die Küche. Amir begrüßte ihn leicht schnaufend. Zu Röders Freude stand der Hund auf und kam langsam auf ihn zu. Sollte sich seine Verletzung gebessert haben? Er streichelte den Heidewachtel, dann gab er Futter in die Schale, was zur Folge hatte, dass sich Amirs Interesse umgehend von ihm ab und der Schale zuwandte. Röder füllte frisches Wasser in eine zweite Schale und stellte sie auf den Fußboden, dann packte er Brötchen in den Ofen, warf die Kaffeemaschine an und kochte zwei Eier.

Als alles fertig war, stand, wie auf Befehl, seine Frau in der Küche. »Ich weiß – normalerweise erscheinen nur Männer genau dann … aber bei mir klappt das auch«, lachte sie und drückte ihm einen Kuss auf den Mund.

»Was liegt bei dir heute Morgen an?«, fragte sie zwischen zwei Bissen.

»Wir fahren zum Hafen. Mal sehen, was der Taucher aus der Tiefe holt.«

»Ich bin wieder im Laden. Jann hätte eigentlich heute Dienst, aber er hat um einen freien Tag gebeten. Also habe ich mich geopfert. Das mache ich aber gerne. Doch vorher drehe ich mit Amir eine kleine Runde. Die Medizin scheint zu wirken.«

»Aber wirklich nur kurz«, sagte Röder. »Ich kann später auch einen Gang machen.«

»Ich bin schon groß«, Sandra grinste, »ich weiß, was gut ist für den Hund.«

»Klar. Entschuldige.« Röder nahm einen letzten Schluck Kaffee. »Ich schaue mal, ob Wille schon die Wache besetzt hat.«

»Ich bin gegen Mittag wieder hier«, rief Sandra hinter ihm her, als er die Küche verließ.

In der Wache saß Wilfried Weerts, sein Kollege, bereits am Schreibtisch. »Können wir los?«, fragte er abwartend.

»In Kürze«, erwiderte der Inselpolizist. »Erst einmal: Gibt es Neuigkeiten vom Festland? Vermisstenmeldungen oder Ähnliches?«

Wille schaute auf den Monitor, dann schüttelte er den Kopf. »Nein. Nichts, was uns betreffen könnte. Diebstähle sind nicht gemeldet worden. Nur die Anzeigen wegen der versenkten Handwagen liegen auf dem Tisch.«

»Aber ich habe Neuigkeiten. Von Müller.« Er erzählte, was der Chef über den neuen Posten auf Baltrum berichtet hatte. »Bewirb dich. Dann kannst du das ganze Jahr über mit mir zusammenarbeiten.« Röder lachte. »Ist nur die Frage, was deine Frau dazu sagt.«

Wille schwieg einen Moment, dann sagte er: »Danke, dass du es mir erzählt hast. Es ist zunächst mal ein Gedanke. Mal schauen, wie wir damit umgehen.«

»Gut. Dann lass uns fahren.« Röder zog seine Jacke an, setzte die Dienstmütze auf und holte sein Fahrrad aus dem Gartenhäuschen. Wille folgte ihm.

Am Hafen sah Röder Christian Wollschläger, den Hafenmeister, mit Jörg Oltrop, der gerade dabei war, den Neoprenanzug mit einem kräftigen Ruck zu schließen. Also waren sie gerade richtig gekommen. Er begrüßte die beiden Männer. »Wie ist die Lage?«

Doch ehe er eine Antwort erhielt, rief Wille: »Schau mal, wer dort kommt!«

Es war Klara Becker mit ihrem Mann. Zwei Personen also. Dann schien der Dritte im Bunde nicht wieder aufgetaucht zu sein. Sie würde es ihnen bestimmt gleich erzählen.

»Wir dürfen Aufnahmen machen?«, fragte die Frau jedoch, und der Mann holte, ohne eine Reaktion abzuwarten, die Technik aus dem Handwagen.

»Sie dürfen. Aber bitte aus sicherer Entfernung«, sagte Wille nachdrücklich. Er zeigte auf einen freien Platz in zehn Metern Entfernung. Darauf schien sich der Mann aber nur widerwillig einzulassen. Meter für Meter rückte er an die Wasserkante heran, bis auch Röder ihm Einhalt gebot. »Jetzt reicht es. Sie haben Ihren Platz und wir den unseren.«

»Also noch einmal: Wie ist die Lage?«, wandte sich Röder an den Hafenmeister.

»Herr Oltrop macht sich gerade fertig. Also heißt die Devise: mit anfassen.« Christian Wollschläger deutete auf den Wurfanker, dann sagte er mit einem Blick über das

Hafengelände: »Wie du siehst, sind außer uns nicht viele Menschen anwesend, die helfen könnten.«

Jörg Oltrop legte das Drucklufttauchgerät an, schnallte sich die Bleigewichte um und deutete auf die Rampe, die am Ende des Hafens ins Wasser führte. »Ich geh da mal runter. Bis gleich.« Er nahm die Flossen und eine Lampe und ging dorthin, wo normalerweise der Baltrumer Müll zum Abtransport auf die *MS Störtebeker* geladen wurde.

»Meine Wippe fehlt noch.« Henk hatte sich eingefunden und beobachtete interessiert, wie der Taucher im Wasser verschwand. Der Hafenmeister senkte vorsichtig den Wurfanker herab. Das Wasser bewegte sich, und gleich darauf rief Christian: »Wille, Michael, Henk – anfassen. Es geht los.«

Röder musste erkennen, dass er diesmal nicht um die schweißtreibende Arbeit herumkam, und fasste mit den anderen zu. Es war leichter als gedacht. Am Haken hing das Gestell einer kleinen Fischkistenwippe. Sie nahmen sie vom Anker und rollten sie ein Stück auf das Hafengelände, dann ließen sie den Anker wieder ins Wasser.

Die Fernsehleute schienen keinen Handgriff zu verpassen. Er filmte, und sie sprach in ein Mikro, das, Röder kannte es von früheren Aufnahmen, selbstverständlich mit Windschutz versehen war. Kein Bericht von der See ohne Puschelüberzug.

»Das ist sie. Das ist meine«, keuchte Henk und fasste zu. Die Wippe schlug scheppernd an die Mole und quietschte, als die Männer sie auf die Räder stellten. Er begutachtete sie von allen Seiten. »Alles dran. Noch mal Glück gehabt. Ich bin dann mal weg.«

»Du bleibst und hilfst«, rief Christian.

Henk lachte. »Natürlich bleibe ich. War nur ein Scherz.«

Noch einmal senkten sie den Wurfanker ab und zogen. Doch es kam zwei Mal kurz hintereinander Gegenzug von unten. Ein Signal, dass Oltrop mit Wollschläger abgemacht hatte, wenn es unter Wasser ein Problem gab. Sie ließen locker.

Einen Moment dauerte es, dann tauchte Oltrop auf, nahm das Mundstück heraus und sagte: »Dort unten liegt ein Toter. Wie bekommen wir ihn heraus?«

Einen Moment herrschte Schweigen, dann bat Röder: »Berichten Sie, was Sie vorgefunden haben.«

»Bis auf eine Wippe haben wir alle. Als ich die anhaken wollte, bemerkte ich den Körper darunter.«

»Sind Sie wirklich sicher, dass es sich um einen menschlichen Körper handelt?«, fragte Röder nach.

»Ich bin sicher«, sagte Oltrop. »Es ist nicht das erste Mal. Im Hamburger Hafen war ich schon drei Mal bei einer Leichenbergung anwesend.«

»Können Sie den Toten bis zur Rampe bringen? Oder sollen wir ihn mit dem Wurfanker hochziehen?«

»Kein Problem. Das schaffe ich«, sagte Oltrop und tauchte wieder ab.

Röder wandte sich an das Fernsehteam. »Sie ziehen sich zurück und stoppen die Filmaufnahmen. Das ist nichts für die Öffentlichkeit.«

Die Männer liefen um den Frachterplatz herum und die Rampe hinunter. Kurz darauf tauchte Oltrop mit dem Toten aus dem Wasser. Röder und Wille zogen den Mann, unterstützt von Christian, gänzlich an Land. Die wenigen Haare des Mannes klebten an seinem Schädel, und es sah jämmerlich aus, wie aus der Hose und dem Pulli das Wasser schwappte und die Schräge hinunter lief. An seinem rechten Schuh hatte sich eine Alge verfangen.

Das erweckte den Eindruck, als ob der Mann bereits seit Wochen in seinem nassen Grab gelegen hatte.

Röder hatte nicht gemerkt, dass die beiden Fernsehleute ihnen gefolgt waren. Erst als die Tonangel mit dem Mikrofon daran auf die Straße klapperte, sah er Klara Becker auf ihn zu stolpern.

»Markus. Es ist Markus.«

Röder konnte sie kaum davon abhalten, sich auf den Toten zu stürzen. »Markus«, schluchzte sie, »was ist passiert?« Sie wandte sich an den Inselpolizisten. »Hätten Sie nicht eher reagieren können? Dann wäre mein Tonassistent noch am Leben. Ganz bestimmt.«

Röder war sich bewusst, dass Argumente in diesem Moment nicht möglich waren. Er würde später mit ihr reden müssen. Er und sicher auch die Kollegen vom Festland, je nachdem, wie sie diesen Todesfall bewerteten. Unfall, Selbstmord oder Mord – alles war möglich. »Bitte halten Sie Abstand. Hier wird alles geregelt. Verlassen Sie sich darauf.« Sanft schob er Klara Becker zur Seite. Ihr Mann hatte sich bereits einige Meter vom Geschehen entfernt und zündete sich eine Zigarette an. Zumindest versuchte er es. Seine Hände zitterten derart, dass die Flamme aus dem Feuerzeug und die Spitze der Zigarette einfach nicht zueinander fanden.

»Christian, kümmere du dich um die letzte Wippe, damit der Hafen frei wird. Herr Oltrop, wenn Sie die Wippe unter Wasser am Wurfanker befestigt haben, schauen Sie bitte auf dem Boden des Hafenbeckens nach, ob Sie dort etwas finden, was sich zu zeigen lohnt. Wille, du holst den Untersuchungskoffer aus der Wache.« Röder nahm sein Telefon und bat Ellen Neubert, die Inselärztin, zu kommen. Ebenso alarmierte er Axel

Meinders, den Chef der Baltrumer Feuerwehr. »Bring den Zinksarg mit. Und sag Tim Seebald, dem Totengräber, Bescheid. Ich weiß nicht, ob wir ihn benötigen, aber besser ist besser.«

Dann unterrichtete er seinen Chef Müller. Der versprach Unterstützung. »Ich schicke dir deinen besten Freund. Zunächst einmal. So könnt ihr euch ein wenig umhören. Sollte sich der Verdacht eines unnatürlichen Todes bestätigen, werden wir aufstocken. Mit der WaPo nehme ich ebenfalls Kontakt auf. Falls die mitmischen wollen, sollen sie sich an dich wenden.«

»Was machen wir mit der Leiche?«, fragte der Inselpolizist.

»Ich sende euch einen Hubschrauber. Je schneller der Tote in Oldenburg auf dem Seziertisch ist, desto besser«, sagte Müller. »Martin und Lars werden die ersten Untersuchungen vornehmen.«

»Alles klar.« Röder hörte ein schrilles Keckern, dann spürte er einen Luftzug im Nacken. Eine Möwe war im Anflug auf den Toten. Wild wirbelte er mit den Armen, bis die Möwe ihren Flug fortsetzte. Hoffentlich waren die Männer bald mit einem Laken zum Abdecken der Leiche vor Ort. Eigentlich durfte er die Person, der das Wasser aus den wenigen, ehemals blonden Locken lief, gar nicht Leiche nennen. Das zu bestimmen war allein die Aufgabe von Ellen Neubert. Aber so, wie der Mann vor ihm lag, konnte keine Spur Leben mehr in ihm sein. Er war gespannt, was die Obduktion zutage brachte.

»Was ist nun? Wie geht es weiter?«, hörte er Klara Beckers Stimme.

»Frau Becker. Zunächst müssen wir hier die Lage bearbeiten. Ich bitte Sie, ins Hotel zu gehen und dort abrufbereit zu warten. Wir haben mit Sicherheit Fragen an Sie«, erwiderte Röder.

»Was ist, wenn wir abfahren? Die Tonangel ist gebrochen, also können wir nicht arbeiten«, warf Bertus Becker ein. »Sie können uns anrufen.«

Doch da stieß er bei seiner Frau auf Widerstand. »Nichts da. Wir bleiben, bis wir mehr wissen. Wir lassen Markus nicht im Stich! Außerdem haben wir ein weiteres Mikrofon dabei. Daran wird es nicht scheitern.« Sie drückte ihrem Mann die Tonangel in die Hand. »Hol die Wippe. Wir packen ein und tun, was die Polizei sagt.«

Tatsächlich verschwand Bertus Becker wortlos und kam kurz darauf mit der Wippe zurück. »Wir bleiben. Versprochen«, bestätigte die Frau mit Tränen in den Augen erneut, bevor sie mit der Wippe davonschoben.

Röder hatte das Gefühl, als trüge Klara Becker eine schwere Last auf den Schultern, wie sie die Hafenstraße entlang zum Hotel schlurfte. Der Gang des Mannes neben ihr sah nicht viel energischer aus.

Er wandte sich an Christian, und sie beschlossen, dass die Besatzung der *Baltrum III* das Schiff ab sofort wieder an seinem gewohnten Anlegeplatz festmachen konnte. Es sei denn, der Taucher hatte Einwände. Er wollte hinüber gehen und ihn fragen, doch er konnte den Toten nicht allein lassen. Stattdessen winkte er Oltrop zu. Der verstand und bewegte sich Richtung Rampe.

»Haben Sie etwas gefunden?«, fragte er den Mann, als der aus dem Wasser gestiegen war.

Jörg Oltrop schüttelte den Kopf. »Das eine oder andere kleine Fahrradteil liegt da im Schlick rum. Ansonsten ist es erstaunlich unratfrei. Ich konnte nichts weiter entdecken.«

Röder bedankte sich und fragte, wie lange Oltrop auf der Insel bleiben würde.

»Mindestens vier Tage. Es ist so wunderbar ruhig hier. Wenn ich nicht gerade Tote aus dem Hafenbecken ziehe.« Er deutete auf den Mann, der vor ihm lag. »Wissen Sie schon Genaueres?«

»Ich weiß, wer er ist und warum er auf der Insel war. Weitere Erkenntnisse werden hoffentlich die Ermittlungen ergeben«, sagte Röder. »Geben Sie mir bitte Ihre Daten und Ihre Telefonnummer? Der Vollständigkeit halber.«

Jörg Oltrop nannte ihm seine Heimatdresse und seine Handynummer, dann sagte er: »Wenn Sie mich brauchen – Sie wissen ja – der Katamaran dort vorne ist meiner.« Er zog seine Füßlinge aus und ging barfuß zurück zum Bootshafen.

Es dauerte nicht lange, dann sah Röder den RTW näher kommen, gleich darauf das Fahrzeug der Feuerwehr. Und auch Wille erblickte er in Höhe des Nationalparkhauses. Jetzt würde alles erst einmal seinen Gang nehmen. So wie immer, wenn eine Leiche auf der Insel auftauchte. Fast musste er lachen. Auftauchte. Diesmal im wahrsten Sinne des Wortes. Er dachte an die letzten Mordfälle. Seit ziemlich genau 14 Jahren hatten sie mindestens einen pro Jahr davon auf der Insel, und schon so mancher Ermittler hatte an den Untersuchungen mitgearbeitet. Am liebsten war ihm Arndt Kleemann, der laut Müller zeitnah anreisen würde. Ein gutes Jahr hatte sein Freund seinen Job bei der Polizei aufgegeben, um eine Auszeit zu nehmen und seiner Frau Wiebke auf ihrem Biohof zu helfen. Aber es hatte ihn wieder zurück in die Arme der Gesetzeshüter getrieben, worüber er, Röder, sehr glücklich war. Er schaute auf die Uhr. In zwei Stunden kam die Fähre an. Vielleicht war Arndt bereits an Bord.

Er begrüßte Ellen Neubert, die gleichzeitig mit Maik Bernhardt, dem langjährigen Rettungsassistenten, aus dem RTW stieg. Auch Axel Meinders hatte mit einem weiteren Kollegen das Mehrzweckfahrzeug mit dem offenen Heck verlassen. Der Inselpolizist erklärte die Sachlage, und die Inselärztin kniete sich neben den Toten.

Nach einer gründlichen Untersuchung sagte sie: »Dass der Mann tatsächlich tot ist, muss ich eigentlich nicht erwähnen. Eine Todesursache kann ich äußerlich nicht feststellen, das wird die Obduktion klären. Das Einzige, was auffällig ist, sind Kratzspuren innen an beiden Händen. Die rechte Hand scheint mir zusätzlich lädiert. So, als ob jemand darauf gestanden hätte.« Sie deutete auf den kleinen Finger. »Der ist richtig platt. Ach ja, auch der Brustkorb hat etwas abbekommen.« Sie hatte das nasse Shirt hochgeschoben, und Röder sah dunkle Flecken unter der Haut des Mannes.

»Er wird versucht haben, sich an der Spundwand festzuklammern, um einen Absturz zu verhindern«, vermutete Axel Meinders.

»Die eine oder andere Wippe wird auch ihre Spuren hinterlassen haben«, überlegte Wille.

»Wir werden sehen«, erwiderte Ellen Neubert nur, dann fragte sie: »Wie geht ihr weiter vor?«

»Wir warten auf den Hubi. Der bringt Lars Haltegrund und Martin Brinkmann vom Kriminaldauerdienst mit. Sie werden sich die Sachlage ansehen und dann mit der Leiche zurückfliegen. Bis dahin hätte ich gerne ein Zelt und eine Absperrung.«

»Das ist unser Job.« Axel Meinders öffnete die hintere Klappe des Feuerwehrfahrzeuges. Sein Kollege und auch Christian Wollschläger, der inzwischen ebenfalls zu ihnen gestoßen war, halfen. »Ich bin schließlich Feuerwehrmitglied. Auch wenn ich gerade keine Einsatzklamotten trage. Nehme ich aber auf meine Kappe.«

»Ich habe ebenfalls gerade zwei Hände frei«, bot Wille seine Hilfe an, damit die Leiche möglichst zügig vor Möwen und neugierigen Menschenblicken geschützt werden konnte.

»Wir helfen natürlich gerne.« Eine Männergruppe näherte sich zügig.

»Vorsicht, Jungs, macht keine Spuren kaputt«, rief der Gemeindebrandmeister.

Doch die Männer winkten ab. »Keine Sorge. Du kennst uns. Wir sind schließlich alle bei der Feuerwehr und wissen, was wir tun.«

Röder kannte die Truppe. Es waren alles Feuerwehrangehörige, die sich, soweit er sich erinnerte, vor vielen Jahren auf einem Lehrgang der Feuerwehrschule Loy kennengelernt hatten und sich seitdem einmal im Jahr in einem der Wohnorte der Gruppenmitglieder trafen. Und da Axel Meinders auch dazugehörte, war als Treffpunkt wohl diesmal die Insel dran.

Röder ließ die Männer gewähren. Der Gemeindebrandmeister würde schon dafür sorgen, dass die Zeltaufbauer sich nicht auf die Füße traten. Auch Tim Seebald traf ein, und Röder erklärte ihm die Lage.

Es dauerte eine knappe Stunde, dann landete der Hubschrauber und mit ihm die Männer der Spurensicherung. Wieder nahm der Hilfssheriff sein Fahrrad mit dem Anhänger und fuhr los zum Flugplatz.

13

Es war wie immer. Röder ließ sich in einen der Cocktailsessel fallen, die seit einem Jahr den Klubraum im Hotel *Sonnenstrand* schmückten. Da hatte man auf der Insel das Jahr '77 gefeiert, und dazu gehörten nun einmal diese Sesselchen. Auch das Poster von Elvis Presleys Ankunft als Soldat in Bremerhaven hing immer noch an der hinteren Wand.

Die beiden Männer vom Kriminaldauerdienst hatten ihre Arbeit gemacht und waren mit der Leiche wieder abgeflogen. Nur eines hatte ihn gewundert. Martin Brinkmann hatte bei seinem Abschied so seltsam gegrinst und »Bis bald« gesagt. Hatte der Mann neuerdings hellseherische Fähigkeiten? Röder wollte nicht hoffen, dass sie sich in Kürze um eine weitere Leiche kümmern mussten. Henning Ahlers hatte nur knapp genickt, als sie den Raum wieder einmal zur Einsatzleitzentrale umfunktioniert hatten. Zu dritt arbeitete es sich einfach besser dort als in der kleinen Wache.

Ein paar Minuten nach Röders Ankunft trafen auch Wille und Arndt ein.

»Gibt es Neuigkeiten von den Festlandskollegen?«, fragte Röder seinen Freund.

»Sie ermitteln zurzeit, ob es eine Familie gibt, die es zu benachrichtigen gilt. Sollten sie etwas herausfinden, werden sie es uns umgehend mitteilen, damit wir die Daten für anfallende Befragungen haben. Die Obduktion der

Leiche wird bis morgen abgeschlossen sein. Dann haben wir auch da Näheres. Was hast du Neues?«

Röder berichtete, dass Markus Knube von Klara Becker als vermisst gemeldet worden war, er jedoch zunächst darum gebeten habe abzuwarten, da kein Verdacht einer Gefahr vorliege. »Das hat sie mir natürlich heute zum Vorwurf gemacht. Aber es gab keinen Anhaltspunkt, der eine Suche zunächst gerechtfertigt hätte.«

»Drückst du dich neuerdings immer so vornehm aus?«, fragte Wille.

»Nur wenn mein Freund, Hauptkommissar Kleemann, bei mir ist«, erwiderte der Inselpolizist grinsend. »Die Fernsehleute haben diverse Aufnahmen hier gemacht. Hauptsächlich ging es um die neue Gruppe *Baltrumer Zukunft*. Die wollen die Insel touristisch auf breitem Niveau voranbringen, soweit ich weiß.«

»Wann wurde der Mann zuletzt gesehen?«

»Laut Klara Becker hatten sie am Tag nach ihrer Ankunft ein Gespräch mit Julia Coordes, der Initiatorin der *Zukunft*. Danach sind sie zurück hier ins Hotel, und jeder hat sein Ding gemacht. Erst als Knube nicht zum Frühstück erschien, fiel es Frau Becker auf, dass der Mann nicht da war. Birgit Ahlers hat das Zimmer geöffnet, und das Bett war unbenutzt.«

Als ob sie ihren Namen gehört hätte, kam die Hotelchefin mit einem Tablett in den Raum, darauf Tassen und eine Thermoskanne. »Damit das Ermitteln leichter fällt«, sagte sie mit einem Lächeln. »Arndt, dein Zimmer ist bereit, das Bett bezogen.«

Der Kommissar aus Aurich bedankte sich. »Wie immer – der Anlass ist unangenehm, trotzdem ist es schön, wieder hier bei euch zu sein.«

»Gut, ich lasse euch mal allein. Bedient euch. Eines ist mir übrigens eingefallen: Abends habe ich gesehen, wie der Knube das Haus verlassen hat. Allerdings hat er mir nicht gesagt, was er vorhatte. Das muss er natürlich auch nicht. Aber unser Koch hat ihn zufällig getroffen, und dem hat er mitgeteilt, dass er mit einem alten Bekannten bei einem Bierchen in Erinnerungen schwelgen wolle.«

Wille schenkte Kaffee ein, dann schlug er vor: »Wir sollten zunächst erneut mit Herrn und Frau Becker reden und dann den Koch nach dem genauen Ablauf des Treffens befragen.«

»Auch Julia Coordes und die *Baltrumer Zukunft* nehmen wir uns vor. Ach ja, da war eine weitere kuriose Geschichte.« Röder erzählte von Knubes angeblichen Treffen mit einer berühmten Person, die Sängerin sei. »Dora Warfsmann, falls euch der Name etwas sagt. Auch die sollten wir finden.«

»Was ist mit den Idioten, die die Wippen ins Wasser geschoben haben? Sie wurden von ihm überrascht und haben ihn gleich mit über die Kante geschubst. Auch diese Möglichkeit besteht«, sagte Wille. »Die Möglichkeit, dass die Obduktion ergibt, dass der Mann eines natürlichen Todes gestorben ist, wäre natürlich die beste.« Nach einer kleinen Pause fügte er hinzu. »Also – ihm kann es egal sein. Er hat nicht überlebt. Aber …«

»Wir gehen natürlich davon aus, dass ein Verbrechen geschehen ist, und beginnen gleich mit der Arbeit«, sagte Arndt Kleemann. »Aber erst nach dem Kaffee.«

Doch Klara Becker klopfte, noch ehe sie ihre Kaffeetassen leeren konnten. »Herr Ahlers meinte, dass ich Sie hier finden würde.«

»Kommen Sie rein und setzen Sie sich. Wo ist Ihr Mann?«, fragte der Inselpolizist.

»Er ist ganz durcheinander und wollte möglicherweise nachkommen«, erwiderte sie.

»Na gut. Wir werden uns direkt an ihn wenden, falls wir weitere Fragen haben«, sagte Wille. »Bitte erzählen Sie uns, was Ihre genaue Aufgabe auf der Insel ist, wer Sie beauftragt hat, und wie die Tage bis heute abgelaufen sind. Wen haben Sie wo getroffen und wie war das Gesprächsklima, zum Beispiel.«

Klara Becker atmete tief durch, dann begann sie mit ihrer Abfahrt von Neßmersiel und hörte erst mit dem Satz »Und nun sitze ich hier« auf.

»Wissen Sie, ob er sich mit jemandem abends getroffen hat? Wenn ja, mit wem?«, fragte Arndt.

Sie überlegte, dann verneinte sie. »Er hat mir nicht erzählt, ob er hier Bekannte hat. Ich denke, mit der Sängerin wird er sich bestimmt nicht verabredet haben.«

Röder überlegte kurz, aber ihm fielen keine weiteren Fragen ein. Seinen Kollegen ging es wohl ähnlich.

»Warten Sie – ich bin mir nicht mehr sicher, aber ich glaube, er hat so nebenbei erwähnt, dass ihm schon ein bekanntes Gesicht begegnet ist. So nach dem Motto: Hier treffen sich alle. Mehr weiß ich nun wirklich nicht«, sagte Klara Becker und stand auf.

Arndt bedankte sich und bat die Frau, sich weiterhin zur Verfügung zu halten. Das versprach sie. »Für meinen Mann kann ich allerdings keine Hand ins Feuer legen. Aber ich bin zuversichtlich, dass er die Insel nicht ohne mich verlässt. Viel Erfolg Ihnen allen.«

»Was haltet ihr von der Becker?«, fragte Röder in die Runde.

»Ich denke, sie ist wirklich geschockt, obwohl sie Knube nach ihrer Aussage privat kaum kannte. Aber als Kollegen mochte sie ihn.«

Ein wenig später befragten sie den Koch, der ihnen allerdings nicht sehr viel mehr erzählen konnte. Nur dass Knube erwähnt hatte, dass es Erinnerungen an wilde, aber auch freie Zeiten gewesen waren, fernab von der Zivilisation, die er an diesem Abend aufleben lassen wollte. »Widerstand ist alles«, hatte Knube lachend im Rausgehen mit erhobener Faust gerufen.

»Das hilft uns nicht gerade weiter«, überlegte Wille. »Wo ist der Ort fernab der Zivilisation? Wenn wir das wüssten, wären wir schon einen Schritt weiter.«

»Auch da können uns die Auricher vielleicht helfen. Gut möglich, dass wir etwas über den Mann in den Akten haben«, sagte Arndt. »Was ist mit dieser Sängerin?«

»Dora Warfsmann?« Röder gab den Namen in den PC ein. »Es gibt jede Menge Berichte darüber, dass sie ganz spontan ihr Engagement bei der Düsseldorfer Bühne aufgegeben hat. Auch, dass sie nicht zu erreichen sei. Ob sie offiziell als vermisst gemeldet wird, prüfe ich noch.« Wieder gab er Daten ein, dann sagte er: »Bei der Polizei ist bisher nichts aufgelaufen. Aber ich kann ein Bild ausdrucken. Es gibt jede Menge davon in dem kleinen Kasten.« Er deutete auf seinen Laptop. »Wir müssen nur den Drucker und den anderen Kram aus der Wache hierherschaffen.«

»Also das Übliche. Kümmerst du dich darum?«, bat Arndt, dann fragte er: »Wie geht es Amir?«

Röder berichtete von leichten Fortschritten. »Gut geht es ihm jedoch noch lange nicht.«

»Dann ist er als Polizeidiensthund im Moment nicht einsetzbar?«

Röder lachte. »Das war er selbst in gesunden Zeiten nicht, wie du weißt.«

»In Ordnung, also keine Hilfe von Hundeseite. Wille, du erfragst bei Frau Coordes, was da während des Interviews abgelaufen ist. Ich werde derweil meine Bleibe beziehen, und wir treffen uns wieder hier.«

14

Was für ein wunderschöner Tag. Hagen Krasmer konnte es kaum fassen. Sollte alles so werden, wie er es sich wünschte? Sie hatten den Morgen in der Wohnung, genauer gesagt im Bett verbracht, bis sie beide es nicht mehr ausgehalten hatten. Die Sonne forderte sie nahezu auf, nach draußen zu gehen, und Hagen war keine Ausrede mehr eingefallen, die glaubhaft gewesen wäre. Dora hatte eine Tasche gepackt, und sie waren auf direktem Weg zum Strand gegangen. Dort hatten sie ihre Schuhe und Socken ausgezogen, die Hosen bis übers Knie hochgekrempelt und waren fast bis zum Osten der Insel durch den immer noch warmen Sand gestapft. Obwohl es bereits Ende Oktober war, hatten sie keine kalten Füße bekommen. Auf dem Weg zurück war Dora plötzlich stehengeblieben und hatte gerufen: »Wir mieten einen Korb, und dann will ich schwimmen.«

Es waren nicht mehr viele Körbe, die auf Gäste warteten, und die Strandkorbvermietung war geschlossen, aber sie hatten sich einfach in einen hineingesetzt, und jetzt schaute Dora verträumt auf die kleinen Wellen, die sich am Wassersaum brachen. So konnte er es aushalten. Er schloss die Augen und wäre beinahe eingeschlafen, als Dora ihn anschubste: »Wo warst du eigentlich vorgestern Abend?«

»Ich? Wieso?«, fragte er verwirrt.

»Du warst nicht da«, sagte sie nur.

»Aber ich war die ganze Zeit da«, erwiderte er bestimmt.

»Nein. Oder war es gestern? Du warst einfach nicht da. Aber ich meine, es war vorgestern.«

»Dora«, er nahm ihre Hand, »wenn ich nicht da war, dann war ich vielleicht nur einmal frische Luft schnappen. Das brauche ich manchmal. Aber ich war bestimmt nur kurz draußen.«

»Aber warum weiß ich das nicht mehr? Die Zeit vergeht so schnell. Warum sind wir eigentlich hier?« Sie fasste sich an die Stirn. »Ich verstehe das nicht. Ich muss doch singen. Ich habe das versprochen.«

»Du hast Urlaub. Und wir haben beschlossen, eine Auszeit auf dieser traumhaften Insel zu nehmen. Es gibt Zeiten, da braucht man Ruhe, oder nicht?«

»Das stimmt.« Sie lächelte. »Darum will ich jetzt schwimmen.«

»Das Wasser ist sehr kalt. Du solltest es nicht tun«, bat er sie, doch sie hatte bereits ihre Jacke und den Pullover ausgezogen.

»Dora, nein!« Sie durfte auf keinen Fall ins Wasser. Es war viel zu kalt. Und wenn sie da reinstieg, dann musste er mit. So viel war klar. Nachher schwamm sie tatsächlich etwas weiter raus, und zum jetzigen Zeitpunkt konnte er überhaupt nicht abschätzen, ob sie nach ein paar Schwimmzügen noch wusste, wo sie sich befand und welche Richtung sie einzuschlagen hatte, um wieder den Strand zu erreichen. Sie war eigentlich eine geübte Schwimmerin, und noch vor einem Jahr wäre ein Bad in der Nordsee kein Problem gewesen, aber jetzt durfte er sie nicht allein lassen. Dazu hatte er jedoch nicht die geringste Lust.

»Ich will meinen Badeanzug.« Sie knöpfte ihre Hose auf.

»Nein, Dora. Du bleibst hier.« Seine Stimme wurde lauter.

Sie griff nach der Tasche und wühlte darin herum. »Der ist da nicht.«

Wunderbar. Ein Lichtblick. Die Sache war erledigt. So hatte ihre Vergesslichkeit durchaus mal gute Seiten.

»Ich gehe ohne.« Sie zog die Hose, dann ihr Unterhemd aus.

»Nein!«, donnerte er und deutete auf eine Frau, die mit ihrem Hund nur ein paar Meter entfernt vorbeilief und neugierig zu ihnen herüberschaute. »Was sollen die Leute denken? Du, die berühmte Sängerin, die jeder kennt, läufst nackend am Strand rum? Das geht gar nicht. Denk an dein Renommee.«

Dora zögerte, dann zog sie sich schweigend an. »Ich mache dir Probleme, oder?«, fragte sie leise, als sie den Reißverschluss ihrer Hose zuzog. »Du sorgst dich um mich, und ich mache Blödsinn. Deswegen sind wir hier, oder? Und darum schreist du mich manchmal an.«

Hagen antwortete nicht. Wenn er es getan hätte, hätte er geweint. Es dauerte eine ganze Weile, bis er wieder Herr seiner Stimme war. »Setz dich einfach hin und schau auf die Wellen.«

15

»Morgen ganz früh geht eine Fähre. Die nehmen wir.«

»Das meinst du nicht im Ernst.« Klara Becker stand am Fenster und schaute zum Hafen. Die Bäume auf dem Grundstück ließen bereits die ersten Blätter fallen. Es war nicht kalt und die Sonne hatte bis vor Kurzem geschienen, aber nun hatte sich im Westen über Norderney eine graue Wand aufgebaut, die bedrohlich schnell näherkam. »Erstens dürfen wir gar nicht weg. Das hat der Polizist gesagt. Und zweitens steht das Gespräch mit der Frau Edel vom Einzelhandel auf unserer Liste.«

Britta Edel hatte ohne eine weitere Erklärung in einem knappen Telefonat den Termin abgesagt, bevor Klara nachhaken konnte, wann das Interview möglich war. Sie würde es am nächsten Morgen erneut versuchen. Und wenn die Frau dann nicht wollte, hätte sie immer noch Salomon Bartels auf der Liste. Mit ihm konnte sie über die Insel reden und zugleich über sein Leben als Bestsellerautor. Oder ob sie Bartels jetzt erreichen konnte? Ihr war klar, dass Bertus nicht die geringste Lust zeigen würde, sich noch einmal auf den Weg zu machen. Aber vielleicht konnte sie Bartels auch zu sich ins Hotel bitten. Aber wenn sie ehrlich war, hatte auch sie keine Lust, irgendetwas zu tun. Der Tod von Markus hing ihr fürchterlich in den Knochen, und am liebsten hätte sie sich unter die Bettdecke gekuschelt und die Welt außen vor gelassen.

»Sie hat abgesagt. Und wer nicht will …« Bertus stand auf, reckte sich und verschwand aus ihrem Zimmer.

Klara atmete auf. Was sehnte sie den Tag herbei, an dem sie den Kerl endlich los war. Aber was nun? Der Sehnsucht nach dem Kuschelbett nachgeben oder dem Schicksal die Stirn bieten? Ja, sie musste raus. Sie zog ihre Jacke über. Sollte der Regen kommen. Egal. Sie brauchte frische Luft.

Als sie die Inselglocke erreicht hatte, spürte sie erste Tropfen gegen ihre Brille schlagen und setzte die Kapuze auf. Es waren nicht viele Menschen unterwegs, nur hin und wieder kam ihr jemand mit dem Fahrrad entgegen. In Höhe des Rathauses klebte ihre Hose bereits an den Beinen. Dabei hatte sie zu Hause extra ihre Regenhose eingepackt. Aber die nützte nichts, wenn sie im Hotelzimmer lag. Sollte sie zurück? Nein. Viel nasser konnte sie nicht werden. Aber einen Kaffee oder einen Glühwein, den konnte sie vertragen. Sie schaute sich um.

Hatte irgendwer geöffnet? Im *Mittendrinfisch* brannte Licht. Doch auf Fischgeruch hatte sie keinen Bock. Sie ging weiter und sah ein Lokal direkt am Hallenbad. *Heimathafen.* Ob sie dort mit ihren nassen Klamotten reindurfte?

Tatsächlich schaute der Mann hinter der Theke etwas skeptisch, als sie eintrat, entschloss sich dann aber zu einem Lächeln. Er bat sie, Platz zu nehmen und nickte freundlich, als sie ihren Wunsch nach einem Glühwein äußerte.

Sie setzte sich an den Tisch, der der Theke am nächsten war. Wobei das Setzen schwieriger verlief, als ihr lieb war. Die Hose klebte so fest an ihren Beinen, dass sie kurz überlegte, einfach stehen zu bleiben.

Der Wirt verschwand in der Küche, und Klara schaute sich um. Im Becken tobten zwei Kinder durch das Wasser, ein Schwimmer, der seine Bahnen ziehen wollte, hatte große Mühe, den Kleinen auszuweichen. Eine Frau, sie nahm an, dass es die Mutter der beiden war, saß am Beckenrand, ließ die Füße ins Wasser baumeln und sprach mit dem Bademeister. Sie erkannte ihn. Das war der junge Mann, der auch zur *Baltrumer Zukunft* gehörte. Wie hieß er noch? Genau. Blüm. Josef oder so ähnlich. Eine leichte Sehnsucht nach Wasser und Wärme erwachte in ihr. Morgen. Vielleicht morgen. Im Restaurant war nur ein Tisch besetzt. Zu ihrer Überraschung kamen ihr die beiden Gesichter bekannt vor. Aber woher nur? Der Mann schaufelte das, was er vor sich auf dem Teller hatte, nur so in sich hinein, die Frau aß bedächtig, offensichtlich mit Genuss. Ein seltsamer Anblick.

Als der Wirt den dampfenden Glühwein vor ihr abstellte, fragte sie: »Warum ist hier so wenig los?«

»Es ist Oktober. Die Ferien sind vorbei. Außerdem ist es sehr früh.« Er deutete auf die Gäste am Ende des großen Raumes. »Die beiden sind eine Ausnahme. Wir haben zwar ab 16 Uhr geöffnet, aber normalerweise beginnt die Abendessenzeit erst um 17 Uhr.« Er lachte. »Sonst haben die Menschen schon um 20 Uhr wieder Hunger. Womit ich allerdings bestens leben könnte.«

»Die möchten sicher ihre Ruhe haben«, überlegte Klara. »Kennen Sie die beiden?«

»Nein. Sie sind zum ersten Mal bei mir. Aber ehrlich gesagt – selbst wenn ich sie kennen würde – ich rede nicht mit Gästen über andere.«

Klara merkte, ohne, dass sie es sehen konnte, wie eine Röte über ihr Gesicht zog. Hektisch nahm sie fünf Euro aus ihrer Geldbörse und schob sie dem Wirt herüber. »Langt das?« Sie wartete keine Antwort ab, sondern trank den Glühwein, so schnell sie konnte. Es war nicht einfach, so heiß, wie der war. Nach ein paar Minuten stand sie wieder draußen im Regen. Sie ging über die Holzbrücke, bog rechts ab auf den Höhenweg und stellte fest, dass der Regen intensiver als vorhin gegen ihre Beine schlug. Wenigstens von hinten, dachte sie. Doch ihr war klar, dass, je weiter sie gen Osten lief, der Rückweg gegen den Wind umso heftiger werden würde.

Beim *Strandcafé* verließ sie den Höhenweg. Auch dieses Lokal war beleuchtet, doch sie spürte kein Verlangen mehr auf einen zweiten Glühwein. Sie ging weiter, dann die Straße beim Hotel *Strandburg* rechts ab. Bald darauf sah sie den Bioladen. Als sie durch das Fenster Frau Hinrichs hinter der Theke stehen sah, wirbelten ihre Gedanken durcheinander. Hinrichs, Interview, Coordes, Markus – das war es. Ihr war klar, wer die beiden im *Heimathafen* waren. Sie nahm ihr Handy heraus und wählte.

16

»Was gibt es Neues?« Sandra nahm eine Flasche Rotwein aus dem Regal und stellte zwei Gläser auf den Tisch.

»Wir brauchen drei davon«, erwiderte Röder. »Arndt schaut auch gleich herein.«

»Immer gerne, die Herren«, grinste die Frau des Polizisten. »Aber jetzt – was gibt es …«

Röder berichtete, was im Laufe des Tages auf der Insel passiert war. »Jetzt suchen wir die Person, mit der sich der Tote getroffen hat. Beinahe hätten wir die Menschen gefunden, die Knube um ein Gespräch gebeten hat und von denen er abgewiesen wurde. Frau Becker hat sie wiedererkannt, aber als Wille dem Anruf gefolgt ist, hatten sie bereits den *Heimathafen* verlassen. Der Wirt hat sich nur gewundert, wer alles nach seinen Gästen fragte, und hat versprochen, sofort Bescheid zu geben, sollten sie erneut bei ihm einkehren.«

»Was ist mit der Kurtaxanmeldung? Habt ihr schon bei der Gemeinde angefragt?«

»Haben wir. Aber unter dem Namen Warfsmann gibt es keine Anmeldung«, erklärte Röder.

»Wie geht es weiter?«, fragte Sandra.

»Gleich kommt, wie gesagt, Arndt, und wir werden, bevor wir den leckeren Rotwein trinken, die Gastronomie besuchen. Frau Becker hat uns ein Bild zukommen lassen, und wir sind hoffnungsvoll, eine Spur zu finden. Wenn Markus Knube nicht irgendwo privat seinen Erinnerungen freien Lauf gelassen hat. Aber das werden wir sehen. Außerdem kann es ja sein, dass wir das Pärchen finden, das ebenfalls auf unserer Liste steht.«

Sandra horchte. »Ich denke, da kommt unser Freund schon.«

Arndt Kleemann steckte seinen Kopf durch die Tür und begrüßte Sandra fröhlich.

Sie zeigte auf das Glas, aber auch er winkte ab. »Erst die Arbeit, dann das Vergnügen. Michael, bist du bereit?«

Der Inselpolizist nickte. »Fahren wir oder gehen wir?«

»Wir fahren. Desto eher sind wir wieder hier.«

Sie holten ein zweites Rad aus dem Gartenhäuschen, stiegen auf, um nach einigen Sekunden wieder auf die Bremse zu treten. Das *Sturmeck* war nur ein paar Meter von der Wache entfernt. Sie zeigten dem jungen Mann hinter der Theke das Bild, aber er konnte sich nicht erinnern. Die Ermittler fuhren die Hotels und Restaurants ab, doch erst in der *Kleinen Freiheit*, der Gaststube gleich neben der Wache, hatten sie Erfolg.

»Der war hier. Die waren zu zweit«, berichtete die

Kneipenwirtin. »Vorgestern. Der auf dem Bild war ziemlich laut. Darum erinnere ich mich.«

»Die beiden hatten echt einen Knall«, ertönte eine Stimme von der Seite. »Wenn das die sind, die Sie meinen. Die, also nein, der eine, hat die Bude aufgemischt, Sie glauben es nicht. Ich bin dann früh gegangen, was selten bei mir vorkommt.« Der Mann mit den kurzen roten Haaren kicherte und nahm einen kräftigen Schluck aus dem Humpen. »Meine Frau hat einen richtigen Schreck gekriegt, als ich plötzlich zu Hause auftauchte. Sie dachte schon, ich wäre krank.«

»Na, so schlimm ist es mit dir gar nicht, Hubert«, winkte die Wirtin ab.

Arndt zeigte ihm das Bild. »War er das?«

»Ja, das war der laute. Den anderen kannte ich nicht.«

»Der andere war Jann. Der arbeitet seit ein paar Wochen im Bioladen. Ein ganz cooler Typ«, sagte die Wirtin.

»Was ist an diesem Abend genau abgelaufen?«, fragte Arndt.

»Nichts Auffälliges eigentlich. Kein Streit. Keine Hauerei. Nur überschwängliches Herumtrinken.« Sie zögerte. »Doch, da war was. Einmal schrie der von dem Bild: ›Weißt du noch? Dort oben auf der Eiche? Oder war es eine Linde? Du wirst es wissen. Du hast da schließlich gewohnt. Genau wie ich!‹ Jann wurde tatsächlich mal laut und fauchte: ›Halt die Schnauze. Ich will nicht darüber reden.‹«

»Und dann?«, fragte Röder gespannt.

»Dann war erst einmal Ruhe im Stall, und kurz darauf ging das Gespräch laut, aber fröhlich weiter. Warum fragt ihr eigentlich? Hat es etwas mit dem Toten im Hafenbecken zu tun?«

»Sagen wir einmal so: Wir sammeln Informationen in dieser Sache. Wie lange waren die beiden hier? Sind sie zusammen gegangen?«

»Diesmal kann ich es ganz genau sagen. Es war exakt 23 Uhr. Ich hatte überlegt, Feierabend zu machen, da die beiden die Letzten waren, da standen sie auf, bezahlten und waren nicht mehr gesehen.«

»Danke. Wenn dir mehr zu dem Abend einfällt – du weißt, wo ich wohne«, sagte Röder, dann schoben Arndt und er die Räder die fünf Meter zurück zur Wache.

»Kennst du diesen Jann eigentlich?«, fragte Arndt.

»Kaum. Ich weiß, dass er im Bioladen arbeitet, damit Sandra und Eva entlastet sind. Gesehen habe ich ihn nur einmal, als ich etwas für Sandra in den Laden brachte.«

»Sollen wir ihn jetzt aufsuchen?« Arndt schaute auf die Uhr. »Es ist früher Abend.«

»Na gut. Dann stellen wir die Räder nicht in den Schuppen, sondern fahren los. Er wohnt über dem Laden, soweit ich weiß.«

In der reetgedeckten katholischen Kirche brannte Licht. Röder wunderte sich. Mitten in der Woche, und das, obwohl kein Feiertag zu erwarten war? Gut, in drei Tagen feierten die evangelischen Gläubigen das Reformationsfest, aber deswegen würde die katholische Kirche kaum in Festtagsstimmung sein. Sollte das Licht später noch an sein, würde er einen Blick hineinwerfen.

Im Bioladen waren dagegen die Lichter aus. Die beiden fanden die Haustür offen vor, wie es auf Baltrum üblich war, und stiegen die Treppen hoch bis zu einer Tür, hinter der sie leise Musik hörten. Röder war sich nicht sicher, ob es Jann Kannings Wohnung war. Er klopfte. Gleich darauf stand der junge Mann vor ihnen. Röder stellte sich und Arndt vor und bat um Einlass. Kannings trat wortlos einen Schritt zur Seite. Ein kleiner, aber extrem aufgeräumter Raum mit einem schmalen blauen Zweisitzer und einem Sessel empfing sie. An der Wand stand ein Bett, darüber hing ein breites Landschaftsbild. Kannings zog einen Stuhl heran, bat die Männer auf das Sofa und sagte: »Ich habe schon mit Ihnen gerechnet.«

»Darf ich mir und Ihnen die Frage stellen, warum Sie sich nicht bei uns gemeldet haben, wenn Sie der Auffassung sind, Sie könnten uns mit einer Aussage helfen«, erwiderte Arndt.

»Ich habe von Markus' Tod erst vor zwei Stunden erfahren, und man braucht manchmal eine gewisse Zeit, um Wissen zu verarbeiten«, erwiderte Kannings.

»Gut«, sagte Röder. »Natürlich können wir uns einen weiteren Grund vorstellen. Daher möchte ich Sie bitten, uns zu erklären, woher Sie sich kennen und wie der Abend Ihres Treffens abgelaufen ist.«

Jann Kannings sprang auf: »Ist doch klar. Sie stürmen hier rein, und schon bin ich verdächtig. Typisch. Erst draufschlagen und dann vielleicht, und ich sage vielleicht, sich Gedanken machen, warum.«

Auch die beiden Ermittler waren aufgestanden. »Bitte, Herr Kannings. Weder sind wir reingestürmt noch verdächtigen wir Sie«, versuchte Röder, den Mann zu beruhigen. »Wir wissen bis jetzt nicht, ob es sich bei Knubes Tod um einen Unglücksfall handelt. Aber es ist unsere Aufgabe, Licht in die Sachlage zu bringen.«

»Klar. Ohne Wenn und Aber.« Er stellte den rechten Fuß auf den Stuhl und schob die Hose hoch. »Da! Sehen Sie? Das waren Ihre Kollegen. Die haben auch Licht in die Sachlage gebracht. Ohne vorher zu fragen. Zumindest konnte ich es nicht hören, so schnell haben die mich vom Baum geknüppelt.«

»Herr Kannings«, Röder bemühte sich, nicht laut zu werden, »was unsere Kollegen angeht – wir kennen den Vorgang nicht. Wir knüppeln nicht, sondern fragen nur. Also berichten Sie uns einfach, was geschehen ist.«

Langsam beruhigte sich der junge Mann und erzählte, wie er Markus Knube kennengelernt hatte. »Es war eine der vielen Auseinandersetzungen wegen des Hambacher Forsts. Ich wohnte dort seit ungefähr zwei Jahren. Markus lernte ich auf einer Demo kennen. Er ist ebenfalls in den Wald gezogen und fotografierte pausenlos. Auch, wie mich die Polizei vom Baum geholt hat. Ich bin zurück in die Stadt. Konnte einfach nicht mehr ertragen, was mit dem Wald geschah. Dort trafen wir uns öfter. Aber ich stellte fest, dass ich mehr Abstand brauchte, und so habe ich mir diese Insel ausgesucht.« Er zuckte mit den Schultern. »Scheint aber nichts geholfen zu haben. Schon wieder ist das Gesetz hinter mir her.«

Jetzt war es Arndt, dessen Stimme schärfer klang als gewohnt. »Es wäre nett, wenn Sie uns zuhören würden. Es geht hier um Aufklärung. Berichten Sie uns jetzt klar und eindeutig, wie es zu dem gemeinsamen Abend in der *Kleinen Freiheit* kam.«

Die beiden Ermittler hörten zu, was Kannings zu sagen hatte. Allerdings klang alles viel gelassener. Ein paar Bierchen, ein paar Erinnerungen, das war's. Von lautem Gehabe in der Gaststätte erwähnte Kannings nichts. Man habe sich um 23 Uhr vor der Tür verabschiedet, und jeder sei seiner Wege gegangen. »Dann habe ich Markus nicht mehr gesehen«, beendete er seine Beschreibung.

»Herr Knube hat also nicht erwähnt, dass er sich bedroht oder zumindest beobachtet gefühlt hat?«

Kannings lachte. »Wenn einer wen beobachtete, dann war es Markus. Der konnte nicht genug von heißen Geschichten und wilden Fotos bekommen. Da sollten Sie mal Ihr Augenmerk drauf lenken.«

»Das machen wir gerade. Er hat auch Sie zu einem Zeitpunkt fotografiert, als es Ihnen vermutlich gar nicht recht war«, erwiderte Arndt Kleemann.

»Das hat zwei Seiten. Es ist nicht schön, wenn man sich hilflos Gegnern in der Überzahl gegenüber sieht, die mit Knüppeln auf einen einschlagen und davon auch noch Bilder gemacht werden. Es ist jedoch wichtig, dass die Öffentlichkeit erfährt, wozu die Polizei fähig ist. Daher bin ich ihm nicht böse, verstehen Sie?«

»Ich sage mal so: Ich nehme es zur Kenntnis«, erwiderte der Kommissar aus Aurich. Diesmal war er die Ruhe selbst. »Wir möchten Sie bitten, die Insel nicht zu verlassen. Und wenn, dann nur unter einer genauen Angabe der Adresse bei uns.«

»Keine Sorge. Ich wüsste nicht, wohin ich gehen sollte. Außerdem habe ich mit dem Tod von Markus nichts zu tun.« Jann Kannings begleitete die beiden Ermittler bis nach draußen. »Hören Sie? Nein, Sie hören nichts. Es ist die Stille, die mich hier bleiben und zur Ruhe kommen lässt.«

Auf dem Weg über die D-Straße sagte Arndt: »Ich blättere morgen durch die Akte des jungen Mannes. Bin gespannt, ob der wirklich ein wehrloses Opfer war.«

»Gute Idee.« Röder deutete auf die noch immer beleuchtete Kirche, »Ich schaue mal nach, ob dort jemand sein Unwesen treibt.«

»Ich fahre voraus und melde uns bei deiner Frau an.« Arndt lachte. »Bis gleich.«

Röder stellte sein Rad vor der metallenen Schiebetür ab und ging durch die offene Sommerkirche in den hinteren Bereich. Aus dem Altarraum hörte er Stimmen, konnte jedoch nicht verstehen, worum es ging. Er klopfte und öffnete die Tür.

»Michael, was machst du denn hier? Hast du gedacht, hier wird eingebrochen und Jesus geklaut?« Salomon Bartels und Hanna Goedeke saßen mit einem Mann, den er nicht kannte, mit einem Glas Sekt in der Hand auf einer der vorderen Bänke und schauten ihn neugierig an.

»Was macht ihr hier?«, fragte er ungläubig.

»Wir besprechen unsere Hochzeit. Im Dezember ist es soweit, und da der Pfarrer zufällig auf der Insel war, haben wir uns hier zu einem Vorbereitungsgespräch verabredet«, erklärte Hanna. »Aber was das Tolle ist – soeben haben wir von dir gesprochen, und schon bist du da.«

»Warum von mir?«, fragte Röder verdattert.

»Na, du sollst unser Trauzeuge sein. Wenn du willst«, erklärte Salomon.

»Ich?« Röder ließ sich ebenfalls auf die Bank fallen. »Das ist eine Überraschung. Wenn ihr jetzt ein Glas für mich hättet, würde ich glatt mittrinken.«

Hanna beugte sich unter die Bank und zog ein frisches Glas aus dem Beutel. »Ich wusste nicht, wie viele Kirchenvertreter hier sein würden, darum habe ich eines zur Reserve mitgebracht.« Sie füllte das Glas, und die vier stießen an. »Ich danke euch für euer Vertrauen und habe kein Problem damit, euch in den Hafen der Ehe zu führen.« Röder nahm einen tiefen Schluck. Im gleichen Moment wünschte er, das Wort »Hafen« wäre ihm nicht durch den Kopf gegangen.

»Ich frage jetzt nicht, wieso du zu dieser Zeit hier in der Kirche auftauchst. Aber wissen möchte ich es schon«, sagte Salomon.

Sollte er? Eigentlich hatte er keinen Bock, diese heimelige Stimmung kaputt zu machen. Auf der anderen Seite kannten Salomon und Hanna das Leben in allen Facetten. Doch auch der Pfarrer war anwesend, und es wäre ein Unding, wenn er in Anwesenheit Fremder Ermittlungsergebnisse ausplauderte. So umschrieb er nur sehr grob, wie sein Tag abgelaufen war und dass Arndt und er als Letztes Informationen bei Eva Hinrichs' Mitarbeiter hatten abrufen wollen. Was sie erfahren, oder auch nicht erfahren hatten, erzählte er nicht.

»Er ist ja erst seit Kurzem im Laden«, sagte Hanna. »Aber ich habe ihn als stillen, sehr netten Menschen kennengelernt.«

»Mal schauen. Erst morgen werden wir wissen, ob Knube getötet wurde oder nicht.« Röder leerte sein Glas und stand auf. »Ich muss los. Arndt und Sandra warten. Bitte unterrichtet mich frühzeitig darüber, was mein neues Amt an Aufgaben mit sich bringt.« Er winkte und stieg wieder auf sein Rad.

In der Dienstwohnung empfing ihn gemütliche Wärme. Er hängte seine Uniformjacke an den Haken und öffnete die Tür zum Wohnzimmer. Sandra und Arndt waren da. Sie saßen sich gegenüber, die Köpfe dicht zusammen, und kicherten verstohlen. Als sie ihn sahen zuckten sie zurück. Was war das für ein Film? »Störe ich?« Er blieb in der Tür stehen.

»Nnein … alles gut«, stotterte seine Frau. »Komm rein. Willst du was trinken?«

Er überlegte kurz. Sollte er die beiden in ihrer trauten Zweisamkeit allein lassen? Vielleicht hatten sie ja wichtige Dinge zu besprechen. Etwa, wie ihr neues gemeinsames Leben ablaufen würde! Dabei wollten sie ihn sicher nicht dabei haben.

»Nun setz dich und maul nicht rum«, sagte Arndt und deutete auf das Sofa.

Röder tat, was sein Freund befahl.

DONNERSTAG

17

»Er hat nach Pümmelwurst gefragt. Und Pinkel.«

Eva Hinrichs schaute den jungen Mann, der ihnen seit einiger Zeit im Laden half, amüsiert an. »Und?«

»Na ja, ich habe gedacht, er wollte mich verulken. Aber er hat das ernst gemeint.« Jann öffnete den kleinen Backofen, nahm vorsichtig ein Blech heraus und schüttete die hellen runden Brötchen in den Korb hinter der Theke.

»Wie sah der Mann aus?«, fragte Eva.

»Groß. Kräftig. Beginnende Glatze, wehender Mantel.« Jann griff nach einem Zettel. »Ich habe den Namen notiert. Fiete Peters hieß der Mann.«

»Wenn er wiederkommt, sag ihm, dass ich mich kümmere.« Fiete Peters. Natürlich. Der Mann, der das Plattdeutsche pflegte. Es gab nicht mehr viele Baltrumer, die dieser Sprache mächtig waren. Zu viele Menschen waren in den letzten Jahrzehnten zugezogen. Am Festland sah das anders aus. Dort wurde noch viel intensiver Platt gesprochen. Zumindest hatte sie den Eindruck. Sie hatte ein paar Jahre in dem kleinen Ort Pilsum in der Nähe von Emden gewohnt. Dort, wo der berühmte Otto-Leuchtturm auf dem Emsdeich stand. Dann aber war die Sehnsucht nach der Insel zu groß geworden, und sie war zurückgekehrt. Mit ihrem Wissen um Bioprodukte und als gelernte Verkäuferin hatte sie das Haus ihrer Eltern übernommen, war dort eingezogen und hatte die untere Etage zum Bioladen ausgebaut. Ein Schritt, den sie nie bereut hatte. Mit Sandra Röder und seit Kurzem Jann hatte sie eine tolle Mannschaft. Damit das so blieb, wollte sie gleich los, um mit Julia Coordes zu sprechen, damit Jann endlich eine größere Bleibe und sie ihre Ruhe bekam. Gestern war es wieder einmal ziemlich laut zugegangen. Sonst kam nur klassische Musik durch die Wand, gestern waren es laute Stimmen. »Was war gestern Abend eigentlich los?« So ganz konnte sie ihre Neugier nicht unterdrücken.

»Die Polizei war da«, war die knappe Antwort.

»Sagst du mir auch, warum? Ich weiß nicht, ob ich als Eigentümerin berechtigt bin zu erfahren, warum die Polizei in meinem Hause auftaucht, aber es interessiert mich einfach.«

Kannings zögerte und holte ein zweites Blech aus dem Ofen. »Na gut. Ich habe den Toten gekannt und war mit ihm unterwegs in der Nacht seines Todes. Das hat die Polizei erfahren und mich befragt. Das war's.«

Aha. Das war es also. Sollte sie weiter nachhaken? Sie hätte gerne mehr gewusst. Doch sie entschloss sich, das Gesagte hinzunehmen. Wenn Jann nicht darüber reden wollte, war es auch gut.

»Ich kann es eben einfach nicht ab, wenn die mich in die Mangel nehmen.« Jann schlug mit der Faust auf die Theke. »Die halten sich für Heilige, nur weil sie meinen, dass sie sich im Auftrag des Staates alles erlauben können.«

Eva war bei dem Schlag zusammengezuckt. Was war denn plötzlich mit dem ruhigen Jann los? Was hatte ihn so auf die Palme gebracht? Michael Röder konnte es bestimmt nicht gewesen sein. Dazu war der nicht in der Lage. Wer also waren »die«? »Willst du mir mehr erzählen?«

Kannings schüttelte den Kopf. »Nein. Es liegt alles in der Vergangenheit, und die möchte ich nicht heraufbeschwören. Es reicht, wenn andere das machen.«

Na gut. Dann eben nicht. Sollte sie gehen und ihn allein im Laden lassen? Sein angestrengtes Gesicht und die fahrigen Handbewegungen zeigten ihr, dass da gerade kein souveräner Verkäufer hinter der Theke stand. Aber sie wusste, dass in einer knappen Stunde Sandra zur Unterstützung da sein würde. »Ich bin dann mal weg. Habe mein Handy dabei, wenn etwas sein sollte.«

»Ich weiß«, war die knappe Antwort.

Es war nicht weit zum Haus *Wassersicht*. Julia Coordes wartete bereits vor der Tür. »Komm, ich zeige dir die Wohnung. Es wird eine Weile dauern, bis alles renoviert ist, aber Anfang des neuen Jahres kann dein Mitarbeiter einziehen.«

Eva seufzte. Bis dahin waren es drei Monate, die sie eigentlich gerne ohne abendliche Musik verbracht hätte. »Kann er nicht schon eher eine Wohnung belegen und dann, wenn eine andere fertig ist, wieder umziehen?«, schlug sie vor.

Julia Coordes überlegte. »Komm mit.«

Sie gingen in den Keller. Es roch ein wenig muffig. »Müsste mal gelüftet werden«, stellte die Vorsitzende der *GENOBA* fest. »Aber sonst ist alles in Ordnung.«

Eva schaute sich um. Die Wohnung bestand aus zwei kleinen Zimmern, das eine mit eingebauter Küche. Ziemlich dunkel war es, aber das war eben so bei Fenstern, die nur zur Hälfte aus der Erde ragten. Sie hätte sich eine andere Bleibe für Jann gewünscht, aber letztendlich war es nur für kurze Zeit, dann konnte er nach oben ziehen. »Wie hoch ist die Miete?«

»300 Euro kalt«, sagte Julia. »Die obere Wohnung ist größer, daher natürlich auch teurer. Er kann sich dann entscheiden, ob er dorthin ziehen will.«

»Wenn er überhaupt auf der Insel bleiben möchte.« Eva erzählte Julia, dass er den Toten gekannt und offensichtlich die letzten Stunden mit ihm verbracht hatte. Eigentlich hatte sie nichts davon sagen wollen, um Jann nicht in ein schlechtes Licht zu rücken. Es rutschte ihr einfach so heraus, und jetzt war es zu spät.

Aber Julia zuckte nur mit den Schultern. »Er soll sich die Wohnung ansehen. Wenn er sie nicht möchte – wir haben genug andere Anwärter.«

»Tjaa, int Johr 1876, as uns lüttje Eiland Seebad wurden is, kun keen Minsch ahnen, dat wi mal Mitarbeiters unnerbringen möten.«

Eva drehte sich um.

Fiete Peters stand hinter ihr. »Un tweeuntwintig Johren later hebben we al veerunsestig Gäste had. Nu sünd dat Dusende.«

»Danke für die Geschichtsstunde«, sagte Julia. »Was treibt dich her?«

»Unser entgangenes Treffen. Ich seeg din Rad vord Dör und dach, ich frag mal, wieso du min Architektenwissen bruken deist.«

»Es geht um die Dachwohnung. Mir scheint, da ist etwas undicht. Es wäre gut, wenn du dir die dunkle Stelle ansehen würdest.«

»Dann mache ich mich wieder auf den Weg. Jann kann sich bei dir melden«, sagte Eva.

»Jann? Is dat de jung Fent bi di in Laden?«, fragte Fiete Peters.

»Ja. Warum?«, fragte Eva zurück.

»Nun. Man hört so dit un dat.«

»Das ist nicht ungewöhnlich auf einer kleinen Insel. Du kennst das«, erwiderte Eva scharf.

Fiete Peters antwortete ihr nicht, sondern wandte sich an Julia Coordes. »Habt ihr eigentlich Vorgaben, nach denen ihr Bewerber aufnehmt? Geht es um Menschen, die schon lange hier wohnen und denen gekündigt wurde, weil die Eigentümer mit der Wohnung Geld verdienen wollen und sie deshalb an Feriengäste vermieten? Oder werden die Wohnungen nach Sympathie vergeben? Der junge Mann hat eine Wohnung. Warum soll er hier unterkommen? Was also sagt eure Genossenschaftssatzung dazu?«

»Du wirst mir zustimmen, dass eigentlich jeder, der hier auf der Insel ein Geschäft betreibt, seinen Mitarbeitern eine Wohnung anbieten sollte. Das ist jedoch nicht der Fall. Also kümmern wir uns«, erwiderte Julia Coordes.

»Aha«, überlegte Peters. »Es geht also doch darum, dass die Vermieter aus der Verantwortung entlassen werden und die Insel damit immer voller wird.«

»So ein Blödsinn«, schnaubte Coordes und zeigte auf das Haus. »Hier wohnten früher auch Feriengäste. Jetzt nicht mehr. Davon gibt es einige Häuser auf der Insel. Das heißt, die Gäste werden weniger. Nicht mehr! Aber – wenn es so wäre, dass die Anzahl der Gäste wieder steigt, könnte ich gut damit leben. Und viele andere auch. Die Mitarbeiter können übrigens auch gut damit leben, vernünftigen Wohnraum zu haben. Die Zeiten, als sich drei Personen ein kleines Zimmer teilten, sind vorbei.«

Eva verließ die beiden. Sie hatte keine Lust auf eine Diskussion über die Aufnahmekriterien. Außerdem – wenn Fiete anfing, hochdeutsch zu reden, konnte es ungemütlich werden. Julia würde ihr das Ergebnis schon mitteilen. Sie musste dringend Luft holen. Ein Blick zur Uhr gab ihr die Gewissheit, dass ein Strandgang zeitlich drin war. Sie fuhr am Rosengarten vorbei zu *Uschis Beachclub*. Die Kiteschule war geschlossen, das Bistro jedoch geöffnet. Sie stellte ihr Rad ab und ging hinunter zum Strand. Ein kühler Wind umfing sie. Kein Wunder. Es war Ende Oktober, und eigentlich trug sie um diese Jahreszeit immer eine Mütze. Diesmal hatte sie sie zu Hause gelassen. In der rechten Jackentasche fand sich nur der große Sammelbeutel. Wenn auch die Ohren kalt wurden, der Beutel war immer dabei. Er würde auch diesmal voll werden, da war sie sich sicher.

Sie sollte recht behalten. Kaum war sie ein paar Meter durch den Sand gestapft, bückte sie sich zum ersten Mal. Ein Luftballon hatte sich mit der Plastikschnur um ein paar Algen gedreht. Sie entwirrte alles, warf die Algen wieder zur Seite und steckte den Rest ein. Bis sie die Wasserkante erreicht hatte, war die Tüte halb voll mit Plastikbechern, Styroporteilen und einem alten Kissen. Für das von Salomon Bartels auf der Sitzung angedachte Müllseminar gab es jede Menge Anschauungsmaterial. So viel war sicher.

Der Strand hatte sich seit ihrem letzten Besuch wieder sehr verändert. Wo vor ein paar Wochen eine Einbuchtung mit jeder Tide voll Nordseewasser gelaufen war, erstreckte sich jetzt nichts als Sand. Aber sie wusste, dass das Bild sich in kurzer Zeit wieder ändern konnte. Hier, östlich des Hundestrandes, war wenigstens wunderschön breiter Strand. Im Westen, wo die Stufen beim Strandhotel *Wietjes* nach unten führten, hatten die Sturmfluten des letzten Winters jede Menge Steine freigespült, und es wurde immer schwieriger, dort den Strand zu betreten. Mindestens zwei gute Wochen mit kräftigem Ostwind waren dringend nötig, um den Sand wieder aufzufüllen. Allerdings gehörte starker Wind von Langeoog her nicht zu ihren Lieblingswetterlagen. Wenn man einmal davon absah, dass der eine oder andere Insulaner dann größere Mengen Glühwein bei ihr kaufte.

In der Ferne sah sie etwas Dunkles, Sperriges liegen. Ein Mann beugte sich darüber. Als sie näher kam, erkannte sie einen großen Pfahl, der offensichtlich angetrieben worden war. Sie wunderte sich immer wieder, warum solch schwere Teile nicht einfach in der Nordsee untergingen.

»Tolles Ding.« Der Mann versuchte, das Holz ein Stück vom Wasser wegzuschieben, doch es gelang ihm nicht. »Können Sie mal mit anfassen?«, fragte er.

Eva überlegte. Warum eigentlich? Was hatte der Mann damit vor? Natürlich kannte sie das alte Strandrecht. Wenn man Holzlatten, die über Bord gegangen waren, am Strand fand und sie für sich behalten wollte, wurden sie quer übereinandergeschichtet. Damit war allen anderen Inselbewohnern klar, dass bereits jemand Besitzansprüche angemeldet hatte. Heutzutage ging jedoch kaum noch etwas über Bord, da beinahe alles in Containern verpackt war. Es sei denn, ein Schiff geriet bei Sturm in Schräglage, wie es der *MSC Zoe* vor einigen Jahren passiert war. Damals rutschten Hunderte Container über Bord und öffneten sich. Die Insulaner konnten sich nicht retten vor Kinderanoraks, Decken, Autoersatzteilen, Blumenkisten und – das durfte nicht wahr sein … Gerade hatte sie an diese grässlich hässlichen künstlichen Orchideen gedacht, da lag eine vor ihr. Auch die verschwand in der Mülltüte.

»Was ist nun? Ich möchte diesen wunderbaren Pfahl bis zur Dünenkante bringen. Ich hole ihn später mit einer Wippe ab. Es soll etwas ganz Besonderes daraus werden«, erklärte der Mann.

»Ich würde gerne. Aber es ist mir sicher zu schwer. Fragen Sie die beiden Männer dort.« Eva zeigte auf die beiden, die gemütlich näher heranschlenderten. »Ich muss weiter.« Hätte sie ihm sagen sollen, dass das alte Recht zum Strandjen heute keine Gültigkeit mehr hatte? Ach was, der Mann würde schon wissen, was er durfte und was nicht.

Eine gute halbe Stunde ließ sie ihren Füßen und Gedanken freien Lauf, dann ging sie zurück, holte ihr Rad und fuhr zum Laden. Sie fand Sandra im Lager, wo sie aus einem Karton eine große Tüte voll Trockenerbsen nahm, um sie in den gläsernen Behälter am Unverpacktständer zu füllen. Jann bediente gerade Meentje Schippers. Erstaunt begrüßte Eva ihre Nachbarin, die sie eigentlich grauhaarig kannte. Jetzt aber erstrahlten ihre Haare in kräftigem Orange.

»Da wunderst du dich, oder?«, fragte Meentje.

»Allerdings. Warum hast du …?«

»Meine Enkeltochter hat mich besucht. Die hat in absehbarer Zeit ihre Prüfung zur Friseurin vor sich. So musste ich als Versuchskaninchen herhalten. Sieht klasse aus, oder?«, sagte Meentje und fuhr sich durch die Locken.

Sollte sie die Wahrheit sagen oder im Sinne der Verkaufspsychologie lügen? Eva war sich nicht sicher. Sie versuchte es mit einem Mittelweg. »Ich finde es sehr gut, dass du deiner Enkelin geholfen hast. Die neue Frisur ist perfekt geworden, allerdings für mich etwas … gewöhnungsbedürftig.«

Meentje lachte. »Das hast du nett gesagt. So tut es keinem weh. Aber jetzt hätte ich gerne einen Blumenkohl und ein Kilo Möhren.«

Jann beeilte sich, ihr die Sachen zusammenzupacken. »Darf es noch etwas sein?«

»Für heute wäre es das«, sagte Meentje, bezahlte und verließ winkend den Laden.

»Eva, ich muss etwas loswerden.« Jann klammerte sich am Tresen fest. »Ich muss weg. Ich kann nicht bleiben.«

Was war das denn nun wieder? »Was soll das? Ich denke, du willst hier zur Ruhe kommen. Und nun willst du wieder aufs Festland? Wo willst du da wohnen?«

»Keine Ahnung. Werde mir eine Wohnung suchen.«

»Aber warum?« Eva konnte es nicht fassen. Der junge Mann hatte sich gerade recht gut eingearbeitet, und nun das?

»Ich weiß nicht. Ich hatte bei einigen Kunden das Gefühl, als wollten die sich nicht von mir bedienen lassen. Immer schielten sie zu Sandra rüber. Einer hat sogar auf meine Frage, was er kaufen wolle, gar nicht reagiert und gleich Frau Röder angesprochen. Ein anderer hat, soweit ich es verstanden habe, im Rausgehen gesagt, man könne schließlich auch im *Inselmarkt* einkaufen.«

Sie wandte sich an Sandra. »Ist dir auch aufgefallen, dass die Kunden Jann ignoriert haben?«

Die Frau des Polizisten schüttelte den Kopf. »Nicht so direkt. Aber wo Jann es erwähnt – eine Kundin hat ›der Junge steht unter polizeilicher Überwachung‹ gesagt, als sie uns beide hinter der Theke stehen sah, und dabei gelacht. Ich habe es auch für einen Scherz gehalten. Schließlich bin ich nicht die Polizei, sondern nur mit einem von denen verheiratet.«

»Wer war das?«

»Ich kannte wohl das Gesicht, aber keinen Namen dazu«, sagte Sandra.

»Sind die denn alle bekloppt?« Eva war ratlos. So kannte sie die Inselbewohner nicht. Das waren äußerst üble Angriffe, und sie hätte zu gern gewusst, wer hier dummes Zeug in die Welt setzte. Aber vielleicht würde sie es irgendwann erfahren. »Du bleibst. Solang nicht das Gegenteil bewiesen ist, bist du unschuldig.«

»Aber Eva, wenn ich dir jetzt erzähle …«, begann Jann Kannings, doch Eva unterbrach ihn. »Ich will nichts hören. Du bleibst. Wo du demnächst wohnen wirst, wird sich klären.«

Jann schwieg einen Moment, dann sagte er: »Ich werde darüber nachdenken.«

18

Wo hatte Sandra nur die Kühlpads? In der Kühlschranktür lagen sie nicht und auch nicht im oberen Fach. Oder sollten sie … genau. Sie hatte sie ins Gefrierfach gelegt. Er nahm eines und wickelte es in ein Handtuch, dann legte er es, wie Doktor Menzel gebeten hatte, um Amirs Bein. Der Hund ließ es sich anstandslos gefallen. Ein Zeichen, dass der Hund wohl immer noch leichte Schmerzen hatte. An normalen Tagen hätte er den Heidewachtel problemlos mit zur Arbeit nehmen können, aber nun musste er ihn wohl mal wieder allein in der Küche der Dienstwohnung lassen. Er kraulte Amir ein letztes Mal und fuhr zum *Sonnenstrand.*

Wille war bereits da und schaute auf den Monitor. Röder sah ihm an, dass er dringend etwas loswerden wollte. »Was liegt an?«, fragte er deshalb nur, doch Wille winkte ab. »Warten wir, bis Arndt da ist. Der trinkt gerade seinen letzten Schluck Kaffee.«

»Was gibt es, was für Arndt vielleicht von Interesse ist?« Röder setzte sich.

»Ist alles wichtig. Abgesehen davon, dass ich, wie du siehst, den ganzen Technikkram, den wir benötigen, aus der Wache hier rüber geschafft habe.«

Sie mussten nicht lange warten, da war auch der Kollege aus Aurich da.

»Unser junger Mann aus dem Bioladen ist nicht so harmlos, wie er tut«, begann Wille. »Der hat im Hambacher Forst zwei Jahre auf einem Baum gewohnt. Soweit so gut. Unser Toter, der Markus Knube, übrigens auch. Daher kennen die sich tatsächlich. Einem Räumungsbefehl haben sie sich widersetzt, und Kannings hat einem unserer Kollegen ins Gesicht getreten, als der ihn vom Baum holen wollte. Das hat die Nase des Kollegen nicht heil überstanden. Und zu allem Ärger hat Kannings einen Eimer mit roter Farbe über den Kollegen ausgekippt. Markus Knube hat die Szene fotografiert. Er hatte eine eigene Seite, auf der er immer wieder auf die angeblich gesetzwidrigen Handlungen der Ordnungshüter hinwies. Sie heißt *Auf die, die wir lieben*. Die Bilder hat man später sichergestellt, was natürlich für Kannings ein Desaster war. Er wurde zu einer Freiheitsstrafe verurteilt, die zur Bewährung ausgesetzt wurde. Knube ebenfalls. Es gibt also genug Gründe für ihn, Knube ins Hafenbecken zu werfen.«

»Dann wäre also Rache im Spiel, wenn Kannings den Mann umgebracht hätte. Wir sollten ihn erneut befragen. Ich werde mir die Seite mal ansehen«, sagte Arndt.

»Sie ist inzwischen gelöscht. Zumindest existiert sie unter diesem Namen nicht mehr«, erwiderte Wille. »Nun kommen wir zu der zweiten Info. Markus Knube wurde offensichtlich getötet. Er war bereits tot, als er im Wasser gelandet ist. Auf der Brust und auf dem Rücken sind Hämatome zu sehen, die offensichtlich nicht vom Sturz herrühren und auch nicht von den Wippen, die über ihm lagen.«

»Da muss ja jemand sehr wütend gewesen sein«, stellte Röder fest. »Wer also war dieser Jemand?«

»Um das zu ermitteln, brauchen wir Hilfe.« Arndt nahm sein Handy. »Ich spreche mit Müller. Mal sehen, wer anreist …«

Es ist wieder einmal soweit, sinnierte der Inselpolizist. Die Insel kommt offensichtlich nicht ohne einen Mordfall pro Jahr aus. Dabei ist es hier an sich so friedlich. Alle könnten wunderbar gemütlich zusammen leben, was ja meistens auch der Fall war, aber dann störte wieder ein Todesfall die Idylle.

»Marvin und Gero werden auf der nächsten Fähre sein«, holte sein Freund ihn aus seinen Gedanken.

»Na prima. Die kennen sich hier aus. Ich gehe eben

rüber zu Henning und Birgit und sorge für eine Unterkunft«, sagte Röder.

Er fand die beiden zusammen mit Kenny Janssen in der kleinen Privatküche. Vor ihnen auf dem Tisch stand ein geöffneter Werkzeugkasten, daneben lagen ein Hammer und eine Wasserpumpenzange.

»Was ist passiert? Welchen Schaden müsst ihr beheben?«, fragte er.

»Keinen. Alles in Ordnung«, winkte Henning ab. »Wir haben nur etwas Muße, und bevor Kenny uns wieder verlässt, um seinen Dienst auf hoher See anzutreten, prüfen wir, ob alles vollständig ist. Der Winter ist nicht mehr weit. Und du weißt: Der Baumarkt ist von hier aus etwas schwieriger zu erreichen.«

Röder musste dem Hotelchef recht geben. Allerdings wäre er selbst nie auf den Gedanken gekommen, so den Winter einzuläuten. Vermutlich, so dachte er, lag es daran, dass er gar nicht im Besitz eines Werkzeugkoffers war. Das wiederum war von Vorteil. Seine handwerkliche Ungeschicklichkeit, gepaart mit mangelndem Interesse an Hämmern und Bohren, hätte nur zu größeren Unglücken geführt. Es reichte ihm schon, was seine tägliche Arbeit an Negativem mit sich brachte. Doch als Hotelbesitzer war es sicher von Vorteil, sich damit auszukennen. Nicht immer waren sofort Handwerker zur Stelle.

»Eine gute Idee«, sagte er. »Wenn ich etwas mitbringen soll – am übernächsten Wochenende bin ich mit meiner Vespa auf Tour. Bis dahin wird der aktuelle Fall hier hoffentlich abgeschlossen sein.«

Plötzlich schauten ihn drei Augenpaare erstaunt an.

Was sollte das? Schließlich war bekannt, dass sein neues Hobby am Festland auf ihn wartete.

»Wann, sagtest du?«, fragte Birgit.

»Am übernächsten Wochenende. Warum?«

»Ach. Nur so. Damit wir Bescheid wissen.«

»Na gut. Was ich mitteilen wollte – heute kommen Gero Schonebeck und Marvin Lingenberg. Habt ihr Zimmer frei?«

»Natürlich«, sagte Henning. »Um diese Jahreszeit ist das Hotel nicht mehr voll. Aber sag mir, was sich ergeben hat, dass die beiden anreisen.«

Röder wusste, dass er hier in der kleinen Küche unbesorgt Dinge erzählen konnte, die er an anderer Stelle für sich behalten würde. »Euer Gast ist ziemlich sicher getötet worden. Das hat die Obduktion ergeben. Daher der größere Aufmarsch.«

»Habt ihr schon eine Ermittlungsrichtung?«, fragte Kenny.

»Du meinst, ob wir eine heiße Spur haben? Nein, haben wir nicht. Nur ein paar leicht warme, und die gilt es jetzt zu stärken.«

»Was ist mit Knubes Zimmer?«, fragte Birgit Ahlers.

»Wenn möglich lasst alles so, wie es ist. Die Spurensicherung hat sich Knubes Sachen ja bereits vorgenommen. Aber es kann gut sein, dass auch wir dort erneut Untersuchungen anstellen müssen. Später werden wir uns darum kümmern, wer wann die Sachen übermittelt bekommt. Ginge das in Ordnung?«

»Kein Problem. Das Zimmer brauchen wir im Moment nicht unbedingt. Der Bridgeklub war im Frühjahr bereits da, also könnt ihr auch den Klubraum problemlos weiter nutzen.«

»Auch die *Emilys*, unsere Superband aus dem Emsland, braucht im Moment keinen Probenraum?«, lachte Röder.

Wieder schauten ihn die drei aufmerksam an, dann sagte Birgit: »Nein, die im Moment ebenfalls nicht.«

»Dann passt alles. Die beiden Kommissare kommen mit dem nächsten Schiff und werden sich bei euch melden.«

»Viel Erfolg«, rief Kenny hinter ihm her, als er die Küche verließ. Im Klubraum fand er nur Wille vor.

»Wo ist Arndt?«

»Der versucht, mit Herrn Becker Kontakt aufzunehmen«, sagte Wille.

»Dann komm. Wir werden uns noch einmal Knubes Zimmer ansehen.«

Wille folgte Röder nach oben, doch sie fanden nicht mehr als bei ihrem ersten Besuch. Kein Hinweis auf Menschen, die zu benachrichtigen wären, kein Hinweis auf die genaue Adresse. »Ich werde mit dem Sender sprechen. Die sollten mehr wissen. Von den Auricher Kollegen haben wir bis jetzt nämlich keine Rückmeldung, und seiner Facebookseite war ebenfalls nichts Persönliches zu entnehmen.« Eine halb gefüllte Reisetasche lag neben dem Bett, eine Zahnbürste stand in einem Becher im Badezimmer. »Hier ist nichts.« Vorsichtshalber schaute Röder unter das Bett, doch auch da fand er nicht einmal ein Staubkorn, was er auch nicht erwartet hatte. Dazu kannte er Birgit zu gut.

»Aber hier. Der lag im Papierkorb.« Wille hielt einen Bierdeckel hoch. »Sollte der Mann nach seinem Kneipenbesuch doch ins Hotel gegangen sein?«

»Gib mal her.« Röder sah einiges an Strichen auf der Seite, auf der anderen Seite Gekritzel, das er nicht definieren konnte. »Ich habe keine Ahnung, ob der aus der *Kleinen Freiheit* stammt, oder ob er ihn, aus welchen Gründen auch immer, vom Festland mitgebracht hat. Klärst du die Sache?«

Wille nickte. »Bin schon unterwegs.«

Er, Röder, würde schauen, ob Arndt zurück war, und das weitere Vorgehen mit ihm besprechen. Arndt war nicht im Klubraum. Er stand auf der Terrasse und schaute Richtung Hafen. »Was gibt es Neues?«, fragte Röder.

»Nicht viel. Ein schwerfälliges Gespräch mit einem sturen Typen, der liebend gern die Insel verlassen würde. Als ich ihn fragte, warum er denn bliebe, sagte er nur, dass er seine Frau nicht allein lassen könnte, und sie weigere sich zu fahren. Als ich ihn fragte, warum, hat er nur gebrummt: ›Fragen Sie sie selbst.‹«

»Und?«

»Sie war im Hotel nicht aufzutreiben. Weder in seinem noch in ihrem Zimmer, und auch der Frühstücksraum und die Sauna waren leer.«

Röder lachte. »Ich hoffe, du hast andere Gäste nicht verschreckt, als du mit Anzug und Krawatte unter den Nackigen aufgetaucht bist.«

»Nein. In der Sauna war kein Mensch. Die meisten gehen sicher erst nachmittags in die Wärme.« Er deutete über den Heller. »Jetzt ist es draußen viel schöner. Da sollte man die Zeit am Strand genießen.«

19

Was, um alles in der Welt, sollte er machen? Bleiben oder nicht? Ungefähr zum zehnten Mal stellte Hagen Krasmer sich die Frage und hatte keine Antwort. Dabei hatte er sich alles so schön zurechtgelegt. Dass es gut war, Dora auf die Insel gebracht zu haben. Damit sie sich erholen konnte und wieder sie selbst würde. Damit sie aus dem Schussfeld der Journalisten kam, die sich mit hinterhältigem Mitleid auf ihre Krankheit stürzen würden. Aber nun? Hatte er die richtige Entscheidung getroffen?

Warum hatte er vergessen, die Haustür abzuschließen, nachdem er mit den Brötchen zurückgekommen war? Warum hatte er die Tageszeitung von gestern auf dem Küchentisch liegen lassen? Fast schien es ihm, als hätte das Schicksal es so gewollt. Er stöhnte auf und ließ sich in den Fernsehsessel fallen. Was also? War es doch richtiger, Dora in die Hände eines fachkundigen Arztes zu geben, als hier vergebens auf Heilung zu warten?

Mühsam stand er wieder auf. Um abreisen zu können, musste er erst mal Dora wiederfinden. Er war zur Toilette gegangen, und das hatte, wie üblich, eine gewisse Zeit gedauert. Als er wieder in die Küche kam, war Dora nicht mehr da gewesen. Seit einer Stunde war sie unterwegs. Seitdem überlegte er, wie er am besten vorgehen sollte. Es war ihm ziemlich sinnlos erschienen, ihr zu folgen. Er kannte nicht einmal die Richtung, die sie eingeschlagen hatte. Doch zu Hause sitzen, war auch keine

Lösung. Was war, wenn sie nicht wieder zurückfand? Was durchaus möglich war. Er musste sie suchen.

Aber bevor er die Wohnung verließ, griff er nach seiner Brieftasche. Zumindest versuchte er es. Denn sie war nicht da. Das durfte nicht wahr sein. Wo hatte er sie hingelegt? Er brauchte sie dringend. Reservehunderter, Führerschein, Ausweis, Kreditkarte, Fahrkarte – alles Wichtige steckte in dem Lederetui. Er hatte das gute Stück in die Nachttischschublade gelegt. Unter die Taschentücher. Da war er sich sicher. Ganz sicher. Aber dort war sie nicht. Nicht auf dem Tisch, dem Schränkchen neben Doras Bett und auch nicht auf der kleinen Ablage unter dem Fernseher. Wer könnte sie genommen haben? Ob Dora …? Nein, das konnte er sich nicht vorstellen. Warum sollte sie? Sie hatte hier alles, was sie brauchte. Aber klar war auch, dass sie immer öfter Dinge tat, für die es keine logische Erklärung gab. Er musste sie finden. Dora und die Brieftasche.

Aber was, wenn Dora doch den Weg allein zurückfand und er war nicht da? Würde sie auf ihn warten? Er musste es drauf ankommen lassen. Sollte er die Tür offen lassen? Sein Vermieter hatte gesagt, das sei kein Problem auf der Insel. Zog er sie zu, war sie auch zu. Sie hatte keine Außenklinke, sondern einen Knauf. Er griff nach dem Schlüssel. Zumindest wollte er danach greifen, aber auch der lag nicht mehr an der Garderobe. Schnell suchte er alle Jackentaschen durch, doch es war kein Schlüssel zu finden. Er öffnete die Haustür und hoffte auf etwas, mit dem er sie leicht geöffnet halten konnte. Er hatte Glück. Gleich neben den Weg sah er einen halben roten Klinkerstein. Er klemmte ihn in den Türspalt.

Sollte er laufen oder das Fahrrad nehmen? Welchen Weg sollte er einschlagen? Wieder stöhnte er. Er hatte keine Lust mehr. Er ließ das Rad im Ständer und schlurfte los. Links, rechts, geradeaus? War alles egal. Entweder hatte er Glück und er fand Dora, oder er musste sich etwas einfallen lassen. Glücklicherweise dauerte es ein paar Stunden, bis die Dunkelheit über die Insel hereinbrechen und das Suchen erschweren würde.

Wie automatisch schlug er den Weg am Spielteich vorbei ins Westdorf ein, folgte der roten Klinkerstraße durch das Deichschart am Hotel *Fresena* und blieb an der Kreuzung bei der Schule stehen. Er schaute nach rechts und links, aber von Dora war nichts zu sehen. Geradeaus ging er weiter, dann vor dem Markt rechts ab. Er sah zwei Menschen auf dem Tennisplatz, und eine Frau mit Kinderwagen und einem zotteligen Mischlingshund kam ihm vom *Strandcafé* entgegen. Im Kinderspielhaus war Licht. Er wunderte sich. Die Ferien waren vorbei. Ob das Haus wirklich noch besucht war? Im Vorbeigehen fiel ihm ein Plakat auf. Ein Zauberer zur Kinderunterhaltung würde nachmittags auftreten. Dann schien tatsächlich Bedarf zu sein. Der Mann würde sicher nicht vor leeren Stühlen seine Kunststücke zeigen wollen.

Wohin jetzt? Er entschied sich für den Strand. Dora liebte dieses Fleckchen Erde, also war es gut möglich, dass sie in einem lichten Moment dorthin abgebogen war. Vielleicht fand er sie sogar in dem Strandkorb, in dem sie es sich schon einmal gemütlich gemacht hatten. Er schaute über die weite Fläche, sah ein paar flache Wellen und Sonnenstrahlen, die goldene Streifen auf die Wasseroberfläche zauberten. Nur der Strandkorb, auf den er seine Hoffnung gesetzt hatte, war nicht mehr da. Ebenso wie alle anderen, die zuvor noch für die Gäste aufgestellt gewesen waren.

Er ging bis zur Wasserkante und dann links ab. Tief in Gedanken versunken merkte er kaum, dass mit einer etwas heftigeren Welle sein rechter Schuh voll Wasser lief. Erst als jeder Schritt quietschte und seine Zehen immer kälter wurden, ging er ein paar Meter weiter zu den Randdünen. Es behob zwar das Quietschen nicht, jedoch war er sich sicher, dass zumindest sein linker Fuß nun trocken blieb. Was allerdings nichts an seiner Verzweiflung änderte. Er ließ sich auf einen der Steine der beginnenden Strandmauer fallen. Er konnte nicht mehr. Alle Energie war aufgebraucht. Es war die Erkenntnis, dass er seine Vergangenheit, seine Zukunft, sein ganzes Leben dieser Frau untergeordnet hatte. Viele Jahre gerne. Aber jetzt brach alles über ihm zusammen. Am liebsten würde er abhauen. Ohne sie. Er würde eine andere Arbeit finden. Sollte sie sehen, wie sie zurechtkam.

Doch er konnte nicht weg. Nicht ohne seine Brieftasche.

20

»Der Mann hatte ein Komma sechs Promille im Blut. Erstaunlich, dass das nach den Stunden im Hafenbecken noch messbar war.« Wille deutete auf den Bierdeckel. »Aber wenn ich den Strichen und der Aussage der Wirtin glaube, haben die beiden ganz schön getankt.«

»Dann hat die Wirtin also bestätigt, dass es sich um den Deckel von Kannings und Knube handelt?«, fragte Arndt.

»Ja. Knube hat den gesamten Deckel bezahlt. Mehr konnte sie nicht sagen.«

»Und was lernen wir daraus? Hat Kannings die Wahrheit gesagt? Es ist doch eher unwahrscheinlich, dass Kannings Knube zum Hotel begleitet, der bringt den Deckel in sein Zimmer und kommt wieder herunter, um mit Kannings zum Hafen zu gehen, wo er von ihm umgebracht wird«, überlegte Röder.

»Ich denke immer noch, dass er einer Horde Idioten über den Weg gelaufen ist, die sich die Wippen hatten vornehmen wollen. Da sollten wir ansetzen«, sagte Wille.

Arndt schaute auf die Uhr. »Noch zwei Stunden, dann sind die Kollegen da. Wir werden …«

»Wir sind jetzt schon da! Aber lasst euch nicht stören!« Marvin Lingenberg und Gero Schonebeck steckten ihre Köpfe durch die Tür.

»Wo kommt ihr denn schon her?«, wunderte sich Arndt. »Die Fähre …«

»Wir sind mit diesem kleinen Boot gekommen. Wir hatten gerade das Auto abgestellt, da rief jemand: ›Wollt ihr mit?‹, und das ließen wir uns nicht zweimal sagen.« Gero deutete auf Marvin. »Natürlich war der Kollege nicht so schnell wie ich, aber ich konnte den Bootsführer so lange aufhalten, bis Marvin ebenfalls an Bord gesprungen war.«

»Blödmann. Wer hat denn seine Tasche im Auto vergessen? Und wer hat sie geholt?«, maulte Marvin.

»Na, dann hast du dir bestimmt einen Kaffee verdient.« Auch Henning Ahlers war hinter den beiden Kommissaren aufgetaucht. »Geht rein, nehmt Platz und vertragt euch.«

Arndt Kleemann lachte. »Gut, dass wenigstens einer hier Ordnung schafft.«

Als Henning den Raum verlassen hatte, gingen Arndts Gedanken zurück nach Neßmersiel. Er stellte sich vor, wie Marvin, klein und wuchtig, über die Bootskante sprang. Dass er dazu in der Lage war, war klar. So kompakt, wie sein Kollege äußerlich wirkte, so schnell und gewandt konnte er sein. Auch er bat die Männer, sich einen Cocktailsessel zu nehmen und berichtete, was passiert war. »Wir hängen also ziemlich in der Luft«, beschloss er seine Rede, »sollten jedoch unbedingt mit Kannings und den Beckers sprechen.«

»Weiterhin sollten wir herausfinden, ob diese ominöse Gesangsdiva mit ihrem Begleiter noch auf der Insel ist«, schlug Röder vor.

»Außerdem müssen wir nach der Wippenbande suchen«, fügte Wille hinzu. »Somit haben wir einiges zu tun. Gut, dass ihr da seid.«

Gleich darauf kam Henning mit dem Kaffee wieder. »Lasst ihn euch schmecken. Ihr braucht Energie.«

»So wie du in deinem Job. Macht ihr eigentlich auch mal Urlaub?«, fragte Arndt.

»Im Februar werden wir für vier Wochen verschwinden, bevor das Ostergeschäft startet. Renovierungsarbeiten stehen nicht an. So sollte das klappen«, erklärte der Hotelchef. »Allerdings fehlt es mir heute tatsächlich ein wenig an Energie. Gestern Abend hatten wir von der Feuerwehr aus ein Treffen mit diesen Gruppenführern. Das hat einfach eine Stunde zu lange gedauert. Die Jungs konnten ausschlafen, aber ich musste schließlich vor Sonnenaufgang, also gegen 7 Uhr, wieder hoch. Man gut, dass die nur noch zwei Tage bleiben, sonst könnte das echt meiner Gesundheit schaden.«

»Nun übertreib man nicht. Du bist doch sonst so vernünftig«, sagte Arndt. »Aber wo du von deinen alten Freunden erzählst – ich habe da eine Idee. Die Feuerwehrleute laufen doch bestimmt tagsüber auf der Insel herum. Wenn wir denen ein Bild von einer schicken Dame zeigen, würden die sicher die Augen offen halten und uns benachrichtigen, wenn die Frau ihnen über den Weg läuft.«

»Das machen die bestimmt. Heute wollen sie übrigens boßeln, und diese Sportart findet bekanntermaßen draußen statt. Schickt mir das Bild, und ich sage denen Bescheid. Beziehungsweise rufe ich unseren Gemeindebrandmeister an. In dessen Ferienhaus wohnen sie nämlich.«

»Gut. Das wäre geklärt.«

Die Männer tranken den Kaffee, den Henning Ahlers mit ein paar Keksen vor ihnen auf den kleinen Nierentisch gestellt hatte, dann brachten Marvin und Gero ihre Taschen auf die Zimmer. Anschließend würden sie sich mit Herrn und Frau Becker unterhalten, wenn die beiden aufzufinden waren.

Wille wollte ein weiteres Mal mit den Hafenanrainern sprechen. Vielleicht hatte jemand etwas mitbekommen und der Beobachtung und dem Gehörten bisher keine Beachtung geschenkt.

Arndt und Röder fuhren zum Bioladen und trafen dort auf den jungen Mann, der den Eindruck machte, als wollte er sich am liebsten hinter der Theke oder besser im Kühlhaus verstecken. Sie baten ihn mit Evas Erlaubnis ins Lager. Es mussten nicht unbedingt die Kunden etwas von der Befragung mitbekommen.

»Herr Kannings, Sie haben uns bei unserem Gespräch nicht Ihre ganze Vorgeschichte mitgeteilt«, begann Arndt. »Ihrer Akte konnten wir entnehmen, dass Sie unsere Kollegen getreten und mit Farbe übergossen haben.«

»Was tut das zur Sache? Ich habe meine Strafe bekommen, und der Fall ist erledigt«, erwiderte Kannings.

»So ganz nicht«, widersprach Röder. »Sie haben uns natürlich nur Ihre Variante der Abläufe im Hambi berichtet. Sicher wäre es sinnvoll gewesen, wenn Sie alles gesagt hätten. Denn jetzt kommt unweigerlich der Gedanke bei uns auf, dass wer einmal lügt oder etwas verschweigt, auch ein zweites Mal kein Problem damit hat.«

»So glauben Sie also weiterhin, dass ich Markus ins Wasser geworfen habe? Nein, verdammt, suchen Sie woanders. Ich war es nicht.« Jann Kannings war laut geworden.

Röder kontrollierte mit einem Blick, ob die Tür zum Laden geschlossen war. »Das nächste Problem ist, dass laut Ihrer Akte Knubes Bilder sehr zu Ihrer Verurteilung beigetragen haben. Daher kann ich die Geschichte eines zwar lauten, aber sehr netten Abends mit dem Austausch von alten Erinnerungen in der *Kleinen Freiheit* so gar nicht richtig nachvollziehen.«

»Das ist Ihr Problem. Lassen Sie mich BITTE in Ruhe!«

»Später vielleicht. Nächste Frage: Wer hat den Deckel in der Kneipe bezahlt?«

Kannings schaute die Kommissare ratlos an. »Warum?«

»Antworten Sie einfach.«

»Markus hat bezahlt. Ich habe ihm draußen die Hälfte der Summe gegeben. Sogar etwas mehr als die Hälfte, weil ich den Betrag nicht klein hatte.«

»Hat Herr Knube den Deckel mitgenommen?«

»Was soll das? Keine Ahnung. Wir kannten doch den Betrag. Ich denke, er hat ihn liegenlassen. Oder nicht? Ich weiß nicht. Ich hatte ein paar Biere zu viel. Ist sonst nicht meine Art. Die Menge hat wohl mehr zugeschlagen als bei anderen.«

»Das heißt, Sie wollen uns sagen, Sie wissen nicht mehr, was Sie am Ende dieses Abends gemacht haben? Das wollen Sie uns sagen?«, fragte Arndt eindringlich, doch er erhielt keine Antwort.

»Herr Kannings, antworten Sie!«

Wieder schwieg der Mann, schüttelte nur kaum merklich den Kopf.

Arndt schaute zu Röder und deutete auf den Ausgang. »Herr Kannings, Sie verlassen die Insel nicht. Das wissen Sie. Wir melden uns wieder.«

Die beiden gingen zurück in den Laden, wo sie von Eva und Sandra erwartet wurden. Doch ehe die beiden Frauen eine Frage stellen konnten, sagte Arndt: »Wir sind vorerst durch. Vorerst.«

Sie verließen den Laden und schoben ihre Räder auf die Straße. Vom Nachbargrundstück schaute ihnen eine alte Dame dabei zu.

»Moin, Frau Schippers«, grüßte der Inselpolizist.

»Moin. Warten Sie«, rief die Frau zu ihnen herüber.

»Was gibt es denn?«, fragte Röder und stellte sein Rad wieder ab.

»Also ich weiß nicht, ob das wichtig ist. Es geht um den jungen Mann, der bei Eva arbeitet. Ich habe heute gehört, dass der was mit dem Todesfall zu tun haben soll, und ich habe ihn gesehen«, sagte Meentje Schippers.

»Was haben Sie gesehen?«, fragte Arndt.

»Ich habe gesehen, wie und wann der nach Hause gekommen ist. Es war nämlich so, dass ich mal wieder nicht schlafen konnte. Ich stelle mich dann oft ans Fenster und schaue in den Himmel. Es waren übrigens jede Menge Sterne zu sehen. Als ich mich gerade wieder hinlegen wollte, sah ich eine Gestalt ankommen und erkannte sie als den Mann von nebenan. Jann heißt der, glaube ich. Der war wohl ziemlich betrunken, so breit, wie der lief.«

»Um welche Uhrzeit war das?«, unterbrach Arndt den Redefluss der Frau.

»Es war genau 23.15 Uhr. Um 23 Uhr klappt das nämlich meistens mit dem Schlafen nicht, und der Körper braucht Regelmäßigkeit, weil …«

»Welche Nacht war das?«, fragte Röder.

»Die Nacht von Montag auf Dienstag.«

»Das wissen Sie genau?«, unterbrach Arndt erneut.

»Ganz genau. Das wollte ich nur gesagt haben.« Mit diesen Worten drehte Meentje Schippers sich um und schob mit ihrem Rollator weiter.

»Und nun?« Wieder nahm Röder sein Rad.

»Nun fahren wir zum Klubraum und besprechen alles mit den Kollegen«, entschied Arndt.

21

Wille Weerts bremste scharf. Beinahe hätte er eine Möwe überfahren, die sich durch sein Vorderrad nicht davon abbringen ließ, sich an Pferdemist gütlich zu tun. Eigentlich hielten die Kutscher die Stellfläche für die Waren, die das Frachtschiff regelmäßig anlandete, sauber, aber dieser Haufen war wohl übersehen worden. Es war ruhig am Hafen. Wieder standen einige Wippen rechts hinter der Absperrung und warteten auf Gäste. Das Schiff würde in Kürze anlegen. Es war schon gut zwischen Neßmersiel und Baltrum auszumachen. Das *Verhungernix* war geöffnet, also würde er dort mit den Ermittlungen beginnen. Er stellte sein Rad ab und folgte dem Kaffeeduft, der zum Betreten des Kiosks einlud.

Die Chefin war da, doch sie konnte ihm nichts erzählen. »Sie wissen, ich bin nur tagsüber hier. Ansonsten wohne ich im Ostdorf.«

Er ging hinüber zur Reederei, doch auch hier fragte er vergeblich. Keiner der Büroangestellten wohnte in der Nähe des Hafens. Anders sah es bei den Mitarbeitern der Spedition aus. Das Wohnhaus lag nicht direkt, aber sehr nah am Wasser. Auf der Hafenfläche sah Wille drei Pferdewagen, die mit allem beladen wurden, was die Inselbewohner zum Leben brauchten, über Mineralwasser, Gartenzäune bis hin zu Kühlbehältern für die Lebensmittelmärkte. Er ging auf einen jungen Mann zu, der gerade seine Zigarette auf den Steinen austrat, und stellte seine Fragen. Doch der Mann schüttelte den Kopf und zeigte auf einen Kollegen, der ein wenig abseits stand. »Sprechen Sie mit dem. Ich glaube, der kann besser helfen.« Er grinste. »Ich war mit meiner neuen Flamme beschäftigt.«

Neue Flamme. Das war eigentlich ein Ausdruck aus den 70ern. Dass heutzutage junge Leute den nutzten – er wunderte sich. Aber egal. Er ging hinüber zu dem Fuhrwerk, das mit weißen Steinen beladen wurde. Wieder beschrieb er, warum er da war, und zu seinem Erstaunen nickte der junge Mann. »Ich habe was gehört. War so um 2 Uhr. Erst war da Gegröle, und dann hat es gescheppert. Ich wollte erst nachsehen, was los war, aber ich war zu faul, um aufzustehen. Der Tag beginnt sehr früh für uns, wissen Sie?«

»Haben Sie Stimmen erkannt?«, hakte Wille nach.

Der Mann überlegte. »Nein. War zu weit weg. Ich weiß auch nicht, aus welcher Richtung es kam. Das Ganze hat gar nicht lange gedauert. Dann war wieder Schicht im Schacht, und ich habe weitergepennt.«

»Hatten Sie bei dem Gegröle, wie Sie es nennen, das Gefühl, dass ein Streit ausgebrochen war, oder klang es mehr nach alkoholisierter Fröhlichkeit?«

»Keine Ahnung.« Der Mann griff zum Zügel, als eines der Pferde unruhig zur Seite trat. »Ich muss jetzt weitermachen. Sonst meckern die Einwohner. Die warten auf ihr Zeug.«

Auch der dritte Fuhrmann konnte nicht mehr beitragen, so ging Wille weiter zum Bootshafen. Die wenigen Feriengäste, die mit ihren Booten in dem kleinen Hafen lagen, hatte er bereits gesprochen, aber er wollte nichts unversucht lassen.

Auf dem Katamaran stand Jörg Oltrop, neben sich einen Eimer mit Wasser und einen Schrubber. »Prima, dass ich Hilfe bekomme. Hätte ich so nicht erwartet. Aber eine Hand wäscht die andere«, sagte er vergnügt.

Vom Nachbarschiff hörte er jemanden rufen: »Gibt es Neues?«

»Ich hoffe darauf, dass Sie mir Neues berichten können«, rief Wille zurück. Inzwischen streckte auch der eine oder andere seinen Kopf aus der Bootsluke. »Irgendjemand muss doch etwas von der Aktion mitbekommen haben. Das war sicher nicht leise.«

Ein Mann kletterte über den Bug seines *Hai 590* auf den Steg. »Wir haben Ihnen schon beim ersten Mal erzählt, dass wir an diesem Abend im Bootshaus gesessen und uns unterhalten haben. Erfahrungen ausgetauscht, sozusagen.«

»Seglerlatein erzählt, kannst du es auch nennen«, rief jemand, und die Leute lachten.

»Natürlich hat uns das Thema begleitet, wenn wir uns hier trafen, aber keinem ist etwas Hilfreiches eingefallen. Sonst hätten wir es Ihnen natürlich mitgeteilt.«

Wille sah ein, dass er auch hier nichts mehr erfahren würde. Er verabschiedete sich und ging zurück. Vor dem Häuschen der *DGzRS*, der *Deutschen Gesellschaft zur Rettung Schiffbrüchiger*, sah er Tim Seebald stehen. Der Mann war nicht nur Totengräber, sondern auch Vormann der Baltrumer Ortsgruppe.

»Bist du im Dienst?«, fragte er ihn.

»Im Moment nicht. Habe nur Papierkram erledigt. Gestern habe wir mit der *Elli Hofmann-Röser* eine erkrankte Insulanerin nach Neßmersiel gebracht.«

Es war gut, dass es ein Rettungsboot der *DGzRS* auf der Insel gab. Nicht immer konnte die große Fähre tidebedingt fahren und auch Rettungshubschrauber nicht rechtzeitig landen, wenn sie an anderer Stelle in Einsätze eingebunden waren.

»Jetzt geht es zum Friedhof. Ein paar Gräber warten darauf, winterdicht gemacht zu werden. Beziehungsweise die Hinterbliebenen warten auf meinen Einsatz.«

»Dann lass dich nicht aufhalten.« Wille winkte ihm zu und ging zu seinem Fahrrad. Den Mann zu fragen, ob er etwas wisse, war unnötig. Der hätte sofort mit der Polizei zusammengearbeitet, wenn ihm etwas aufgefallen wäre.

Er fuhr zurück zur Wache. Auf den Stufen vor der Tür sah er eine Frau stehen, die energisch an die Tür klopfte.

»Kann ich helfen?«, fragte er freundlich.

»Ich hoffe es. Meine Bäume sind weg.«

»Kommen Sie erst einmal mit hinein.« Er nahm den Schlüssel aus der Tasche und öffnete die Tür zur Wache. »Bitte schön.«

Die Frau ließ sich auf den Stuhl vor dem Schreibtisch fallen. »Ich bin fix und fertig«, stöhnte sie. »Ist der richtige Polizist nicht da?«

»Nein«, erwiderte Wille Weerts. »Ich vertrete ihn. Mir dürfen Sie auch vertrauen. Sagen Sie mir bitte, wer Sie sind, und dann, worum es genau geht.«

»Mein Name ist Heidemann. Constanze Heidemann. Ich habe eine Wohnung im Haus *Deichschart*. Gestern bin ich angekommen. Aber da habe ich nichts bemerkt. War auch schon ziemlich dunkel, und ich musste erst einmal ausspannen, wenn Sie verstehen, was ich meine.«

Wille versuchte zu verstehen, hätte jedoch gerne weitere Informationen gehabt. Er brauchte nicht zu warten.

»Also, als ich heute Morgen aus dem Fenster schaute, dachte ich, mich trifft der Schlag. Mein Blick geht über den Deich direkt auf das Watt. Am Deichfuß stehen, solang ich die Wohnung besitze, sieben große Bäume. Und die waren weg. Ich bin raus und musste feststellen, dass sie abgesägt worden waren. Stattdessen ist da jetzt ein Zaun, der an so hässlichen roten Pfählen festgemacht ist.« Constanze Heidemann holte tief Luft. »Das kann man doch nicht machen. Sie müssen unbedingt rausfinden, wer das Verbrechen an der Natur begangen hat.«

»Dazu brauche ich jedoch ein paar Informationen. Sie haben eine Zweitwohnung auf der Insel, leben also nicht ständig hier, richtig?«

»Richtig. Aber was hat das …«

»Frau Heidemann, es geht hier nur um Informationen. Sie sind gestern angekommen. Wann waren Sie das letzte Mal da? Damit wir die Zeit des Baumschnitts einkreisen können«, fügte er zur Vorsicht hinzu. Nicht, dass der Eindruck entstand, er habe etwas gegen Zweitwohnungsbesitzer.

»Im Juli für drei Wochen. Homeoffice, wenn Sie verstehen«, erklärte sie.

»Wohnen andere Menschen ebenfalls dort? Wissen Sie, ob die da waren?«

»Es ist nur eine weitere Wohnung in dem Haus, und die Besitzer sind ganz selten da. Die Wohnung wird nicht an Feriengäste vermietet. Das haben wir beim Kauf so abgesprochen. Wir wollen, wenn wir hier sind, unsere Ruhe haben, und das hat bis jetzt geklappt.«

»Haben Sie schon mit dem *NLWKN* gesprochen? Die sind für die Deiche zuständig. Vielleicht ist Ihre Baumfällaktion ja nicht die einzige, und die Mitarbeiter dort haben schon weitere Anfragen erhalten.«

»Mit wem soll ich gesprochen haben?«, fragte Heidemann ratlos.

»Mit dem *NLWKN*. Dem *Niedersächsischen Landesamt für Wasserwirtschaft, Küsten- und Naturschutz*. Die sitzen hier am Westende der Insel.«

Die Frau schüttelte den Kopf. »Können Sie das machen? Das wirkt dann irgendwie … offizieller, verstehen Sie?«

»Gerne.« Wille suchte die Nummer raus und hatte gleich darauf den Chef der Baltrumer Betriebsstelle am Ohr. Er stellte seine Frage und hörte den Mann stöhnen. »Das kann nicht wahr sein. Nicht schon wieder. Wir haben das Recht, die Bäume zu fällen, die Sträucher und alles andere, was der Deichsicherheit schadet zu entnehmen. Wenn die Leute meinen, sie können den Deich zum Privatvergnügen nutzen, haben sie sich geirrt. Wir gehen ganz genau vor und betreten kein fremdes Grundstück. Ist das klar? Wir dürfen das!«

»Aber warum sind Bäume für den Deich so gefährlich?«, hakte er nach.

»An sich halten die Wurzeln das Erdreich zusammen. Aber wenn die Wurzeln absterben, hinterlassen sie Hohlräume, in die Wasser eindringen kann. Außerdem ziehen Bäume Wühltiere an. Auch nicht gut. Dann stellen Sie sich die Situation vor, wenn ein Sturm in die Baumkronen fährt und den Baum umreißt. Schon ist der Deich kaputt. Und, ach ja, die Blätter verhindern durch das Schattenwerfen den Graswuchs. Ich hätte noch mehr …«

»Nein danke. Ich habe verstanden und gebe die Infos gerne weiter.« Wille beendete das Gespräch und berichtete der Frau, was der Betriebsstellenleiter gesagt hatte. »Wie ist es bei Ihnen, gehört nun der Teil des Deiches, auf dem die Bäume standen, zu Ihrem Grundstück?«, fragte Wille. »Ich kann mir kaum vorstellen, dass die Mitarbeiter des Landesamtes ohne Befugnis gearbeitet haben.«

»Ich habe keine Ahnung«, erwiderte Heidemann. »Genauer gesagt müsste ich in unseren Unterlagen nachsehen, wo die Grenze ist. Die liegen zu Hause in Hamburg bei meinem geschiedenen Mann im Schreibtisch.«

»Können Sie Ihren Mann erreichen und ihn bitten, die Unterlagen einzuscannen und zu schicken? Oder haben Sie keinen Kontakt zu ihm?«

Heidemann lachte. »Doch, wir haben guten Kontakt. Darum gehört uns beiden auch die Wohnung weiterhin zusammen. Wir haben nur unterschiedliche Lebensziele entwickelt, und da wollte der eine dem anderen nicht im Wege stehen.«

Wille fragte nicht weiter nach, worin die unterschiedlichen Lebensziele bestanden. Es ging ihn erstens einfach nichts an und zweitens interessierte es ihn nicht. »Ich rate Ihnen, zunächst mal einen Blick auf die Papiere zu werfen. Danach können Sie überlegen, ob Sie Anzeige erstatten.«

Constanze Heidemann stand auf. »Darauf können Sie sich verlassen. Ich bin spätestens in zwei Stunden wieder hier, wenn ich erkennen sollte, dass die sich an unseren privaten Bäumen ausgelassen haben. Selbst wenn die vom Amt ein Recht dazu haben, weil es nicht unsere Bäume sind – es ist eine Unmöglichkeit. Man hätte uns Bescheid geben können, oder nicht? Aber die hatten bestimmt zu viel Angst, dass ihnen Widerstand entgegenbläst. Deichschutz – Blödsinn!« Damit rauschte sie aus der Wache.

Wille war gespannt, ob er die Frau wiedersehen würde. Beinahe musste er lachen bei dem Gedanken, was in so kurzer Zeit an unterschiedlichen Problemen an die Polizei selbst auf einer kleinen Insel herangetragen wurde. Sicher war es gut, den Posten mit zwei Kollegen dauerhaft zu besetzen. Und ein kleines bisschen hatte er sich schon mit der Idee angefreundet. Ob sein Chef Müller und seine eigene Frau damit einverstanden wären, hatte er allerdings bisher nicht in Erfahrung gebracht.

22

Was hatte es nur zu bedeuten? Abends traf er Arndt und seine Frau tuschelnd auf dem Sofa an, die beiden Ahlers' zuckten zusammen, als er die *Emilys* erwähnte. Ganz seltsam waren die Reaktionen immer dann, wenn er öffentlich von seiner Tour mit der Vespa träumte – er hätte zu gern gewusst, ob es da einen Zusammenhang gab; doch Fakt war, dass die jeweiligen Situationen so unterschiedlich waren. Gemeinsam hatten sie lediglich, dass er sich keinen Reim darauf machen konnte.

»Michael, schläfst du?« Arndt stand vor ihm, ohne dass der Inselpolizist ihn kommen gehört hatte.

»Nein, wieso?«

»Du sitzt verträumt im Cocktailsessel und hörst nicht, dass jemand den Klubraum betritt. Das ist Grund genug für meine Frage«, lachte Arndt. »Worüber hast du nachgedacht?«

»Ach, über nichts. Also über den Mordfall natürlich.« Er würde kein Wort über seine tatsächlichen Gedanken verlieren. Schließlich war sein bester Freund Teil des Rätsels.

»Hast du die Lösung?«

»Natürlich nicht. Gero und Marvin werden hoffentlich gleich auftauchen und uns über das Gespräch mit Beckers informieren.«

Doch ehe die beiden erschienen, kam Wille herein. »Wir haben einen neuen Fall.«

Arndt stöhnte. »Bitte nicht. Was ist passiert?«

Wille erzählte, wie zum Unwillen der Anwohner Baumschnitt vorgenommen worden war. »Frau Heidemann stellt fest, wo genau die Grundstücksgrenze verläuft, und meldet sich gegebenenfalls erneut.«

»Na, dann lassen wir das erst einmal außen vor«, beschloss Arndt. »Michael, hast du schon etwas von den Gruppenführern gehört?«

»Nein. Bisher scheint die Dame ihnen nicht über den Weg gelaufen zu sein.«

»Habt ihr euren Erfahrungsaustausch ohne uns begonnen?« Gero und Marvin waren hereingekommen.

»Setzt euch.« Wille berichtete noch einmal von seinem Gespräch auf der Wache. »Das war es auch schon. Wie war es bei Beckers?«, fragte er abschließend.

»Schwierig«, sagte Gero, und Marvin nickte. »Frau Becker war wohl im Stress, da sie angeblich einen Termin mit einer Frau Edel hatte, und Herr Becker hat sich ausgeschwiegen und fummelte die ganze Zeit an der Kamera herum.«

»Er meinte, die sei nicht ganz in Ordnung«, fügte Marvin hinzu. »Allerdings schien mir die Sache nicht sehr professionell. Der schaute hier, schaute da, prüfte hier ein Teil. So, als ob er uns zeigen wollte, wie egal ihm unsere Befragung war. Ich werde mir die Beckers nach Möglichkeit einzeln vornehmen in der Hoffnung, dann mehr aus ihnen herauszukitzeln.«

»Das ist gut«, sagte Arndt und informierte die Kollegen über das Treffen mit Jann Kannings und Meentje Schippers.

»So ist der junge Mann also entlastet?«, fragte Gero vorsichtig.

»Ich denke nicht. Es spricht zwar im Moment alles dafür – der Bierdeckel auf Knubes Zimmer, die Aussage der alten Frau – aber was ist, wenn die beiden Männer sich später noch einmal getroffen haben? Warum auch immer? Das dürfen wir nicht außer Acht lassen«, stellte Röder fest.

»Wir haben versucht, die Hotelgäste zu sprechen, die in dieser Nacht hier gewohnt haben. Es waren nur wenige, und die haben nichts mitbekommen. Auch die Angestellten nicht. Kenny Janssen, der Hausmeister, darf, wenn er auf der Insel ist, im Shantychor mitsingen. Die Männer hatten an dem Abend Probe, und da ist es wohl etwas später geworden. Aber er hat beim Heimkommen nichts Besonderes feststellen können«, sagte Marvin.

»Natürlich gibt es eine weitere Möglichkeit«, Arndt lachte, »nämlich, dass die Shantyleute nach einigen Bierchen die Wippen in den Hafen geworfen haben. Vielleicht sollten wir …«

»Habe ich da gerade etwas sehr Seltsames gehört?« Kenny Janssen stand im Raum, und Röder sah, dass

Arndt seine Aussage am liebsten rückgängig gemacht hätte.

»War nicht ernst gemeint«, sagte sein Freund auch gleich darauf. »Wir haben nur so wenige Anhaltspunkte, da greift man nach jedem Strohhalm.«

»Und sei er noch so brüchig«, erwiderte Kenny. »Aber ich habe etwas für euch. Mir ist eingefallen, dass das Ende unserer Shantychorprobe tatsächlich ein wenig unharmonisch ausgefallen ist.«

»Was war los? Und um welche Uhrzeit? Bitte erinnere dich genau«, bat Röder.

Kenny überlegte kurz. »Unsere Probe war zur üblichen Zeit zu Ende. Einige gingen nach Hause, aber ein paar von uns blieben an der Theke. Die Zeit verging wie im Fluge. Ich erzählte, dass ich bald wieder zur See fahren würde, und der eine oder andere packte seine Seefahrtserinnerungen auf den Tisch. Es war sehr lustig. Als dann fast alle, bis auf Josef Dröge und Fiete Peters, schon weg waren, wendete sich das Blatt. Salomon Bartels kam auf den Klimawandel zu sprechen. Frag mich nicht, was der Auslöser war.«

»Aber das ist durchaus ein wichtiges Thema«, sagte Gero.

»Natürlich ist es das. Das sah auch Dröge so, stellte jedoch fest, dass das Thema die Insel bis jetzt kaum betrifft, man aber bei Bedarf auf jeden Fall handeln sollte und nichts verschweigen dürfe. Peters wollte sich auf gar nichts einlassen. Der hat zum Schluss gemeint, dass wir die Insel so erhalten müssen, wie sie jetzt ist. Dann würde schon alles gutgehen. Sein Lieblingsthema also. Das Gespräch erhitzte sich ein wenig. Doch plötzlich war Schluss. Peters warf sich seine Jacke über und verschwand mit den Worten: ›Dann können wir alles gleich dicht machen. Einen Shantychor brauchen wir auch nicht mehr, weil es die Insel nicht mehr gibt. Wir ziehen alle ans Festland. Irgendwo auf einen Berg. Da kommt kein Wasser hin.‹«

»Danke, dass du uns das berichtet hast, Kenny. Wir schauen mal, ob es für uns relevant ist«, sagte Röder.

»Gern geschehen. Ihr müsst ja nicht unbedingt jedem mitteilen, dass ich euch das erzählt habe. Ich will mich bei meinen Sangesfreunden nicht unbeliebt machen.«

»Wie lautet jetzt der übliche Satz?«, lächelte Arndt. »Wir schauen mal.«

Als Kenny den Klubraum verlassen hatte, fragte Arndt in die Runde: »Was sollen wir damit anfangen? Das alles sind keine Gründe, Knube zu töten, oder?«

Die Kommissare schüttelten den Kopf.

»Eigentlich nicht«, sagte Röder. »Aber irgendwie habe ich das Gefühl, dass ich mir die Geschichte auch von Salomon erzählen lassen möchte. Der hat eine sehr gute Beobachtungsgabe. Vielleicht gab es hintergründig weitere Auseinandersetzungen. Die Männer und Frauen des Shantychores bilden schließlich einen Querschnitt der Insulaner ab.«

»Versuch dein Glück. Grüß deinen Freund«, rief Arndt hinter ihm her, als er das Hotel verließ. Auf dem Weg ins Ostdorf war es ruhig, bis auf einige Menschen, die einen mit Bierflaschen gefüllten Bollerwagen hinter sich herzogen. Sie waren in zwei Gruppen aufgeteilt. Aha, die Boßler mit ihrer Grundversorgung! Als er näher kam, stieg er vom Rad. Er hatte keine Lust zu riskieren, dass er mit der Boßelkugel zusammenprallte. Das konnte sowohl für ihn als auch für sein Rad böse Folgen haben.

Gerade holte einer der Männer aus, und die Kugel rollte, wie von einem Tau gezogen, am Spielteich vorbei Richtung Nationalparkhaus. »Haha«, lachte er, »ist ja nicht das erste Mal, dass wir das machen. Wir sind bereits zum vierten Mal auf dieser wunderbaren Insel. Und damit Profis.«

Röder sah Axel Meinders zwischen seinen Feuerwehrfreunden. »Was macht die Suche?«

Der Gemeindebrandmeister zog ein Blatt aus der Tasche. »Bis jetzt negativ. Aber wir sind voller Hoffnung und auch noch eine ganze Weile an der frischen Luft. Die Chancen stehen gut.«

»Wunderbar. Dann will ich euch nicht aufhalten. Wo tagt ihr heute Abend?«

»Wir essen im *Sealords*. Was dann abläuft, müssen wir mal schauen. Die Jungs fahren morgen wieder ab. Da sollten sie fit sein«, erklärte Axel Meinders. »Sie haben dann ein Jahr Zeit, sich zu erholen. Im nächsten Jahr treffen wir uns im Emsland. Das haben wir gestern beschlossen. Das wird unser 25-jähriges sein.«

»Donnerwetter. Da habt ihr aber ganz schön durchgehalten«, sagte Röder erstaunt. Er wusste von den Treffen, doch dass das erste schon so lange her war, war ihm nicht klar gewesen.

»Richtig. Fast alle sind übrigens noch dabei.«

»Viel Vergnügen. Meldet euch, wenn ihr was seht.« Als die Feuerwehrleute vorbeigezogen waren, stieg er wieder auf sein Rad und fuhr zum Ostdorf. Salomon Bartels empfing ihn bereits an der Tür.

»Arndt hat dich schon angemeldet«, sagte er. »Komm rein und erzähle, was du von mir willst.«

Röder ließ sich aufs Sofa fallen und sagte nicht nein,

als Salomon ihm einen Kaffee anbot. Er schaute sich um. Wie immer fühlte er sich in diesem Wohnzimmer, umgeben von Schränken, in denen sich ein Buch an das andere reihte, pudelwohl. Die Deckenleuchte, die Salomon, wie er erzählt hatte, auf einem Hamburger Flohmarkt gefunden und kurzentschlossen mit auf die Insel gebracht hatte, spendete warmes Licht. Kein Vergleich zu den LED Leuchten, die immer mehr Platz in der Lebenswelt einnahmen. Auf dem Schreibtisch neben dem offenen Laptop lag ein Papierbogen, darauf kurze handschriftliche Texte mit Strichen und Pfeilen verbunden. Salomon arbeitete offensichtlich an einem neuen Buch, das, da war sich Röder sicher, erneut ein Bestseller würde.

»So, um was geht es?« Salomon setzte sich zu ihm. »Willst du die Einzelheiten der Hochzeit besprechen?«

»Äh, nein. Es geht um unsere Ermittlungen.« Er erzählte Salomon Bartels, der vor einigen Jahren die Insel wiederentdeckt hatte, von Kennys Aussage. Der Hausmeister hatte zwar um Verschwiegenheit gebeten, aber Röder war sich sicher, dass Salomon mit dem Wissen nicht über die Insel lief. »Hast du weitere Erinnerungen an den Abend, die relevant wären?«

Salomon überlegte. »Ich denke nicht. Die Probe verlief gut, der Abend danach auch, bis ich dummerweise das Klima und den Umgang mit der Natur ins Gespräch brachte. Hätte nicht sein müssen. Ich habe nicht damit gerechnet, dass Fiete das so schwer aufstoßen würde. Ich habe auch keine Ahnung, warum das Thema bei manchen Leuten derart schlecht ankommt. Glauben die etwa, dass es das Problem nicht gibt? Bei Fiete hatte ich ein wenig das Gefühl. Oder hat er einfach Angst davor, den Fakten ins Auge zu sehen?«

»Ich denke, das Letztere ist der Fall«, sagte Röder. »Sollte der Meeresspiegel so rasant ansteigen, wie vorausgesagt, dann können sich unsere Nachfahren von der Insel verabschieden. Das ist nun mal so. Und wer möchte das gerne hören?«

»Niemand. Ist klar. Darum schauen auch, was die Umwelt anbelangt, viele beim Strandspaziergang nicht genau hin. Dann würden sie nämlich den Mist sehen, der die Natur belastet. Aber wem sage ich das …«

Richtig. Er, Röder, bekam genug davon mit. Seine Frau arbeitete schließlich im Bioladen, und ihre besten Freunde, Arndt und Wiebke, betrieben Biolandwirtschaft. So war die Umwelt zwangsläufig Thema beim Essen und anderen Gelegenheiten. »Wie ging der Abend weiter?«

»Wir sind, wie Kenny erwähnte, gleich nach dem Debakel gegangen.« Salomon griff nach der Glaskanne und schenkte Kaffee nach. »Erst Fiete, dann Josef, dann Kenny und ich.«

Er schmeckte mal wieder köstlich. Sandra und er hatten schon vor Längerem beschlossen, ebenfalls die Kaffeemaschine durch diese »French Press« oder »Siebstempelkanne«, wie sie auch genannt wurde, zu ersetzen. Aber bis jetzt hatten sie es immer wieder hinausgeschoben. Sie hatten gelesen, dass die Kaffeebohnen einen besonderen Mahlgrad brauchten und man nicht einfach fertig gemahlenen Kaffee, der für die Maschine geeignet war, nehmen konnte. Also brauchten sie auch eine Mühle und einen Wasserkocher, der verschiedene Wärmegrade anzeigte. Das Wasser durfte beim Aufgießen nicht wärmer als 80 Grad sein. Was an sich jedoch kein Problem war. Man musste das Zubehör nur kaufen. Er würde sich, wenn er in anderthalb Wochen mit seiner Vespa unterwegs war, am Festland erst einmal im Elektrogeschäft gründlich informieren.

Die Tür öffnete sich, und Florian, Hannas Sohn, kam herein. »Männertreff?«, sagte er vergnügt. »Lasst euch nicht stören.«

»Hallo, Florian«, grüßte Röder mit ernsthafter Mine. »Natürlich bin ich rein dienstlich hier. Wonach sollte es denn sonst aussehen? Salomon versucht nur gerade, mich mit diesem exzellent schmeckenden Kaffee zu bestechen, dass ich den Mund halte.«

Jetzt lachte der Junge. »Das versucht er bei mir auch immer. Allerdings mag ich keinen Kaffee, darum funktioniert die Sache nicht so richtig.«

»Ich lerne inzwischen, dass es diverse Computerspiele sind, mit denen ich Florian auf meine Seite ziehen kann«, mischte Salomon sich ein.

»Na gut. Kommen wir zum Ernst der Lage«, wandte sich Röder an Florian, der sich neben ihm auf das Sofa gesetzt hatte. »Hast du oder haben deine Freunde hier auf der Insel irgendetwas von den Ereignissen am Hafen mitbekommen? Handlungen, Sprüche oder Veränderungen?«

»Nein. Natürlich haben wir in der Schule darüber gesprochen. Aber keiner hat eine Andeutung gemacht, wer die Wippen ins Hafenbecken geworfen haben könnte. Ganz ehrlich – so alt sind wir nicht, dass wir uns mitten in der Nacht draußen herumtreiben und Blödsinn machen. Warum auch?«

»Warum auch? Die Frage stelle ich mir bei meiner Tätigkeit sehr häufig«, sagte der Inselpolizist. »Die meisten Menschen haben Gründe für ihr Tun, auch wenn die oftmals nicht nachvollziehbar sind. Allerdings setzt, wenn Alkohol im Spiel ist, jeglicher Verstand aus.«

»Aber wer immer es war, wird damit nicht hausieren gehen. Wahrscheinlich tut es der Person bestimmt schon wieder leid. Was das mit dem Toten auf sich hat, das kann auch niemand erklären. Einer meiner Mitschüler meinte nur, dass die Person, die den Mann getötet hat, Baltrum wohl nicht im Fernsehen erleben wollte und dass die anderen vom Sender man vorsichtig sein sollen, dass ihnen nicht auch was passiert.«

Interessanter Gedanke. Den hatten sie, wenn er ehrlich sein sollte, bisher nicht auf dem Schirm gehabt. Er trank seinen Kaffee aus und wollte gehen, als Hanna erschien. Also konnte er auch ihr seine Fragen stellen.

Auch Hanna hatte keine Gerüchte auf der Insel mitbekommen. »Ich war die meiste Zeit im Büro und habe nur mit Frau Vogelsang geredet. Ach ja, und manchmal mit unseren Putzfeen. Die wussten jedoch ebenfalls nichts«, sagte Hanna. »Aber wo du gerade hier bist – der Termin ist doch frei für dich, oder? Ich meine den Hochzeitstermin. 3. Dezember.«

Röder nickte. »Das lasse ich mir nicht entgehen. Schließlich ist es meine erste Rolle als Trauzeuge. Feiert ihr groß?«

Salomon schüttelte den Kopf. »Nein. Aber Sandra ist natürlich ebenfalls eingeladen. Wirst du eine Rede halten?«

Röder merkte, wie er innerlich zusammenzuckte, versuchte jedoch, Haltung zu bewahren. Nur seine Stimme klang etwas rau, als er seine Zustimmung gab.

»Eine Party jagt die nächste«, lachte Florian und sprang auf.

Röder wollte gerade nachfragen, welche Feier denn sonst anstand, als er sah, wie Hanna ihrem Sohn einen sehr bösen Blick zuwarf. So entschied er sich zu schweigen.

23

Markus! Markus! Sie vermisste den Mann, der sie auf einigen ihrer Reisen begleitet hatte. Klar, es war nur eine dienstliche Bekanntschaft gewesen, aber er fehlte ihr. Obwohl er manchmal etwas seltsame Marotten an den Tag gelegt hatte, oftmals unpünktlich gewesen war – aber trotzdem, sie hatten, was das Fachliche anbelangte, bestens zusammengearbeitet. Daher hatte sie den Redakteur ja auch dringend darum gebeten, zwar für Bertus einen Ersatz zu finden, jedoch für Markus nicht. Aber nun musste sie sich wohl ein komplett neues Team suchen. Klara nahm ihre Tasche und klopfte bei Bertus. »Ich warte draußen«, rief sie durch die geschlossene Tür und ging hinunter. Als sie die Tür zur Terrasse öffnete, hätte sie sie am liebsten gleich wieder geschlossen. Ein kalter Wind fegte ihr direkt ins Gesicht. Sie zog ihre Mütze tief ins Gesicht und schob die Kapuze ihres Anoraks darüber. Hätte sie nur eine Strumpfhose unter die Jeans gezogen. Aber jetzt war es zu spät. Außerdem war sie sich nicht sicher, ob sie überhaupt so ein Teil eingepackt hatte. Aber egal. Schließlich hatte sie gleich ein Gespräch mit Britta Edel, und die hatte ein Bekleidungsgeschäft. Also würde sie dort sicher etwas Passendes kaufen können.

»Bist du soweit?«

Sie nickte nur. Eine Antwort ersparte sie sich. Warum sollte sie sonst wohl hier draußen herumstehen und den Möwen beim Fliegen zusehen, wenn sie nicht fertig war?

Wieder bepackten sie die Wippe und gingen an der Inselglocke vorbei in den Ort. Britta Edel empfing sie lächelnd in ihrem kleinen Geschäft, das gut gefüllt war mit Jacken, T-Shirts und Badesachen. »Es kann losgehen«, sagte sie zur Begrüßung und schloss die Eingangstür. »Es ist Mittagspause.«

Bertus Becker installierte die Kamera, Klara überflog die Stichpunkte, die sie sich im Vorfeld notiert hatte, und unterhielt sich kurz mit Frau Edel. »Ich begrüße Sie und dann stelle ich meine Fragen. Ist das in Ordnung?«

Britta Edel nickte.

Klara gab Bertus ein Zeichen und begann: »Frau Edel, Sie betreiben eine Boutique hier auf der Insel. Wie kam es dazu?«

»Ich bin Insulanerin«, erklärte Edel, »und bin nach meiner Ausbildung zur Schaufenstergestalterin zurück auf die Insel gekommen und habe das Geschäft meiner Tante übernommen. Ursprünglich war es ein kleiner Lebensmittelladen, aber damit konnte ich mich nicht anfreunden und habe das Sortiment nach kurzer Zeit umgestellt.

Was meine Eltern nicht erfreute, wie Sie sich vorstellen können. Aber wollte ich bleiben, musste ich mich verändern. Es gibt jetzt zwei Lebensmittelmärkte. Damit ist die Versorgung sichergestellt.«

»Sie arbeiten in der neu gegründeten Gruppe *Baltrumer Zukunft* mit. Was sind Ihre Pläne?«

»Wir alle möchten, dass die Insel ein attraktives Ausflugsziel bleibt. Wir alle leben von den Gästen und können uns nichts anderes vorstellen«, erwiderte Edel.

»Wie wollen Sie das erreichen?«

»Durch gemeinsame Arbeit. Mit Betonung auf gemeinsam. Zum Glück gibt es hier kaum Neid unter den Geschäftsleuten. Jeder hat seine Vorstellungen, und die müssen wir nur noch zusammenbringen, dann kann nichts mehr schiefgehen.«

»Haben Sie ein besonderes Beispiel der Zusammenarbeit?«

»Das habe ich«, bestätigte Britta Edel. »Lassen Sie uns nach dem Gespräch einen Gang machen. Da zeige ich Ihnen, was ich meine.«

Klara stellte ein paar weitere Fragen, die von Frau Edel mehr oder weniger nichtssagend beantwortet wurden, wie Klara fand. Umso interessierter war sie an dem, was die Frau ihnen zeigen wollte. Sie bedankte sich, und Bertus stellte die Kamera aus.

Es war nicht wärmer geworden, aber wie sollte es auch. Schließlich war nicht mehr als eine halbe Stunde vergangen, seitdem sie die Boutique betreten hatten.

»Es ist dort drüben.«

Sie folgten Britta Edel und fanden sich bald vor einem Haus mit zur Straße hin breiten Fenstern. Der Raum dahinter war leer. Eine zweistufige Treppe führte zu einer weißen Eingangstür. Klara dachte nach. War da, als sie im Frühjahr auf der Insel gewesen war, nicht auch ein Bekleidungsgeschäft gewesen? Sie wusste es nicht mehr.

»Hier wollen wir …«, Britta Edel stockte.

»Was wollen Sie?«, hakte Klara nach.

Die Frau deutete auf einen Zettel, der mit dicken Klebestreifen an der Tür befestigt war. »Schauen Sie mal«, flüsterte Edel. Sie räusperte sich und wurde lauter. »Welcher Idiot war das denn?«

Klara Becker sah, wie Bertus seine Kamera wieder in Position brachte und schaute genauer hin.

Lasst die Bude lieber zu
und den Gästen ihre Ruh.
Lasst die Bude lieber dicht,
Insulaner brauchen das nicht.

»Was hat das zu bedeuten?«, fragte Klara.

»Keine Ahnung«, erwiderte Edel.

»Was sollte hier entstehen?«, versuchte Klara es erneut.

»Ein paar junge Leute wollten hier hochwertige Alkoholika, also beste Weine, Gin, diverse Rumsorten und anderes anbieten. In kleinen Destillerien handgefertigte Getränke, die sich von den üblichen in den Lokalen absetzen. Mit Verkostung, außer Haus Verkauf und mit großem Einsatz. Natürlich gehört viel Bürokram im Vorfeld dazu, so etwas zu entwickeln. Baugenehmigung, Ausschankgenehmigung, das Vorhalten von Toiletten, wenn die Betreiber eine gewisse Anzahl Sitzgelegenheiten anbieten. Dürfen die Unternehmer Tische und Stühle draußen aufstellen? Alles muss beantragt und genehmigt werden. Beinahe wäre das Projekt an diesen Schwierigkeiten gescheitert. Aber wir hielten das Ganze für eine gute Idee und haben geholfen, wo wir konnten. Zum Frühjahr soll es dann losgehen mit der *Destille*. Wir freuen uns sehr darauf, den Gästen etwas Besonderes anbieten zu können. Wenn Sie mich jetzt fragen, ob der eine oder andere Gastronom oder Lebensmittelhändler sauer sein könnte – nein. Dieses Projekt hier spielt in einer ganz anderen Liga. Das wird man schon an den Preisen merken. Die Gäste werden mit Sicherheit den anderen Anbietern ebenfalls treu bleiben.«

»Warum aber klebt jemand dieses Schild hier an die Tür, wenn sich alle auf das neue Angebot freuen?«, fragte Klara.

»Ich weiß es nicht.« Britta Edel riss mit einem Ruck das Blatt von der Tür. »Knallköppe gibt es überall.« Sie knüllte das Papier zusammen und ließ es in der Jackentasche verschwinden.

»Frau Edel«, Klara zögerte ein wenig, »wenn ich mich richtig erinnere, sprachen Sie sich auf der Sitzung der *Baltrumer Zukunft* ebenso wie Herr Peters dafür aus, dass, wie Sie sagten, elitärer Kram auf dieser Insel nicht gebraucht würde. Dieses sei eine Familieninsel, und für diese Klientel müssten Waren vorgehalten werden. Warum wundert Sie dieser Zettel also nun?«

Britta Edel holte tief Luft. »Ich meinte damit Klamotten. Hier ist kein Platz für Ballkleider, sondern für Badesachen, Regenjacken und andere Dinge. Ich habe doch nicht von Lebensmitteln gesprochen. Und wenn ich etwas gegen den Laden hätte, würde ich es sagen und nicht einen Zettel an die Tür kleben!«

Klara Becker bedankte sich, Bertus verstaute die Kamera erneut, und die beiden verabschiedeten sich.

Zurück im Hotel fiel Klara ein, dass sie ganz vergessen hatte, eine Strumpfhose zu kaufen. Aber der Nachmittag gab noch ein paar Stunden her. Sie würde sicher nicht die ganze Zeit in ihrem Zimmer verbringen. Erst einmal war Pause angesagt, und dann würde sie darüber nachdenken, was es hier auf der Insel zu tun gab und wie lange sie bleiben würden. So langsam gingen ihr Bertus gegenüber die Argumente aus. Die Gespräche hatte sie, bis auf das mit dem Bestsellerautor, geführt. Gut, die Polizei wollte, dass sie blieben. Aber sie glaubte nicht, dass die Ermittler deswegen auch ihre Zimmer bezahlen würden. Außerdem wartete der Sender auf ihre Berichte.

24

Ein letzter Versuch. Nein. Blödsinn. Der Versuch war erst dann der letzte, wenn er sie gefunden hatte. Hagen Krasmer nahm wohl zum fünften Mal das Rad aus dem Ständer und fuhr los. Wo konnte Dora nur stecken? War sie warm genug angezogen? Ihm jedenfalls fegte der Wind ungemütlich durch die Haare. Eine Pudelmütze wäre nicht verkehrt, und beinahe wünschte er sich Handschuhe, so unangenehm fuhr ihm der Ostwind durch die Jacke, als er sich zum letzten Haus auf der Insel, dem Gebäude vom *NTB*, dem *Niedersächsischen Turnerbund*, aufmachte. Er hatte keine Ahnung, wieso er auf die Idee gekommen war, dass Dora sich dort aufhalten könnte. Sicher war nur der Wunsch der Vater des Gedankens gewesen, aber es war einen Versuch wert. Schließlich hatte er in allen Läden, dem Nationalparkhaus und auch dem Museum des Heimatvereins kein Glück gehabt. Was blieb ihm also? Das Kinderspielhaus und das Schwimmbad konnte er wohl ausschließen. Oder nicht?

Im Gebäude war Licht. Er klopfte an die Tür, doch niemand antwortete. Also ging er einfach hinein. Irgendwo würde sich schon jemand finden. Und tatsächlich. In einem großen Raum saß eine Gruppe älterer Herrschaften um einen Kamin. Der Duft von Glühwein erfüllte den Raum. Er atmete tief durch. Wie gerne hätte er sich einfach dazugesetzt. Doch das war unmöglich. Er stellte seine Frage und zu seinem Erstaunen nickte einer der Männer. »Hier war eine Dame. Sie stand plötzlich in der Tür und fragte, ob sie sich aufwärmen dürfte. Natürlich durfte sie.«

»Wo ist sie jetzt?«, fragte Hagen ungeduldig.

»Moment. Es geht weiter. Die Dame setzte sich zu uns. Es war um die Mittagszeit. Sie hat eine Kleinigkeit mit uns gegessen und als Dank ein Lied angestimmt. Junge, konnte die singen.«

Alle Menschen in dem Raum nickten wie auf Kommando.

»Sie ist ein Stündchen bei uns geblieben und dann war sie plötzlich verschwunden«, sagte eine Frau. »Sie meinte, sie hätte einen Auftritt. Dann stand sie auf und ging, bevor wir fragen konnten, ob der Auftritt öffentlich wäre. Wir wären nämlich glatt alle gekommen. Mein Mann hat auch bei der Kurverwaltung angerufen, ob da spontan etwas geplant war. Im Veranstaltungskalender stand nämlich nichts von einem Konzert. Hätte aber sein können. Auf der Strandmauer oder so.«

Hagen hielt es kaum aus. Konnte die Frau nicht aufhören? Dora war weg. Mehr brauchte er nicht zu wissen. Er winkte kurz und bedankte sich, dann fuhr er zurück ins Westdorf. In der Ferne, dort, wo die Zuwegung zum Flugplatz begann, sah er eine Männertruppe. Nein, nicht nur Männer. Auch eine Frau war dabei, so er es richtig erkannte. Zumindest konnte er sich kaum vorstellen, dass ein Mann mit einer bunten Bommelmütze über die Insel lief. Er bog vorsichtshalber rechts ab durch das Deichschart Richtung Schule. Wohin jetzt? Sollte er es doch im Kinderspielhaus versuchen? Nein, zunächst wollte er im Rathaus fragen, ob seine Papiere dort abgegeben worden waren.

Er betrat das Rathaus, doch er hatte nicht das Gefühl, dass dort noch Leben herrschte. Es war kaum Licht in dem Gebäude. Er versuchte sein Glück an ein, zwei Bürotüren. Erfolglos. Auch die Tourist-Info war nicht mehr besetzt. Wieder draußen sah er einen Mann links am Rathaus vorbeischlurfen und um die Ecke biegen. Er folgte ihm und sah, wie er auf der öffentlichen Toilette verschwand. Geradeaus, hinter der Glastür, brannte eine Lampe. Er ging hinein und fand sich in einem einfachen Raum mit ein paar Stühlen und Tischen. Darauf lagen einige Zeitschriften und natürlich, wie sollte es anders sein, die Ausgabe mit der Überschrift, die er hier gar nicht gebrauchen konnte. Inzwischen wussten sicher alle Gäste und Insulaner, dass Dora gesucht wurde. Nur die Herrschaften beim *NTB* schienen dort hinten in ihrem Vereinshaus nichts von der Sache mitbekommen zu haben.

Er nahm die Zeitung und verließ den Raum.

Langsam wurde es dunkel. Das würde die Suche nicht einfacher machen. Bevor er jedoch aufgab, musste er unbedingt einen Blick ins Kinderspielhaus werfen. Er fuhr los, am *Inselmarkt* vorbei und schaute ins Spielhaus. Vergeblich. Dann eben zurück in die Unterkunft. Er merkte, dass allmählich seine Kraft nachließ. So viele Kilometer hatte er an diesem Tag auf der kleinen Insel abgestrampelt. Jetzt brauchte er dringend etwas zu essen und zu trinken.

Seltsamerweise war das Ferienhaus beleuchtet. Hoffentlich ein letztes Mal an diesem Tag stellte er sein Rad ab und öffnete die Tür. Dora lachte ihn strahlend an. »Wo hast du gesteckt, mein Lieber?«

Fast hatte er das Gefühl, dass seine Beine versagten. Er stolperte zum Küchenstuhl und ließ sich schwer atmend darauf nieder.

»Liebling, was ist mit dir?« Dora beugte sich über ihn. Er roch das Parfüm, das er einmal so an ihr geliebt hatte. Tränen traten in seine Augen. Er nahm ihren Arm und zog sie auf seinen Schoß. Er fragte nicht, wo sie gewesen war. Es war nicht wichtig. Wichtig war, dass sie zurück und ganz nah bei ihm war.

Doch es hielt sie nicht lange auf seinem Schoß. Dora sprang auf: »Ich habe Hunger. Gehen wir essen?«

»Nein«, antwortete er müde. »Wir haben Brot und Aufschnitt. Das soll heute reichen.«

»Aber …«

»Nein!«

»Na gut, dann decke ich den Tisch.« Dora stellte Teller und Gläser auf den Küchentisch. Dazu Butter, Brot und alles, was der Kühlschrank hergab. Auch den Apfelsaft, den sie am liebsten tranken.

Hagen setzte sich zu ihr und konnte sich dann doch die Frage nach ihren Erlebnissen nicht verkneifen. Allein schon deswegen, damit er wusste, wo er gegebenenfalls suchen konnte, sollte sie wieder verschwinden.

»Ich war ganz weit in den Dünen. Da, wo die Insel zu Ende ist. Also erst war ich in einem Haus bei sehr netten Menschen und habe gesungen. Dann bin ich weiter und weiter. Bis überall nur mehr Wasser war. Dort habe ich lange gesessen, doch dann war es mir zu kalt und ich bin zurück in den Ort. Ach ja, ich wurde müde, und als ein Pferdewagen vorbeikam, habe ich gewinkt und den Kutscher gefragt, ob er mich mitnehmen kann. Erst wollte er nicht, er sagte, er dürfe keine Fremden mitnehmen. Ich habe ihm etwas vorgesungen.« Sie lachte ihn schelmisch an. »Nimm mich mit, Kapitän auf die Reise … Da hat er angehalten, und ich durfte aufsteigen.«

»Wie hast du ihm erklärt, wo du wohnst?« Hagen war gespannt auf die Antwort.

»Ich habe gesagt, ich wohne bei Hollers, und er hat mich genau vor der Haustür abgesetzt. Ich habe ihm auch einen Schein gegeben. Das hatte er sich verdient, oder nicht?«

Hollers. So hieß der Vermieter. Wieso wusste sie das so genau, wo sie doch sonst derart viel vergaß? Oder sollte der Inselaufenthalt erste positive Wirkung zeigen? »Hast du das Geld aus deinem Portemonnaie genommen?«

»Nein. Das konnte ich nicht finden, als ich loswollte. Da habe ich eben unsere Brieftasche eingesteckt.« Sie lachte. »Da war Geld drin.«

»Und wo ist die Brieftasche jetzt?«

»Ich weiß nicht. Habe ich sie nicht dorthin …?« Sie sprang auf und schaute sich in der Küche um. Sie lief ins Schlafzimmer, gleich darauf ins Wohnzimmer. »Ich habe keine Ahnung. Ich habe dem Kutscher doch was gegeben. Hier vor der Haustür. Oder nicht? Komm, such du auch.«

Wieder stellte sich die Frage: Was war zu tun? Erst das Haus durchsuchen? Wäre damit das Problem schnell erledigt und die Brieftasche wieder da? Oder zum Hafen fahren, in der Hoffnung, einen der Kutscher vor dessen Feierabend befragen zu können, ob seine Frau die Tasche wohl auf dem Sitz des Pferdefuhrwerkes hatte liegen lassen? Er entschied sich für die zweite Möglichkeit. In der Wohnung suchen, war auch abends noch drin. Wortlos zog er seine Jacke an, setzte eine Mütze auf und fuhr zum Hafen. Er trat in die Pedale. Je schneller er fuhr, desto eher war er wieder zu Hause und desto wärmer wurde es. Er hätte sich nur gewünscht, dass das Licht an seinem Rad etwas heller wäre. Er bog am Hotel *Strandburg* auf die D-Straße ein, hörte kräftiges Quietschen und ein lautes: »Pass doch auf!« Sein Vorderrad schlug zur Seite, er verlor das Gleichgewicht und prallte mit Wucht auf die Straße.

25

»Wir haben Knubes Daten. Er lebte allein. Die nächsten Verwandten sind seine Eltern. Sie wohnen in Detmold und sind bereits benachrichtigt worden.« Wille deutete auf den Monitor. »Die eine oder andere Zusammenkunft mit der Polizei ist auch aktenkundig. Das hängt mit seinem Aufenthalt im Hambacher Forst zusammen. Nichts wirklich Schlimmes. Kein Vergleich mit Kannings. Nur eben auffällig.«

»Dann wollen wir mal schauen, wie schnell wir seine Akte schließen können«, sagte Arndt. »Gibt es sonst Neues bei euch?«

Gero und Marvin schüttelten den Kopf. »Bis darauf, dass wir wieder einmal bestens mit Abendessen versorgt worden sind, nein. Aber selbst das ist nicht neu. Ihr wart schließlich ebenfalls anwesend.« Marvins Augen leuchteten. »Die Scholle war allererste Sahne. Schade, dass Michael nicht dabei war. Hoffentlich geht es Amir besser.«

Der Inselpolizist war schnell nach Hause gefahren, als seine Frau ihn angerufen und ihm mitgeteilt hatte, dass Amir zu schnell aufgestanden und sich mit lautem Jaulen wieder ins Körbchen hatte fallen lassen.

»Was machen wir also mit dem Abend?«, fragte Arndt.

»Wir planen in aller Ruhe Michaels Jubiläumsparty«, schlug Gero vor.

»Oder wir besprechen den uns vorliegenden Fall, in der Hoffnung, dass wir weitere Zusammenhänge finden«, sagte Marvin.

»Oder …« Willes Telefon klingelte. »Polizeistation Baltrum. Weerts. Was gibt es?« Wille hörte schweigend zu, dann sagte er: »Wir kommen«, und schob sein Telefon zurück in die Dienstjacke. »Ein Fahrradunfall. Ellen Neubert hat angerufen. Sie meinte, wir sollten in die Praxis kommen, bevor einer der Verunfallten in die Klinik geflogen wird. Ich bin dabei. Wer kommt mit?«

Marvin war aufgestanden. »Auf geht's. Gut, dass wir die Räder schon hier haben.«

Vor der Praxis stand bereits der Rettungswagen. Als sie eintraten, hörten sie die Stimme der Ärztin, ruhig, aber bestimmt: »Herr, wie immer Sie heißen, ich muss darauf bestehen, dass Ihr Bein geröntgt wird. Auch die Verletzung am Kopf muss intensiver begutachtet werden.«

Im Behandlungszimmer waren beide Liegen belegt. Auf der einen sah Marvin einen Mann, der ihm schon häufiger begegnet war. Genau. Der Mann arbeitete im *Watt'n Grill*. Gleich neben der Wache. Er bewegte sich kaum, atmete unruhig.

Ellen Neubert begrüßte die beiden Ermittler. »Ich habe ein Problem. Diese beiden sind in Höhe der *Strandburg* zusammengestoßen. Dorian Lupei hat mich benachrichtigen können, und wir haben die Verletzten in die Praxis gebracht. »Herrn Lupei«, sie deutete auf den einen, »geht es einigermaßen. Er hat einen leichten Schock und eine Prellung am Unterschenkel. Der andere Herr, der mir partout seinen Namen nicht nennen will und auch nicht seinen jetzigen Wohnort auf der Insel, weigert sich standhaft, ins Krankenhaus gebracht zu werden. Warum auch immer. Daher habe ich euch benachrichtigt. Schließlich war es nebenbei auch einem Verkehrsunfall zu verdanken, dass die beiden hier liegen.«

Marvin wandte sich zuerst an Dorian Lupei. »Können Sie berichten, was sich zugetragen hat?«

Der Mann nickte mit geschlossenen Augen und erzählte leise, aber sicher, wie er von der D-Straße kommend die Kurve nach links hatte nehmen wollen und der andere ihm, ohne zu bremsen, in die Seite gefahren war. »Ich wollte ausweichen, aber das ging nicht mehr. Er hat mein Hinterrad getroffen, und wir sind gestürzt.« Der Polizist notierte sich die Aussage, bevor er sich dem anderen Mann zuwandte, der verzweifelt versuchte, das Stöhnen zu unterdrücken. »Geben Sie mir bitte Ihren Namen.«

»Lassen Sie mich. Ich will gehen«, presste der Mann hervor. »Sie haben kein Recht, mich hier festzuhalten.«

»Keine Sorge. Wir nehmen die Anzeige auf, und dann folgen Sie dem Rat der Ärztin.«

»Nein.« Der Mann fuhr sich durch die Haare. »Mir geht es … gut. Ich …«

»Sagen Sie uns Ihren Namen«, forderte Wille ihn erneut auf.

Dem Mann traten Tränen in die Augen. »Ich will einfach nur nach Hause, verstehen Sie das nicht?«

»Natürlich verstehe ich das. Gewiss gibt es einen guten Grund, warum Sie anonym bleiben wollen. Doch manchmal verlangt eine Situation genau das, was man nicht möchte.«

Wille hörte in Marvins Stimme eine gewisse Ungeduld.

»Die Rettungsleitstelle fragt gerade an, ob sie den Hubschrauber losschicken soll. Ich bin dafür. Was denkt ihr?« Auch Ellen Neubert hätte es wohl gerne gesehen, wenn ihr Patient die Insel verlassen würde.

»Kann ich schon gehen?« Lupei setzte sich auf und versuchte, sein Bein zu belasten. Doch schnell ließ er sich wieder auf die Liege fallen. »Es tut ziemlich weh. Aber ich warte ein wenig. Dann wird es klappen.«

»Wir fahren Sie zu Ihrer Wohnung. Das ist sinnvoller und weniger beschwerlich für Sie«, sagte die Ärztin. »Legen Sie sich zu Hause bitte hin.«

»Und mein Fahrrad?«

»Die beiden Räder hat Maik Bernhardt am Deichschart abgelegt«, erklärte sie den Polizisten.

»Darum kümmern wir uns«, versprach Wille. »Welches ist Ihres?«

»Das silberne mit dem blauen Lenker und der sehr neuen Lampe vorne dran, die natürlich jetzt völlig kaputt ist.« Lupei zeigte zur zweiten Liege. »Aber dafür wird der bezahlen!«

»Wir nehmen erst einmal die Anzeige auf. Wo finden wir Sie, wenn Sie nicht gerade unsere Gäste versorgen?«, fragte Wille.

»Ich wohne im Ostdorf. Letztes Haus beim Friedhof. Im Keller. Aber ich hoffe auf eine Wohnung im Haus *Wassersicht*. Das von der *GENOBA*. Allerdings kann es sein, dass ich nicht dort, sondern am Strand bin. Ich laufe jeden Tag, egal, wie spät es wird.« Lupei rieb sich das Bein. »Wenn meine Knochen es zulassen.«

»Geben Sie mir doch Ihre Handynummer.«

Dorian Lupei nannte die Zahlen und ging.

»So, jetzt zu Ihnen. Wer sind Sie?«

»Na gut«, stöhnte der Mann undeutlich. »Hagen Krasmer. Bin seit ein paar Tagen hier und versuche, mich zu entspannen.«

»Sind Sie allein da?«, fragte Marvin.

Krasmer schüttelte den Kopf. »Nein. Ich darf es nicht … will es nicht… ach es ist eh alles egal. Ich bin mit ….« Krasmers Kopf fiel zur Seite.

»Herr Krasmer?« Ellen Neubert beugte sich über den Mann. »Herr Krasmer, hören Sie mich?« Doch Krasmer reagierte nicht auf die Versuche der Ärztin, ihn in die Realität zurückzuholen. Sie nahm Kontakt zur Leitstelle in Wittmund auf und bestellte den Hubschrauber. »Das ist mir zu heikel, der Mann muss weg.«

»Verständlich«, erwiderte Wille. »Wäre nur gut, wenn wir wüssten, wen wir benachrichtigen könnten. Offensichtlich ist er nicht alleine da. Wenn der Typ man nur noch zwei Minuten länger wach geblieben wäre, hätte das die Lage sehr vereinfacht.«

»Das muss jetzt erst einmal warten. Der Mann gehört in die Klinik. Und zwar zügig!« Energisch schob sich die Ärztin an den beiden Polizisten vorbei nach draußen. »Maik Bernhardt wird gebraucht.« Gleich darauf war sie wieder da, dicht gefolgt vom Fahrer des RTW.

Wille Weerts und Marvin Lingenberg boten ihre Hilfe an, und kurz danach war Krasmer auf dem Weg zum Flugplatz. Der Hubschrauber würde in Kürze eintreffen.

»Sicher ist es sinnvoll, wenn wir einen unserer Kollegen in Aurich einbinden. Der soll zum Krankenhaus fahren und mit dem Mann reden, sobald der wieder vernehmungsfähig ist und die Ärzte das zulassen«, überlegte Marvin, während sie zurück zum Klubraum fuhren.

»Wir sollten jetzt schon mal den schnellen Versuch unternehmen, den Anhang zu finden. Stell dir einfach vor, der ist nur mit einem kleinen Enkel da, und das Kind wartet jetzt vergeblich auf den Opa«, fügte Wille hinzu.

»Oder Sohn oder Tochter auf den Vater. So alt war der Mann eigentlich noch gar nicht.«

»Vielleicht hilft uns unser technischer Ermittler, nennen wir ihn Computer. Wir werden Gero mit dieser Aufgabe betrauen. Der ist gut in so was.«

Im Klubraum saßen Arndt und Gero in intensivem Gespräch, unterbrachen es jedoch sofort, als Wille und Marvin hereinkamen. Wille berichtete, was sich zugetragen hatte. »Jetzt müssen wir herausfinden, wo der Mann gewohnt hat, und außerdem die Räder sicherstellen.«

»Wartet mal.« Arndt Kleemann ging hinaus und kam nach kurzer Zeit lächelnd wieder rein. »Ist doch schön, wenn Ideen funktionieren. Ich habe Kenny gebeten, die beiden Räder hierhin zu schaffen. Ahlers haben diese große Wippe, da passen die drauf. Der Herr Lupei kann sein Rad hier abholen oder gleich aufs Festland zur Reparatur bringen. Das andere lagern wir zunächst in Hennings Schuppen. Die Erlaubnis haben wir.«

»Na prima. Das ist geklärt. Ich soll mich sicher um die Daten von Herrn Krasmer kümmern«, fuhr Gero fort.

»So haben wir es uns überlegt«, grinste Marvin. »Also los. Ich brauche erst einmal ein Getränk. Mal sehen, was die Hotelchefin anzubieten hat.« Auch Marvin Lingenberg verschwand kurz nach draußen. Als er wieder hereinkam sagte er: »Ich habe eine Sammelbestellung aufgegeben. Weiß einer von euch, ob Michael kommt?«

»Ich denke nicht. Der muss Amir versorgen. Wir haben abgemacht, dass er morgen gegen 8 Uhr hier wieder vor Ort ist«, sagte Arndt.

Gero Schonebeck gab den Namen ein und rief kurz darauf: »Das gibt es nicht. Das ist der Manager und was auch immer von Dora Warfsmann, der Sängerin.«

»Also der Gleiche, der so abweisend reagiert hat, als Markus Knube ein Interview erbat«, stellte Wille fest.

»Aber warum wollte er uns zunächst nicht den Namen der Frau nennen?«, wunderte sich Gero. »Oder zumindest den Namen seines Vermieters? Dass die mal ihre Ruhe brauchen, ist verständlich. Immer von Reportern verfolgt zu werden, ist nicht lustig. Aber schließlich entnehme ich dem Internet, dass die Frau vermisst wird. Ich kann nur hoffen, dass der Mann bald wieder aufwacht.«

Arndt schaute auf die Uhr. »Am liebsten würde ich jetzt jemanden von der Kurverwaltung anrufen. Jetzt, wo wir Krasmers Namen haben, gibt es vielleicht eine Spur zu dessen Wohnung.«

»Da kann ich helfen.« Henning Ahlers kam mit einem Tablett voller Getränke herein, stellte es ab und nahm sein Handy heraus. »Ich gebe euch mal eine Nummer. Das ist die Private des Kurtaxverwalters. Er hilft euch sicher gerne weiter.«

Wille übernahm die Zahlen in sein Handy und hatte ganz schnell das Versprechen des Mannes, sich in Kürze wieder zu melden. Er füllte sein Glas und hob es an: »Alkoholfrei, aber trotzdem erfrischend!«

Seine Kollegen taten es ihm gleich, und erst als alle einen andächtigen Schluck genommen hatten, bat Arndt: »Lasst uns zusammenfassen, was als Nächstes auf der Ermittlungsliste steht.«

»Na ja, als Schwerpunkt der Tod von Knube«, sagte Marvin. »Was ist mit Kannings? Für mich ist er nicht raus aus der Geschichte.«

»Dann der Wippenwurf. Wer war es und steht diese Aktion unter Umständen in Zusammenhang mit Knubes Tod?«, fuhr Gero fort. »Da gibt es bis jetzt leider für uns keine weiteren Anhaltspunkte.«

»Die abgesägten Bäume können wir vernachlässigen. Es sei denn, die Dame meldet sich erneut«, überlegte Wille. »Also wenden wir uns der aktuellen Lage zu.« Wieder nahm er einen Schluck. »Aber ich denke, damit kommen wir heute Abend nicht weiter. Wir sollten Schluss machen.« Doch bevor er sein Bier leeren konnte, klingelte sein Handy, und der Mitarbeiter der Kurverwaltung berichtete: »Ein Hagen Krasmer wohnt bei Hollers im Ostdorf in dem kleinen Ferienhäuschen. Mit seiner Frau. Die haben sich für drei Wochen angemeldet.«

Wille bedankte sich und setzte seine Dienstmütze auf. »Auf zu Hollers.«

Auch Gero stand auf. »Diesmal bin ich dabei. Ich bin gespannt, wer da auf uns wartet.«

Dunkelheit lag über der Insel. Nur in ein paar Wohnungen brannte Licht. Da war es gut, dass die Straßenbeleuchtung ihnen den Weg zu Hollers' Haus wies. Hin und wieder kam ihnen ein Radfahrer ohne Licht entgegen, dem sie erst in letzter Sekunde ausweichen konnten. Einer der Fahrer rief ihnen in selbstloser Einsicht »Wird repariert!« hinterher. Offensichtlich hatte er an Willes Uniform erkannt, dass er der Polizei begegnet war. Sie ließen ihn weiterfahren.

Als sie der Wohnung näher kamen, hörten sie eine glasklare Frauenstimme. »Die ganze Welt ist himmelblau …«, fiel Gero in den Gesang mit ein.

Wille wunderte sich. Er hatte nicht gewusst, dass sein Kollege so gut singen konnte. Er würde ihn bitten, auf Michaels Party etwas vorzutragen, wenn die *Emilys*

Pause machten. Was hoffentlich nicht so häufig an diesem Abend passierte.

Sie stellten die Räder ab und klopften. Gleich darauf stand eine fröhlich lächelnde Frau vor ihnen. »Kommen Sie rein. Zögern Sie nicht. Ich freue mich über Publikum. Allerdings weiß ich nicht, ob der Platz reicht, wenn die anderen erscheinen.«

Wille wunderte sich ein wenig über den Empfang. Erwartete die Frau noch andere Zuhörer? Aber warum nicht? »Mein Name ist Wilfried Weerts, das ist mein Kollege Gero Schonebeck, Polizei Aurich. Sie sind Frau Krasmer?«

Sie nickte. »Ich trete allerdings unter meinem Mädchennamen auf. Dora Warfsmann. Damit bin ich bereits bekanntgeworden, bevor ich meinen Mann kennenlernte und Hagen meinte, ich solle den Namen in der Öffentlichkeit weiterführen. Aber das kann er Ihnen am besten selbst erzählen. Er ist auch mein Manager.« Sie drehte sich zu einer offenen Tür um. »Hagen? Hagen, kommst du mal? Zwei Männer möchten etwas wissen.«

Wille war gespannt, was jetzt passierte.

»Hagen, wo bleibst du?« Dora Warfsmann zuckte ratlos mit den Schultern.

»Kann es sein, dass Ihr Mann gar nicht im Haus ist?«, fragte Gero vorsichtig.

Sie überlegte. »Das kann sein. Er ist doch weggefahren. Ich glaube, weil er die Brieftasche suchte. Aber die lag hinter dem Sessel in der Ecke. Ich habe sie wiedergefunden.«

»Aber Sie wundern sich nicht, dass Ihr Mann nicht zurückgekommen ist?«, fragte Wille. Ihm erschienen die Aussagen der Frau ein wenig rätselhaft.

»Nein. Warum sollte ich? Er ist doch gerade erst los. Er fährt abends gerne raus. Da ist nicht so viel Verkehr auf der Straße. Das hat er am Tag unserer Anreise auch gemacht. Ich glaube, ich habe sogar schon geschlafen, als er zurückkam. Vorher habe ich die Zeit genutzt und gesungen. Wissen Sie, man muss in Übung bleiben, sonst wird es mit den Auftritten schwierig. Ich habe heute sehr viel gesungen.« Sie kicherte. »Als Hagen heute kurz weg war, habe ich mich rausgeschlichen. Das soll ich eigentlich nicht. Weil ich mich drinnen besser ausruhen kann. Aber die Sonne schien durch das Fenster, und da bin ich einfach los. In einem Haus am Ende des Ortes waren Leute, und da habe ich ein Lied angestimmt. Später, in den Dünen, ebenfalls. Aber dort haben mir nur zwei Hasen zugehört.«

Wie wunderschön sah diese Frau aus, wenn sie lächelte, fand Wille. Aber das war kein Thema. Thema war, zu dieser Frau durchzudringen. Er hatte das Gefühl, dass sie von ihrer eigenen Welt umgeben war. Jeder andere hätte doch sicher schon die Frage gestellt, aus welchem Grund plötzlich zwei Ermittler in der Wohnung auftauchten.

»Ich habe eben mein Lieblingslied aus *Im weißen Rössl* gesungen. Es ist so ausdrucksvoll. Es spiegelt die ganze Schwere und doch Leichtigkeit dieser Operette wider. Möchten Sie es noch einmal hören?«

»Später vielleicht, Frau Krasmer.«

»Bitte. Nein. Nennen Sie mich bei meinem Künstlernamen. Bitte. Ich bin so vertraut mit ihm.«

»Wenn Sie es so möchten – gerne. Wir haben Ihnen etwas mitzuteilen. Ihr Mann ist mit dem Rad verunglückt und zur Untersuchung ins Krankenhaus gekommen.« Wille hätte die Sache gerne etwas harmloser dargestellt, aber es war nun einmal Tatsache, und sie mussten eine Lösung finden, wie mit der Frau umzugehen war.

Dora Warfsmann kam auf ihn zu und griff in seine Jacke. »Das ist nicht wahr«, schrie sie. »Er war eben noch hier! Er war hier!«

Wille nahm ihre Hände und führte sie zu einem der Sessel. »Bitte setzen Sie sich und versuchen Sie, sich zu beruhigen. Er ist in Aurich in besten Händen. Wir sind für alle Fragen da.«

Doch Dora Warfsmann schwieg. Tränen rollten über ihr Gesicht. Sie reagierte nicht auf die Bitten der Kommissare, mit ihnen zu sprechen.

Gero stupste Wille an, zog ihn zur Seite und flüsterte: »Was machen wir mit ihr?«

»Wir haben hier einen ambulanten Pflegedienst auf der Insel. *Gode Tied*. Den rufen wir an. Vielleicht können wir eine der Damen herbitten. Der Ärztin werden wir ebenfalls Bericht erstatten.«

»Frau Warfsmann, wir holen jemanden, der bei Ihnen bleibt. Ist das in Ordnung?«, fragte Gero.

Sie nickte kaum merklich. »Das ist gut. Hagen achtet auch immer auf mich. Er sorgt dafür, dass mir nichts passiert. Deswegen sind wir hierher gefahren. Hier kann ich mich von meiner anstrengenden Arbeit erholen, hat er gesagt. Weil wir hier unsere Ruhe haben. Und warum sind Sie hier?«

Noch immer liefen ihr Tränen über die Wangen, aber wenn Wille der Lage Glauben schenken durfte, wusste die Frau nicht mehr, warum. Er war sich nicht sicher, ob er ein weiteres Mal den Grund ihres Kommens nennen sollte, oder ob er damit die Frau nur unnötig beunruhigte. Fachlicher Rat war nötig. Er ging vor die Tür und rief

Ellen Neubert an. Sie versprach zu kommen und auch den Pflegedienst zu benachrichtigen.

Er holte tief Luft. Was für eine verrückte Situation. Da hatten sie es mit einer Frau zu tun, die bis vor Kurzem im Licht der Öffentlichkeit gestanden hatte. Begabt und mit einer großartigen Ausstrahlung. Sehr gerne hätte er einen ihrer Auftritte miterlebt. Aber wenn er sich nicht ganz täuschte, hatte sich dieses Leben fürs Erste erledigt. Nicht umsonst hatte Krasmer seine Frau auf die kleine Insel gebracht. Er wollte absolute Ruhe für sie in der Hoffnung, dass sie sich erholte und ihr Verstand wieder klar wurde. Die Frage, die sich ihm aufdrängte, war, wie weit der Mann gegangen war, um seine Frau zu schützen. War Markus Knube den beiden zu dicht auf den Pelz gerückt, und sah Krasmer keine andere Möglichkeit, als den Mann bei passender Gelegenheit im Hafenbecken zu versenken? Dora Krasmer, oder Warfsmann, wie sie genannt werden wollte, hatte erwähnt, dass ihr Mann am Anreisetag abends unterwegs gewesen war. Aber wie sehr konnte man einer Aussage trauen, die von dieser Frau gemacht wurde? Hoffentlich war Hagen Krasmer schnell in der Lage, etwas zur Aufklärung beizutragen.

Ein paar Minuten später trafen Ellen Neubert und Pia Ladebeck, die Mitarbeiterin des Pflegedienstes, ein. Wille machte sie mit dem Sachverhalt bekannt und führte sie in das Ferienhaus. Gero Schonebeck saß neben Dora Warfsmann auf dem schmalen Sofa und hielt ihre Hand.

»Gut, dass Sie kommen«, wandte er sich an die beiden Frauen. »Frau Warfsmann braucht Ihre Hilfe. Ich mache mal Platz. Sollen wir bleiben?«

Ellen Neubert überlegte. »Wir brauchen etwas Zeit. Fahrt ruhig zurück zum Klubraum. Ich melde mich auf jeden Fall später, und dann beratschlagen wir, wie wir weiter vorgehen.«

»So machen wir es«, sagte Wille. »Hast du schon was von unserem Patienten gehört?« Er wollte den Namen nicht nennen. Besser war besser.

Die Ärztin schüttelte den Kopf. »Bis jetzt nicht.«

Die beiden Ermittler verabschiedeten sich und fuhren zurück zum *Sonnenstrand,* wo Arndt Kleemann und Marvin Lingenberg sie erwartungsvoll begrüßten. Wille und Gero setzten sich zu ihnen und berichteten, was sich in der letzten Stunde abgespielt hatte. Wille mochte sich kaum vorstellen, wie das Schicksal mit der Sängerin umgehen würde. Ob ihr Mann auch noch zu ihr hielte, wenn sie das Leben auf der Bühne gegen eines unter ständiger Betreuung tauschen musste? Damit würde die Bezeichnung »Manager« einen ganz neuen Inhalt bekommen. Aber dafür waren sie nicht zuständig. Allein die Möglichkeit, dass Krasmer bei Knubes Tod nachgeholfen hatte, war für sie relevant.

»Die arme Frau. Wir sollten die Ärztin bitten, Frau Warfsmann nach Verwandten zu fragen. Vielleicht bekommt sie eine hilfreiche Antwort«, sagte Arndt, als hätte er geahnt, dass im gleichen Moment sein Handy klingelte und Ellen Neubert einen ersten Bericht erstattete. »Frau Ladebeck, also Pia, bleibt heute Nacht bei ihr. Aber ab morgen brauchen wir eine andere Lösung.«

»Habt ihr sie gefragt, ob sie Verwandte hat?«

»Haben wir. Sie hat mehrere Namen genannt, wusste jedoch keine Telefonnummer. Ihr Handy haben wir nicht. Pia versucht es aber weiter und meldet sich sofort, wenn sie jemanden erreicht hat.«

»Perfekt. Wir bleiben in Kontakt.« Arndt legte das Handy zur Seite. »Und nun?«

»Nun ist Feierabend. Wer weiß, was uns heute Nacht widerfährt. Und der nächste Tag wartet auf uns«, schlug Marvin vor. »Morgen früh um 8 Uhr im Klubraum. Also genau hier!«

»Jawoll, Sir!« Wille sprang auf und lachte. »Pünktlich um 8 Uhr. Aber nur, wenn Elvis mein Lieblingslied singt.«

»Wird geregelt! Nun geh!«, forderte Gero ihn auf. »Und mach die Tür hinter dir zu.«

FREITAG

26

Es war erst 7.30 Uhr am nächsten Tag, doch Gero Schonebeck sah bereits alle Kollegen bis auf Michael um sich versammelt. »Was gibt es Neues?«, fragte er Wilfried Weerts.

»Frau Ladebeck hat sich soeben gemeldet«, sagte Wille. »Die beiden Frauen haben eine sehr unruhige Nacht hinter sich. Frau Warfsmann – ich denke, auch wir belassen es bei ihrem Künstlernamen – hat stundenlang geweint, bevor ihr die Augen zugefallen sind. Jetzt ruht sie wohl noch, aber die Mitarbeiterin vom Pflegedienst fragte, wie die Sache nun weitergeht. Sie hat nämlich andere Patienten zu versorgen. Sowohl Insulaner als auch ein paar wenige Gäste. Allerdings konnte sie weitere Daten von Frau Krasmer bekommen. Sie hat sie mir telefonisch durchgegeben, und ich habe bereits mit einer Frau telefoniert, die bestätigte, ihre Tochter zu sein. Sie wird heute Abend mit der Fähre hier eintreffen.«

»Wir reden erneut mit Ellen«, schlug Arndt vor. »Vielleicht hat sie eine Lösung für die Zeit bis dahin. Ich gebe zu, dass ich in der Beziehung ein wenig überfordert bin. Es sei denn, wir schicken die Frau mit Gero ans Festland ins Krankenhaus zu ihrem Mann. Dort ist sie ebenfalls gut aufgehoben, und die Tochter kann sie in Aurich in Empfang nehmen.«

»Mir scheint, überfordert ist der richtige Ausdruck! Ich werde die Verantwortung für die Dame auf gar keinen Fall tragen«, protestierte Gero. »Ich kenne ihren Krankheitszustand nicht. Wer weiß, ob sie mir nicht ins Lenkrad greift, wenn sie merkt, dass nicht ihr Mann, sondern ein Fremder neben ihr im Auto sitzt.«

»Ruhig, Alter«, versuchte Arndt, seinen Kollegen zu beruhigen. »Ich dachte nur, Marlene holt dich in Neßmersiel ab. Deine Frau ist auch vom Fach. Sie könnte sich um die Patientin kümmern.«

»Nein, ich werde mit deinem Auto fahren, wenn es recht ist. Marlene wäre mit der Fahrt nach Neßmersiel und der Sorge um Frau Warfsmann zeitlich überfordert. Sie ist zwar Polizistin, aber, wie du dich vielleicht erinnerst, in Elternzeit. Unser Nachwuchs ist gerade drei Monate alt.«

»Gut. Überredet.« Arndt zog einen Schlüssel aus der Tasche. »Nimm meines. Es ist der einfachste Weg. Hast du schon Nachricht, ob der Mann befragungsfähig ist?«

Gero nickte. »Ist er. Die Ärzte hoffen nur, dass er nicht einfach verschwindet. Er hat bereits versucht, sich aus dem Bett zu quälen und sich damit selbst zu entlassen. Sie geben uns nicht mehr viel Zeit.«

»Dann rufen wir in der Klinik an, dass für seine Frau gesorgt wird. So kann er sich beruhigt um sich selbst kümmern«, schlug Marvin vor. »Wann geht die Fähre?«, wandte er sich an Gero.

»In einer Stunde. Und wenn alles gut läuft, bin ich heute Abend wieder hier. Falls meine Frau mich gehen lässt!«, grinste Gero.

»Ach so, der Mann macht Urlaub!«, hörte er einen der Kollegen hinter sich herrufen, als er den Klubraum verließ. Tasche packen war nicht nötig. Schließlich war es nur ein Tagesausflug. Allerdings würde er, nachdem er Krasmer in Aurich befragt hatte, einen Abstecher nach

Hause machen. Marlene hatte ihm einen Kaffee versprochen, das konnte er einfach nicht ablehnen.

Im Flur kam ihm der Inselpolizist entgegen. Kurz fasste Gero die neuen Daten zusammen und sagte, dass er auf dem Weg ans Festland sei.

»Dorthin fährt meine Frau auch gleich. Amirs Schmerzen werden nicht besser. Der Tierarzt hat uns geraten, das Bein röntgen zu lassen.«

»Wo muss Sandra denn hin? Nach Norden?«, fragte Gero.

Röder schüttelte den Kopf. »Wir fahren immer nach Westerholt. Dort wohnt der Tierarzt unseres Vertrauens, wenn es einmal richtig schlimm wird.«

»Soll ich die beiden mitnehmen?« In diesem Fall hatte Gero kein Problem mit Begleitung.

Aber Michael winkte ab. »Danke für das Angebot. Aber Wiebke, Arndts Frau, holt Sandra und Amir von Neßmersiel ab. Eigentlich ist es kein Problem, dass Sandra unser Auto nimmt, aber mit dem kranken Hund ist es so einfacher. Außerdem – die Fähre geht erst ziemlich spät zurück. Da reicht es nach dem Arztbesuch wahrscheinlich für einen Besuch auf Kleemanns Biohof. Dort hat Amir dann seine Ruhe, bevor es wieder zurückgeht.«

»Na gut. Bis heute Abend.« Gero steckte seine Papiere ein, zog eine Jacke über und verließ das Hotel. Es war ziemlich kühl an diesem Morgen, also lief er fast am Nationalparkhaus vorbei, die Hafenstraße hinunter und stellte sich in das Wartehäuschen. Die *Baltrum III* bog bereits um den *Kleinen Mann*, wie das rote Leuchtfeuer am Hafenende auch genannt wurde. Er würde warten, bis die Fahrgäste das Schiff verlassen hatten und die Container ausgeladen waren. Sein Blick fiel auf die Stelle, wo vor ein paar Nächten nicht nur die Wippen, sondern auch Markus Knube in das Hafenbecken gefallen waren. Sie waren kaum einen Schritt weiter. Es wurde nachdrücklich Zeit, dass Bewegung in die Sache kam.

Hoffentlich konnte Krasmer seinen Teil dazu betragen. Eigentlich hatten die Ermittler überlegt, einen Festlandskollegen zu Krasmer zu schicken, hatten sich jedoch umentschieden und beschlossen, dass Gero die Aufgabe übernehmen sollte, da er mit der Sachlage besser vertraut war, und daher die hoffentlich richtigen Fragen stellen konnte.

Als der Kapitän das Zeichen gab, ging Gero an Bord. Er winkte Sandra Röder zu, die sich mit einer anderen Frau unterhielt, und setzte sich nach unten. Hier war es ruhig, und schon bald versetzte ihn das sanfte Rauschen des Wassers in tiefe Gedanken. So merkte er kaum, dass das Schiff nach gut 30 Minuten bereits das Festland erreicht hatte. Er fuhr mit dem Shuttleservice zum Parkplatz hinter dem Deich und machte sich auf den Weg nach Aurich. Schnell hatte ihn die Festlandsumgebung wieder, als ein anderes Auto gleich hinter dem Deich rechts aus einem schmalen Weg hervorschoss und dann laut hupend bremste. Beinahe hätte es gekracht, wäre nicht Gero auch auf die Bremse getreten. Der Fahrer des anderen Wagens machte ein Zeichen der Entschuldigung, und Gero fuhr weiter. Kurz hatte er überlegt auszusteigen und dem jungen Mann die Meinung zu geigen, aber andere Dinge waren wichtiger. Die restliche Fahrt nach Aurich verlief problemlos. Nach einer guten halben Stunde hatte er das Klinikum erreicht. Der behandelnde Arzt brachte ihn zu dem Zimmer, in dem Hagen Krasmer lag.

Gero konnte sich nur knapp vorstellen, als Krasmer schon stöhnte: »Ich will hier raus. Sagen Sie diesem bescheuerten Arzt, dass ich dringend wieder auf die Insel muss!«

»Der bescheuerte Arzt geht jetzt, Herr Krasmer. Erzählen Sie dem Kommissar, warum wir Sie hierbehalten wollen. Vielleicht hat er ja eine Melodie darauf.« Der Mann mit der auffälligen roten Brille deutete auf Krasmers Bein. »Mit einem Gips lässt es sich nur schwer Fahrrad fahren!«

»Gehen Sie«, schnaufte Krasmer.

Als der Arzt die Tür hinter sich zugezogen hatte, zog Gero einen Stuhl ans Bett. »Herr Krasmer, zunächst mal: Heute Abend kommt Ihre Tochter und kümmert sich um Ihre Frau. Bis dahin ist sie auf der Insel in guten Händen.« Der Kommissar merkte, wie Krasmer im wahrsten Sinne des Wortes Luft abließ, und berichtete weiter, dass eine Mitarbeiterin des Pflegedienstes bei Dora übernachtet hatte.

»Ich habe mir solche Sorgen gemacht«, sagte Krasmer. »Sie vergisst doch alles. Einen Schritt vor die Tür, und sie weiß nicht mehr, wo sie ist. Wissen Sie, wie schrecklich das ist? Besonders bei ihr, wo sie doch im Blickpunkt der Öffentlichkeit steht!«

»Womit wir beim Grund meines Besuches sind. Wir ermitteln auf der Insel in einem Todesfall. Der Tote ist Markus Knube, ein Mitarbeiter eines Senders, der hier Aufnahmen für das Fernsehen macht. Er ist in der Nacht zum Dienstag zu Tode gekommen. Uns wurde berichtet, dass Sie einen Zusammenstoß mit dem Mann hatten. Ist das korrekt?«

»Wenn das der ist, der uns schon auf dem Schiff bei der Anreise auflauerte und unbedingt ein Interview wollte, ja, den habe ich weggeschickt!«

»Weggeschickt klingt harmlos. Wir hörten, Sie seien sehr laut geworden«, sagte der Kommissar.

»Es gibt Leute, die wollen einfach nicht hören. Da muss man eben lauter werden«, erwiderte Krasmer.

»Ist er Ihnen so nah gekommen, dass Sie das Gefühl hatten, diese Gefahr beseitigen zu müssen? Ihre Frau ließ durchblicken, dass Sie in dieser Nacht nicht zu Hause waren.«

Krasmer richtete sich auf, versuchte es zumindest und ließ sich wieder ins Kissen fallen. »Ich habe gerade gesagt, dass meine Frau …«

»Ich weiß. Aber ganz so schlimm, wie Sie es soeben benannten, fanden wir den Zustand Ihrer Frau nicht. Immerhin kannte sie die Namen Ihrer Kinder, sie hat Ihre Brieftasche wiedergefunden und hat uns von ihrem Ausflug in die Dünen erzählt. Außerdem – dass Sie in der Nacht nicht daheim waren, dessen war sie ganz sicher. Herr Krasmer, haben Sie etwas mit Markus Knubes Tod zu tun?«

»Ja, ich war unterwegs. Weil ich es wieder einmal nicht ertragen konnte«, sagte Krasmer. »Sie lag im Bett und schlief. Es war so ein unschuldiges Bild. Als ob alles in bester Ordnung wäre und wir lediglich einen kleinen Erholungsurlaub machen würden. Dabei sind wir auf der Flucht. Seit Wochen auf der Flucht vor ihrer verdammten Krankheit. Ich habe es nicht mehr ausgehalten. Ich bin raus und in völliger Dunkelheit am Strand entlanggelaufen. Weiter und immer weiter. Bis ich plötzlich so ganz eben von Wasser umschlossen war. Das hat mich in die Wirklichkeit zurückgeholt, in die ich eigentlich nie wieder hin wollte. Ich bin nach Hause. Dora schlief immer noch. Ich habe mich zu ihr gelegt und auf den nächsten Morgen gewartet. Also nein, ich habe nichts mit dem Tod des Mannes zu tun. Beweisen kann ich es allerdings nicht. Und bevor Sie eine weitere Frage stellen, rufe ich erst einmal meinen Anwalt an.«

Gero stand auf. Gerne hätte er den Mann intensiver befragt, doch Krasmer machte dicht. Er verließ das Krankenzimmer und bat eine Pflegerin um ein Gespräch mit dem Arzt. Doch sie sagte, der Arzt sei nicht vor Ort, und sie dürfe keine Auskunft über den Zustand des Patienten geben. Das war verständlich. Letztendlich ging es bei den Ermittlungen auch nicht um Krasmers Verletzungen. Wie es mit dem Verbleib der Eheleute weiterging, das zu wissen, war nicht Aufgabe der Polizei. Die Heimatadresse der beiden war bekannt, und bei Bedarf konnten die dortigen Kollegen weitere Befragungen durchführen.

Nach dem Verlassen der Klinik rief er Arndt an und berichtete von seinem erfolglosen Gespräch. Auch Arndt hatte nichts Neues. »Ich fahre zur Wache und schaue, ob es Neuigkeiten von der Obduktion gibt. Dann bin ich kurz bei Marlene und heute Abend wieder bei euch«, beendete er das Gespräch.

27

Dieser Tag war kein guter. Sandra hatte darum gebeten freizubekommen, da sie mit Amir ans Festland zum Tierarzt wollte. Natürlich hatte sie dem zugestimmt. Wichtig war, dass es dem Hund bald besser ging. Dann war Britta Edel erschienen und hatte ihr von dem Zettel an der Tür des neuen Ladens erzählt. Dass ausgerechnet die vom Fernsehen das mitbekommen hatten, gab der Geschichte erst die richtige Würze. Anstatt dass nun für die schöne kleine Insel Werbung gemacht würde, hieß es bestimmt: Nur ein paar wenige Bewohner leben auf Baltrum, und selbst die können sich nicht einigen. Sie musste unbedingt mit dieser Frau Becker Kontakt aufnehmen, um das Schlimmste zu verhindern. Aber eigentlich war es Julias Sache. Sie war das Gesicht von *Baltrumer Zukunft*, und darum ging es hier. Zu guter Letzt, eben gerade, hatte Jann ihr einen Zeitungsausschnitt auf die Theke gelegt und war mit hängenden Schultern im Lager verschwunden. »Gasofen im Wald explodiert«, las sie als Überschrift. Im Hambacher Forst war offensichtlich ein Baumhaus in Brand geraten und der Bewohner schwer verletzt worden. Kurz darauf war er verstorben. Sie folgte Jann ins Lager. Er lehnte am Kühlhaus, die Hände vor das Gesicht geschlagen, und schluchzte laut.

»Jann, was ist los?«, fragte sie leise in der Hoffnung, dass nicht jetzt gerade ein Kunde den Laden betrat.

»Er … er war ein Freund von mir. Bernd.« Jann sackte langsam auf den Fußboden.

»Ein Freund? Woher weißt du, wer es gewesen sein könnte?«, wunderte sich Eva.

»Er hat neben mir gewohnt. Wir sind Klimaaktivisten. Nur hat er eben länger ausgehalten als ich. Der Hambacher Forst war unsere Heimat und ist es immer noch für viele«, brachte Jann mühsam hervor. »Ich habe ihn im Stich gelassen.«

»Wer sagt dir, dass es sich um deinen Freund Bernd handelt?«, fragte Eva erneut.

Müde deutete er auf das Blatt in Evas Hand. »Da. Neben dem ausgebrannten Ofen. Das T-Shirt mit den Brandlöchern. Ich erkenne es genau. Wir haben uns die mal anfertigen lassen. Es steht ›Waldretter‹ darauf. Ich habe meines noch. Das haben mir die Bullen nicht abgenommen. Wenigstens etwas. Ansonsten …«

»Was willst du mir noch sagen?« Eva hoffte, dass sich ihr nun ein wenig mehr aus Janns Leben offenbarte, doch er schwieg. »Seit wann weißt du das?«, fragte sie vorsichtig. Schließlich hatte auch sie mitbekommen, dass der Tote vom Hafen und Jann sich aus dem Forst kannten.

Ganz langsam hob er den Kopf und starrte sie an. »Wenn du jetzt meinst, dass ich schon ein paar Tage davon weiß und Markus für die Situation verantwortlich gemacht und ich mich gerächt habe, dann irrst du dich. Ich habe heute Morgen die Zeitung von gestern gelesen, wie ich es immer mache. Da ist mir der Bericht aufgefallen. Es ist reiner Zufall, dass meine Vergangenheit in dieser Woche über mich hereinbricht.«

Sie konnte dem nichts entgegensetzen. Es stimmte. Sie hatte die Zeitung abonniert, und der Postbote brachte sie nach Ankunft des Schiffes zu ihr ins Haus. Nachdem sie

sie abends gelesen hatte, legte sie die Zeitung in den Flur, und Jann nahm sie sich zum Frühstück mit. So hatte es sich eingespielt. Allerdings überlegte sie seit geraumer Zeit, die Zeitung nur noch online zu lesen. Der immense Papierverbrauch störte sie schon seit Langem. Jann würde es als Umweltschützer bestimmt nichts ausmachen, auf die Papierausgabe zu verzichten.

Sie hatte den Artikel überflogen und ihn gleich darauf vergessen. Auch sie hatte vor einigen Jahren mal über eine Demo im Hambi, wie ihn die Umweltschützer liebevoll nannten, nachgedacht. Es war sogar von Emden aus an einem Samstag ein Bus dorthin gefahren. Aber sie hatte darauf verzichtet. Ganz genau deswegen, weil sie Angst hatte, dass die Demo aus dem Ruder laufen könnte und sie keinerlei Erfahrung damit hatte, wie man sich in einem solchen Fall verhielt. Ihre damals beste Freundin hatte ebenfalls nicht mitgewollt. Ein paar Tage war sie vom schlechten Gewissen verfolgt worden, aber dann geriet die Sache in Vergessenheit. Sie war einfach nicht der Typ für so etwas. Stattdessen hatte sie ein paar Jahre später all ihren Mut zusammengenommen und den Bioladen eröffnet. Es war viel Arbeit, aber so konnte sie auch einen guten Teil zum Umweltschutz beitragen.

Nun musste sie erst einmal den jungen Mann wieder auf die Beine bringen. Aber wie? Liebevoll umsorgt oder mit auffordernden Worten? Sie kannte ihn nicht gut genug, um zu wissen, was richtig war.

Dazu hörte sie die Türklingel. Es nützte nichts, sie musste zurück in den Laden. Freundlich begrüßte sie die Insulanerin, die drei leere Deckelgläser auf die Theke stellte. »Je 500 Gramm Dinkelnudeln, Vollkornmehl und Haselnüsse«, bat sie.

Eva Hinrichs nahm die Gläser und füllte sie am Unverpacktregal nach Wunsch auf. Eigentlich durften das die Kunden selbstständig erledigen, aber sie half natürlich gerne. »Kann ich sonst etwas für Sie tun?«, fragte sie.

»Ich hätte gerne Backpulver und Hefe«, erwiderte die Frau.

Eva Hinrichs gab ihr das Gewünschte, rechnete ab und wartete, bis die Kundin den Laden verlassen hatte, dann ging sie zurück ins Lager, in der Hoffnung, dass Jann sich beruhigt hatte. Doch der saß immer noch beinahe bewegungslos neben der Tür des Kühlhauses, den Kopf zwischen den Knien.

»Jann, bitte steh' auf. Wenn du nicht arbeiten kannst, geh auf dein Zimmer. Aber hier herumzusitzen, ist keine Lösung!« Sie merkte, dass sie sich für die zweite Variante entschieden hatte. Irgendwie – so erschien es ihr zumindest – übertrieb Jann ein wenig mit seiner Trauer. Aber vielleicht waren Ostfriesen in der Beziehung ein wenig zurückhaltender.

Langsam, ganz langsam erhob sich Jann, drehte sich um und verschwand ohne ein weiteres Wort durch die Hintertür in den Flur, der zu seiner Wohnung führte.

Sollte sie jetzt Julia anrufen? Sie nahm ihr Handy, doch ein Kunde kam herein und beanspruchte ihre Aufmerksamkeit. Bald schon kam der Nächste, und so ging es weiter, bis es beinahe Mittag war. Sie wunderte sich. Klar, es war immer etwas los im Laden, aber so viele Kunden, das war erstaunlich. Es fühlte sich beinahe so an, als ob die anderen Lebensmittelgeschäfte auf der Insel spontan die Eingangstüren versperrt hatten. Aber jetzt war auch für sie Mittagspause. Sie ging um die Theke herum und wollte gerade den Schlüssel in das Schloss stecken, als eine kräftige Gestalt auftauchte und die Tür energisch aufdrückte. Nein. Das musste jetzt nicht auch noch sein, dachte sie, wusste jedoch, dass sie keine Chance hatte, schnell zu verschwinden. Außerdem war Fiete Peters ein guter Kunde. Das war schließlich ein überzeugender Grund, den Mann hereinzulassen.

»Wullt du mi woll rinlaten?«, hörte sie die vertraute Stimme.

»Natürlich. Nette Menschen immer.«

»Wat is mit de Pümmelwurst?«, fragte Fiete. »Hest du de al kreegen? Din Mitarbeiter wullde sük schlau machen. Ok wegen de Pinkel.«

»Wahrscheinlich hat er dich nicht richtig verstanden. Plattdeutsch ist nicht gerade seine Heimatsprache.« Eva lachte.

»Natürlik hebb ik hochdütsch proot. Wat meenst du denn? Aber wo dat seggst – ik denk, da de Lü hier veel mehr platt prouten sollten. De Mitarbeiters moeten dat lernen. Wat ist mit di? Du versteist dat woll, aber kunnst du dat ook proten? Ik hebb dat bi di noch nie hört.«

»Lieber Fiete, du glaubst doch nicht, dass die Feriengäste es unbedingt begrüßen würden, wenn sie ständig auf Plattdeutsch angeredet würden. Außerdem ist es fraglich, ob die Saisonangestellten aus Polen, Rumänien oder dem Ruhrgebiet so schnell die fremde Sprache lernen könnten. Das Plattdeutsche wird es bald nicht mehr geben. Überleg doch mal, wie viele alteingesessene Insulaner, die diesen Dialekt beherrschen, hier überhaupt noch wohnen. Die kannst du an einer Hand abzählen.« Eva war laut geworden. Was glaubte der Mann eigentlich, damit zu erreichen? »Wir müssen vorwärts denken. Das Alte hinter uns lassen und neue Wege suchen.«

»Das denke ich eben nicht. Abgesehen davon, dass es wichtig ist, Kulturen zu wahren, glaube ich, dass die Menschen gerade das Urtümliche wollen. Neumodischen Kram kann jeder«, erwiderte Fiete ernst.

»Ach, dann hast du wohl auch den Zettel an die Tür der *Destille* geklebt. Nach dem Motto: Branntwein mit Rosinen zur Kindsgeburt ist alte Sitte, aber handgefertigter Gin und neue Biersorten sind neumodischer Kram und gehören hier nicht hin.« Eva merkte, wie Fiete erst rot, dann weiß im Gesicht wurde.

»Doar segg ik nix to«, presste er hervor.

»Brauchst du auch nicht. Ich sehe es dir an. Deine Würste habe ich übrigens.« Sie langte in die Kühltheke. »Gib mir 15 Euro und geh. Ich habe Mittagspause.«

28

Sandra war gut angekommen. Soeben hatte sie sich mit positiven Nachrichten gemeldet. Auch wenn Amir noch einige Tage Beschwerden haben würde – sein Bein war nicht gebrochen. Der Arzt hatte ihr ein neues Schmerzmittel mitgegeben, und nun lag der Hund bereits wohlig auf einer gemütlichen Schaumstoffmatte in Kleemanns Küche. Aus lauter Freude hatten sich die beiden Frauen neben einer Tasse Kaffee auch ein großes Stück selbstgemachten Butterkuchen gegönnt, wie Röder neidisch erfahren hatte.

Er griff nach einem Stück Schokolade. Anderes hatte er im Kühlschrank nicht gefunden, was ihn aufgemuntert hätte. Vor einer halben Stunde hatte er sich von seinen Kollegen verabschiedet und sich auf die Wache zurückgezogen. Immerhin gab es auch da ab und zu ein paar Neuigkeiten. Doch weder war neue Post angekommen, noch stand jemand vor der Tür, um eine Anzeige loszuwerden. Es wäre auch eher ungewöhnlich um diese Jahreszeit, da kaum Gäste auf der Insel waren. Natürlich gab es unter den Insulanern mal Krach, aber das endete meist nicht auf der Polizeiwache.

Er fuhr den PC hoch und gab die Seite *Ostfriesland für Vespa-Fans* ein. Es war bereits das dritte Mal, dass er sich diese Seite vornahm. Den ersten Tag seines Ausflugs am nächsten Wochenende hatte er bereits voll durchgeplant. Er würde am Deich entlang über Dornumersiel und Bensersiel nach Esens fahren, überall eine Rast einlegen und sich die Gegend anschauen. Dann ginge es weiter nach Neuharlingersiel, von wo aus die Fähren nach Spiekeroog ablegten, und zuletzt nach Wittmund. Dort hatte er ein Zimmer gebucht. Das war der Freitag. Also genau in einer Woche. Am Sonnabend gab es nur ein Ziel. Es lag zwar außerhalb Ostfrieslands, nämlich in Friesland, aber die Marienstadt, wie Jever nach Fräulein Maria, der letzten Herrscherin dort, genannt wurde, hatte nicht nur ein Schloss, das er unbedingt besichtigen wollte, sondern auch eine bekannte Brauerei befand sich in dem Ort. Ein paar Kollegen aus dem Rheiderland hatten eine Führung gebucht. Er hatte davon erfahren und sich ihnen spontan angeschlossen. Danach war ein gemeinsames Abendessen geplant. Jetzt fehlte nur noch der Sonntag. Das Schiff nach Baltrum fuhr erst gegen Abend, so hatte er genügend Zeit für weitere Ziele. Da war zum einen Leer mit der Evenburg, den Parks und dem Hafen, oder auch Emden, ebenfalls am Wasser gelegen, mit der Kunsthalle und dem Otto-Huus. Alles war sehenswert.

Doch bevor er sich entschieden hatte, ob er die Zeit in Leer oder in Emden verbringen würde, schloss er seinen Computer. Ein Blick auf die Uhr sagte ihm, dass er dringend zum Bioladen fahren musste. Sandra hatte ihn gebeten, nicht mehr ganz frischen Weißkohl abzuholen, den sie zu Kohlrouladen verarbeiten wollte. Genau das war sein Lieblingsgericht. Andere abgelaufene Waren stellte Eva Hinrichs in einen kleinen Schrank neben der Eingangstür zur kostenlosen Mitnahme. Das kam bei den Kunden sehr gut an und animierte gleichzeitig zum Kauf der Dinge, die Eva im Laden anbot.

Er nahm sein Rad und fuhr durch die relativ verlassenen Straßen. Es war kein Vergleich zur Hauptsaison, wo unzählige Menschen den Roten Platz, wie der Marktplatz auch genannt wurde, bevölkerten. Heute waren nicht einmal alle Bänke besetzt. Nur beim *Mittendrinfisch* ließen sich einige Gäste ihr Fischgericht schmecken.

Im Bioladen zählte Eva gerade Brötchen in eine Tüte und begrüßte ihn erst, nachdem sie die Tüte vollgepackt und verschlossen hatte.

»Das ist für Boltes. Die haben vorbestellt. Du willst sicher den Kohl abholen.«

»So ist es. Sandra kommt ja erst heute Abend zurück.«

»Warte kurz.« Sie verschwand im Lager.

Das war kein Problem. Er hielt sich gerne hier auf. Es roch gut nach frischen Backwaren. Die Auslagen in den Holzregalen waren wohlsortiert, und meistens saß auch jemand in der kleinen Ecke und genoss einen Kaffee und ein Stück Kuchen. Er war froh, dass der Laden gut angenommen wurde. Er erinnerte fast ein wenig an die Gemütlichkeit des Kolonialwarenladens, den seine Großeltern am Festland betrieben hatten.

»Hier haben wir alles.« Eva Hinrichs gab ihm einen alten Kartoffelsack, der gut gefüllt schien. Es würde für eine Menge Kohlrouladen reichen. »Es sind auch einige Kartoffeln dabei.«

Er bedankte sich und wollte gehen, als sie ihn zurückrief. »Du, ich habe da was, was du vielleicht wissen solltest.«

»Was gibt es denn?«, fragte er.

»Es ist wegen Fiete Peters.« Sie berichtete, was Britta Edel ihr wegen des Schildes erzählt hatte und wie seltsam Fiete reagiert hatte, als sie ihn darauf angesprochen hatte. »Er ist ein besonderer Kerl und möchte gerne Baltrum wieder 50 Jahre zurückversetzen. Ob er das aus touristischen Gründen gut findet oder einfach nicht mit der neuen Zeit klar kommt – keine Ahnung. Aber ich hatte in dem Moment das Gefühl, als ob er durchaus in der Lage wäre, sein Ziel mit weiteren obskuren Ideen voranzutreiben. Dabei ist der Mann nicht doof, das wissen alle, aber im Moment wohl total von seinen Ideen eingenommen.«

»Danke, dass du mir das mitgeteilt hast«, sagte Röder. »Wir werden die Lage im Auge behalten. Solltest du mehr erfahren – du weißt, wo wir sind. Sonst gibt es nichts mehr?«

Sie zögerte. »Jann Kannings, mein Mitarbeiter, bereitet mir auch ein wenig Sorgen.« Sie winkte ab. »Ach nee, lass man, das ist schon in Ordnung. Der hat nur mit seiner Vergangenheit zu kämpfen. Ich kann mir einfach nicht vorstellen, dass er etwas mit dem Tod des Fernsehmitarbeiters zu tun hat.«

»Auch hier – solltest du etwas hören, melde dich«, bat er erneut und ging. Er klemmte den Sack auf den Gepäckträger und fuhr zurück zur Dienstwohnung. Er überlegte kurz, ob er den Sack in der Küche oder im Gartenhäuschen ablegen sollte. Er entschied sich für das Gartenhäuschen. Dort war es kühler, und er brauchte keine Sorge zu haben, dass sich Mäuse an dem Kohl gütlich taten. Die hatte er dort nämlich bisher nicht überrascht. Natürlich gab es auch in ihrer Küche keine Mäuse, das war klar. Er fuhr weiter zum Hotel *Sonnenstrand*. Seine Kollegen hatten ihn sicher schon auf der Vermisstenliste. Zumindest was das Mittagessen anbelangte.

Doch als er ankam, wurde ihm schnell klar, dass sein Mittagessen ausfallen würde. Denn schon auf der Terrasse des Hotels kam ihm Kenny Janssen entgegen.

»Kommst du mit? Ich muss dir etwas zeigen«, rief er. »Ich wollte gerade in den Klubraum, um einen der anderen zu holen, aber jetzt bist du ja da.«

»Worum geht es denn?«, fragte Röder. Er folgte dem Hausmeister um das Hotel herum dorthin, wo der Schuppen stand.

»Ich habe die Räder geholt und wollte sie in den Stall stellen. So war es abgemacht. Da sehe ich das hier.« Er deutete auf mehrere schwarze Metallstücke, die auf dem Rasen verteilt lagen. »Was könnte es sein?«

Der Inselpolizist schaute genauer hin. »Es sieht so aus,

als wäre das im kompletten Zustand eine Kamera gewesen, oder was meinst du?«

»Wäre möglich. Aber warum liegt das hier? Wie ist es hier hingekommen?«

Röder schaute auf die Wand des Hotels. Alle Fenster waren geschlossen. Es hätte ihn auch gewundert, wenn es anders gewesen wäre. »Die hat wohl jemand aus dem zweiten Stock geworfen. Anders kann ich es mir nicht vorstellen. Und hier …«, er deutete auf einen Aufkleber, »hier ist ein Zeichen des Senders. Sollte mich nicht wundern, wenn Beckers ihr Arbeitsgerät bereits vermissen.«

»Kann ich das aufsammeln?«, fragte Kenny.

Röder schüttelte den Kopf. »Nein, das zeige ich erst den Kollegen. Dann machen wir Fotos und werden die Teile sachgemäß für gegebenenfalls nötig werdende Untersuchungen eintüten. Weißt du, ob Beckers im Hotel sind?«

»Nein«, erwiderte Kenny. »Ich bin soeben erst mit den Rädern wiedergekommen. Mein Dienst fängt in einer halben Stunde an. Ich habe heute Morgen mit Dorian gesprochen. Er wird gleich hier sein und sein Rad abholen. Er hat wohl jemanden gefunden, der es repariert. Das andere stelle ich in den Stall.«

»Das ist gut. Warte bitte eben hier, bis ich zurück bin.«

Kenny versprach es, und Röder ging zum Klubraum. Dort erwarteten ihn bereits Arndt und Marvin. Er bat sie nach draußen und berichtete, was Kenny auf dem Grundstück entdeckt hatte.

»Da hat aber jemand ein richtig teures Teil entsorgt«, stellte Marvin fest. »Bin gespannt, was dahintersteckt.«

»Kann ich los?«, fragte Kenny.

»Sagst du Henning oder Birgit Bescheid?«

»Wird erledigt«, erwiderte der Hausmeister.

Kurz darauf kamen die Hotelbesitzer. Aber auch sie konnten sich keinen Reim darauf machen, warum die Kamera, in viele Einzelteile zerbrochen, vor ihnen auf dem Rasen lag. »Die hätte im Anflug auch jemanden schwer treffen können«, überlegte Birgit. »Stellt euch vor, es hätte Kenny erwischt. Nicht auszudenken.«

Röder musste ihr recht geben. Es gab zwar noch keinen Anhaltspunkt, wann das Gerät heruntergefallen war, aber hier waren öfter Leute unterwegs.

»Das Interessante ist, dass auf dieser Seite die Flure sind«, sagte Henning. »Ich kann mir gut vorstellen, dass jemand sich in seinem eigenen Zimmer aufhält und, aus was für Gründen auch immer, eine Kamera nach draußen wirft. Aber dass ich erst raus auf den Flur gehe, dort ein Fenster öffne, immer mit der Gefahr, von anderen Hotelbewohnern gesehen zu werden, und dort das Teil entsorge, das ist seltsam.«

»Auch ich bin gespannt darauf, was passiert ist. Marvin, kümmerst du dich um die Fundstelle?«, bat Arndt. »Michael und ich werden mit Beckers sprechen und versuchen, Licht ins Dunkel zu bringen.«

»Wird erledigt.«

»Wo ist Wille eigentlich?«, fragte Röder. Er wunderte sich, dass der Mann aus Norden, der seit zwei Monaten seinen Dienst auf der Insel versah, nirgendwo zu sehen war.

»Er bekam einen Anruf. Von dieser Frau Heidemann. Wegen der Bäume. Er wollte hinfahren, um zu schauen, was sich Neues ergeben hat«, sagte Marvin. »Er wird sicher in Kürze wieder auftauchen. So hoffte er zumindest.«

Röder lachte. »Der wird sich wundern, was er hier verpasst hat.«

»Was er tatsächlich verpasst, wird sich erst herausstellen, wenn wir mit Beckers gesprochen haben. Und auch dann nur vielleicht. Also los«, forderte Arndt seinen Freund und Kollegen auf.

Sie wussten inzwischen, dass die Beckers getrennte Zimmer bewohnten, und klopften zunächst bei der Frau an. Klara Becker packte gerade eine kleine Tasche, als sie die Ermittler hereinrief.

»Sie wollen abreisen?«, fragte Arndt.

»Nein. Das ist nur das Nötige, was ich in der Sauna brauche. Gleich geht es runter ins Schwimmbad, dann in die Wärme.« Sie lächelte die Männer erwartungsvoll an. »Man muss einfach mal eine Auszeit nehmen. Dann klappt es mit der Arbeit umso besser.«

»Vorher müssen wir Ihnen allerdings ein paar Fragen stellen.« Arndt Kleemann berichtete, was sie neben dem Stall gefunden hatten.

Klara Becker fing an zu zittern, als sie hörte, was der Kommissar zu sagen hatte. Nervös strich sie sich ein ums andere Mal durch die Haare. »Das kann nicht sein, nein, das kann nicht sein«, flüsterte sie.

»Doch, leider ist es so. Also sagen Sie mir, was Sie und Ihr Mann am heutigen Morgen gemacht haben«, forderte Röder sie auf.

»Wir haben gefrühstückt. Danach haben wir am Strand und im Kinderspielhaus einige Punkte abgearbeitet, die in unseren Bericht mit einfließen sollen. Wir haben eines der alten Insulanerhäuser gefilmt und auch den Tennisplatz. Eben alles, was diese Insel interessant macht. Darum hat uns der Redakteur des Senders gebeten.«

»Das heißt, Sie haben heute mit der Kamera gearbeitet«, hakte Röder nach. »Oder hatten Sie eine weitere Kamera dabei?«

»Nein. Was meinen Sie, was so ein Teil kostet? Da nimmt man eben nicht mal so eine zweite mit. Wobei es vielleicht gar keine schlechte Idee ist, wenn man sich an Orte wie hier begibt, wo man nicht so schnell Ersatz bekommt.« Sie ließ sich in den Sessel fallen. »Wobei das jetzt nicht das Wichtigste ist.«

»Wie ging es weiter?«, fragte Arndt.

»Ich bin auf mein Zimmer und habe erst gearbeitet, dann gelesen. Bertus hat den technischen Kram mit auf sein Zimmer genommen. Was er dann gemacht hat, weiß ich nicht. Vermutlich hat er was gegessen. Sollte mich wundern, wenn es nicht so wäre.«

»Sie haben also nichts von einem Streit oder ein lautes Scheppern gehört. Sie haben Ihren Mann auch nicht auf dem Flur gesehen. Mit anderen Worten: Ihnen ist nichts Besonderes aufgefallen, seitdem Sie wieder zurück sind?«, fragte Arndt.

Sie schüttelte den Kopf. »Wie gesagt, ich habe gelesen. Und wenn ich lese, trage ich Kopfhörer und spiele mir leise Musik ein. Da muss es schon neben mir einschlagen, dass ich etwas höre.«

»Hatten Sie Streit mit Insulanern während Ihrer Aufnahmen? Hat es irgendjemandem nicht gepasst, dass Sie hier sind?«, fragte Arndt.

»Ich denke nicht«, überlegte Klara Beckers. »Zumindest hat uns keiner darauf angesprochen. Im Gegenteil, alle freuten sich über die ›Kostenlose Werbung‹, wie einer der Einwohner es nannte. Herr Peters hat uns in sein Haus gelassen. Das sieht von innen aus wie vor 100 Jahren. Allerdings verfügt er natürlich über Fließendwasser und eine moderne Heizung.« Sie kicherte. »Also stand die Petroleumlampe nur noch als Zierde auf dem Regal.«

»Gut. Wir werden wir uns jetzt mit Ihrem Mann unterhalten.«

»Soll ich mitkommen?«, fragte sie und stand auf.

»Nein. Wir melden uns, wenn wir Sie brauchen«, winkte Arndt ab.

Auf das Klopfen an Beckers Zimmertür antwortete niemand. Erneut versuchten sie es, diesmal etwas kräftiger, dann ein drittes Mal. Diesmal wurden sie erhört.

Eine müde Stimme rief: »Herein.« Bertus Becker saß zusammengesunken auf der Bettkante, den Kopf zwischen den Händen und schaute sie nicht einmal an.

»Herr Becker, können wir mit Ihnen reden?«, fragte Arndt. »Wir suchen dringend nach einer Antwort, was Ihre Kamera betrifft. Wir haben sie zerschmettert draußen gefunden. Was ist passiert?«

»Fragen Sie den Kerl, der mir auflauerte.«

»Darf ich fragen, wer dieser Mann war?« Röder wartete gespannt auf die Antwort.

»Das war der Kerl, dessen Haus wir im Ostdorf besichtigt haben. Dieser Architekt, wie er mindestens drei Mal erwähnt hat. Und dass er sich wünscht, dass alle Häuser auf der Insel so aussehen sollten wie seines.«

Aha. Fiete Peters. Was ist nur mit dem Mann los, dachte Röder. Er war in den letzten 15 Jahren niemals auffällig geworden, und nun lief er der Polizei bei ihren Ermittlungen ständig über die Füße. »Aber warum war er so böse? Oder anders gefragt, warum war er hier bei Ihnen? Was wollte er?«

»Keine Ahnung. Zu Anfang hat er gesagt, dass er mir

Unterlagen geben wollte zur Geschichte der Insulanerhäuser. Dann ist er plötzlich ausgeflippt. Wahrscheinlich nur, weil ich gesagt habe, dass ich eine modern eingestellte Insel ebenfalls für tourismuswürdig halte, und dass ich so was wie das Plakat an dem neuen Laden, das uns bei unseren Filmaufnahmen aufgefallen ist, für sehr unpopulär halte und das auch in unserem Bericht über die *Baltrumer Zukunft* Erwähnung finden würde.«

»Was passierte dann?«

»Er hat sich vor mir aufgebaut und mit der Faust gedroht. Ich konnte gerade noch ausweichen. Danach hat er sich auf die Kamera gestürzt, ist aus dem Zimmer gerannt und hat die Tür hinter sich zugeschlagen.«

Röder wartete eine Weile, ob Becker weitere Erklärungen hinzuzufügen hatte, doch der Mann schwieg. Allerdings ließ den Inselpolizisten eine Frage nicht los. »Warum haben Sie die Polizei nicht angerufen? Oder sich nicht wenigstens bei Ihrer Frau gemeldet? Die Kamera war doch sicher kein billiges Gerät.«

»Nützte doch nichts. Der Kerl war weg und die Kamera auch. Und unser Job damit beendet.« Noch immer hatte der Mann sich kaum bewegt.

Sie würden Klara Becker unterrichten. Sollte sie entscheiden, ob ihr Mann ärztliche Hilfe benötigte und ob sie eine Anzeige erstatten wollten. Aus polizeilicher Sicht würde die Sache nicht in der Schublade verschwinden. Daher war es zunächst mal ihre Aufgabe, mit Fiete Peters zu reden. »Wir schicken Ihnen gleich einen Kollegen hoch. Dem berichten Sie bitte erneut, was sich zugetragen hat. Wir kümmern uns um Herrn Peters.«

Im Klubraum fanden Röder und sein Freund Wilfried Weerts und baten ihn, sich um Becker zu kümmern. Dann fuhren sie ins Ostdorf. »Man gut, dass Peters den Becker nicht mit dem Kamerastativ erschlagen hat«, sagte Röder, als sie am Spielteich vorbeikamen.

»Wenn denn überhaupt alles so abgelaufen ist«, erwiderte Arndt.

»Warum sollte es nicht so sein?«

»Keine Ahnung. Aber wir werden sehen, was der Peters uns mitzuteilen hat.«

Das Haus des Architekten stand in direkter Nähe zu dem von Salomon Bartels. Röder sah seinen Freund im Garten und winkte ihm zu.

»Auf Streife?«, rief der Bestsellerautor fröhlich und winkte zurück.

»So kann man es nennen.« Sie stellten ihre Räder ab und klopften bei dem Architekten.

Gleich darauf öffnete Peters die Tür. Als er die beiden erkannte, verfinsterte sich sein Gesicht schlagartig. »Heb ik mi doch dacht, dat se de Snuut nich hollen kun. Kommt rein. Muss keiner sehen, dat ik Beseuk van Polizei heb.«

Es war das erste Mal, dass der Inselpolizist Fiete Peters' Haus betrat. Sie gingen durch einen schmalen Flur, der durch das dunkle Holz an den Wänden noch enger wirkte. Fast musste Röder sich bücken, als sie ins Wohnzimmer traten. Eine Wand war voll mit Büchern, die andere mit Porzellanteilen, die auf ostfriesische Geschichte hindeuteten. Natürlich durften die Porzellanhunde nicht fehlen, die die Schiffer vor vielen Jahren aus England mitgebracht hatten. Sehr zur Freude ihrer Frauen, die sehnlichst auf ihre Männer warteten. Dass diese Hunde auch Puffhunde genannt wurden, weil die Männer sie gegen Bezahlung von den Prostituierten bekamen – neben anderen Gefälligkeiten – war den Gattinnen zu Hause zu der Zeit nicht bekannt. Aber auch das berühmte Teegeschirr mit der Ostfriesenrose stand hinter Glas. Daneben eine schwarze Platte in einem Rahmen, die Röder sich genauer ansah.

»Dat is Tee. Man nennt dat ok Teeziegel.«

»Herr Peters, bitte sprechen Sie hochdeutsch. So vermeiden wir Missverständnisse«, bat Arndt.

»Gut. Also, was den Teeziegel anbelangt – so gepresst, hält sich der Tee ewig. Zum Gebrauch bricht man Stück für Stück ab und wirft es in kochendes Wasser. Ein Gedicht, sage ich Ihnen. Die Teeziegel hat man früher auch als Zahlungsmittel genutzt. ›Teeziegelgeld‹ nannte man das. Und auch da gab es Falschgeld. Böse Menschen haben nämlich Zweige und andere Blätter mit Ruß schwarz gefärbt und in die Ziegel eingepresst. Aber das wollen Sie sicher gar nicht wissen. Setzen Sie sich.« Peters deutete auf eine natürlich original ostfriesische Sitzgarnitur, die äußerst bequem war, wie Röder feststellte.

»So, was führt Sie hierher?«, fragte Peters ruhig. Allerdings zeigte sein Gesicht große Anspannung. Seine Augen wanderten von Röder zu Arndt Kleemann und wieder zurück.

»Was meinten Sie eben damit, dass jemand Sie, ich sage mal, verpfiffen hätte?«, fragte Arndt.

»Das müssen Sie doch besser wissen als ich«, antwortete Peters. »Aber ja, ich habe den Zettel an die Tür der sogenannten neuen *Destille* geklebt. Es hat mich dieser neumodische Schnickschnack so genervt. Ich habe Angst, dass sich auch diese Insel zu einem elitären Urlaubsgebiet entwickelt. Das will ich einfach nicht!«

»Darum haben Sie auch Herrn Becker angegriffen und die Kamera aus dem Fenster geworfen?«, fragte Arndt.

Fiete Peters holte tief Luft. »Was soll ich gemacht haben?«

»Sie waren heute im Hotel *Sonnenstrand*, richtig?«

Peters nickte.

»Und Sie haben sich mit Herrn Becker getroffen, richtig?«

Wieder nickte Peters. Und schwieg.

Röder hatte das Gefühl, als ob der Architekt durchaus etwas sagen wollte, aber dass ihm im Moment einfach die Worte fehlten.

»Sie sind miteinander in Streit geraten, und die Lage ist eskaliert. War es so?«, hakte Arndt nach.

»Ich habe keine Ahnung, wovon Sie reden. Ja, ich war bei Herrn Becker. Ich habe ihm Unterlagen, Pläne und Bilder von alten Insulanerhäusern gebracht. Die haben mein Haus gefilmt, und da wollte ich denen weiteres Infomaterial für die Berichterstattung bringen. Mehr nicht«, erwiderte Peters.

»Sie sind nicht in Streit geraten, als Becker Sie auf den Zettel angesprochen hat? Sie sind nicht wütend geworden?«, fragte Arndt erneut.

»Nein. Er hat mich nicht danach gefragt. Also haben wir auch nicht darüber gesprochen. Was soll das Ganze? Wer will mich hier fertigmachen?« Peters stand auf. »Ich muss raus. Das ist alles so – ich weiß nicht – die können mich alle mal!«

»Bitte setzen Sie sich und beantworten Sie ruhig unsere Fragen«, bat Röder den Mann. »Es bringt nichts, wenn Sie hier ausrasten.«

»Ich war da! Ich habe mit dem Typen geredet! Mehr nicht! Das Ganze hat nicht länger als eine Viertelstunde gedauert. Punkt!« Noch immer stand Peters vor ihnen.

»Herr Peters. Sie setzen sich jetzt hin! Ich hole auch gerne meine Kollegen. Die können Ihnen behilflich sein!«, sagte Arndt resolut. »Wir ermitteln in einem Tötungsdelikt. Dabei laufen uns viele seltsame Begebenheiten über den Weg, und wir sind damit beschäftigt, das alles in Form zu bringen.«

»Dann machen Sie das. Aber an der richtigen Stelle. Das erspart Arbeitszeit, die Sie anderswo einsetzen können.«

»Herr Peters, bitte halten Sie sich zurück. Sie sagen also ganz klar, dass Sie die Kamera nicht aus dem Fenster geworfen haben. Ist das richtig?«

Peters stöhnte. »Ja, ich sagte es bereits. Ich war es nicht.«

»Also steht Aussage gegen Aussage«, stellte Röder fest. »Vermutlich werden wir eine Gegenüberstellung machen. Wir geben Ihnen Bescheid. Aber bevor wir gehen, habe ich eine weitere Frage: In der Nacht, als die Wippen im Hafenbecken verschwanden, verließen Sie sehr erbost die Shantychorprobe. Auch da ging es wohl darum, wie sich der Tourismus auf der Insel entwickeln sollte. Haben Sie …«

»Ja, ich habe!«, unterbrach ihn Fiete Peters und ließ seinen schweren Körper wieder in den Sessel fallen, was ein kräftiges Quietschen hervorrief.

»Erzählen Sie!«, sagte Arndt energisch.

»Es war so: Nach der Probe haben wir uns einen genehmigt. Wie meistens. Dann erhitzte sich die Stimmung, je später es wurde. Ich war wütend, weil offensichtlich alle, die noch da waren, also Salomon, der das Thema überhaupt auf den Tisch gebracht hatte, Kenny und auch Josef, eine andere Meinung hatten als ich. Als ob die Blödmänner nicht wahrhaben wollten, dass die einzige Möglichkeit, Gäste zu binden, darin liegt, das Alte zu bewahren und nicht zu viele Gäste auf die Insel zu lassen. Mit allem anderen macht man sich nur mit der Masse gleich. Und dieses Thema ist allemal wichtiger als das Klima. Ich bin gegangen. Aber ich war so aufgebracht, da habe ich mich unter der weißen Brücke an einen der Holzpfeiler gelehnt und tief durchgeatmet. Was aber nicht wirklich half. Kurz darauf kam Josef auf dem Fahrrad vorbei. Ich forderte ihn auf anzuhalten. Ich wollte ihn nach Hause begleiten, ob es ihm passte oder nicht und ihn unbedingt davon überzeugen, dass ich recht habe. Aber er lachte nur, als ich ihn rief, und fuhr einfach weiter. Ich war so wütend, dass ich kaum merkte, wohin ich lief. Das Einzige, was ich wusste, war, dass ich auf keinen Fall nach Hause wollte. Der Gedanke, den Abend gemütlich im Bett zu beschließen, machte mich verrückt. Ich bin zum Hafen runter und sah die Wippen dort stehen.« Peters' Aussage wurde von kräftigem Husten unterbrochen. »Ich … ich brauche Wasser«, röchelte er. »Bin gleich wieder da.«

Röder stand auf. »Ich hole Ihnen Wasser. Die Küche ist dort?«

Peters nickte knapp und deutete auf eine halb offene Tür. »Gläser stehen im Schrank.«

Das hatte sich Röder fast gedacht. Wo sollten sie sonst stehen? Er schaute sich um. Die Küche war eine interessante Mischung aus alten, offensichtlich sehr alten Möbeln, die jedoch wunderbar erhalten oder restauriert waren, und einer Arbeitsfläche mit allen technischen Geräten, die man sich heutzutage vorstellen konnte. Er füllte ein Glas und brachte es Peters.

Gierig leerte der Mann es und stellte es mit zitternden Händen auf den Tisch.

»Wie ging es weiter?«, fragte Arndt nach einem kurzen Moment des Schweigens.

»Die Wut ließ nicht nach. Das Wissen, dass ich nicht dagegen ankommen würde, machte mich wahnsinnig. Dazu kam, dass der Alkohol die Sache noch verschärfte. Ich sah die Wippen und habe eine zum Hafenbecken geschoben. Nein, gerannt bin ich. Dann habe ich sie wutentbrannt über die Hafenkante gekippt. Es klatschte, und dann war sie weg. In diesem Moment überkam mich ein Glücksgefühl, Sie glauben es nicht. Es war dermaßen befreiend. Ich bin wieder los. Immer wieder hin und her. Jedes Mal habe ich eine Wippe geworfen. Es ging mir besser und besser. Danach bin ich nach Hause gegangen und war die ganze Zeit glücklich wie lange nicht.«

»Sie wollten wohl ein Zeichen setzen: Weniger Wippen hieß auch weniger Gäste, oder?«, fragte Röder.

»Nein. Daran habe ich gar nicht gedacht. Ich habe es einfach nur getan«, erklärte Peters.

»Sind Sie dabei beobachtet worden? War außer Ihnen sonst jemand am Hafen?«, fragte Arndt. »Hatten Sie keine Angst davor, bei Ihrem Treiben überrascht zu werden?«

»Angst? Es wäre mir völlig egal gewesen«, erklärte Peters. »Aber ich habe keinen gesehen. Ich bin nicht auf der Hafenstraße zurück, sondern an der Müllstation vorbei und über den Flugplatz. Im Haus des Bootsklubs brannte Licht. Ich habe kurz überlegt, ob ich mir dort ein letztes Bier abhole. Aber ich dachte mir, zu Hause wäre es sicher gemütlicher und näher am Bett. Der Tag war lang genug gewesen. Aber Sie sehen: Zu dem Zeitpunkt machte mir die Heimkehr keine Sorge mehr. Ich war unglaublich entspannt.« Wieder fing Peters an zu husten, dann atmete er tief durch. »Sie denken jetzt nicht, dass mich dieser Fernsehmensch bei meinem frevelhaften Tun erwischt hat und ich ihn deswegen auch gleich mit entsorgt habe?«

»Herr Peters, reißen Sie sich zusammen. Sie sind einer vernünftigen Sprache fähig, also nutzen Sie sie«, forderte Arndt den Mann auf, der Röder sein leeres Glas entgegenhielt. »Fakt ist, dass Sie sich in der Nacht am Hafen aufgehalten haben, als der Mann ums Leben kam. Sagen Sie jetzt nicht, dass eigentlich alle Inselbewohner und die Bootsanlieger sich ebenfalls dort hätten aufhalten können, da der Hafen öffentlich zugänglich ist. Das wäre natürlich richtig. Aber von Ihnen wissen wir eben, dass Sie da waren. Und wir wissen, dass Sie Herrn Becker besucht haben und zu dieser Zeit die Kamera aus dem Fenster geworfen wurde. Sie werden verstehen, dass wir diese Fakten in unsere Ermittlungen einbeziehen werden.«

»Ich habe Ihnen soeben mitgeteilt, dass ich mich schuldig bekenne, die Wippen ins Hafenbecken geworfen zu haben. Meinen Sie, das hätte ich so einfach zugegeben, wenn ich den Mann getötet hätte?« Noch immer hielt Peters sein leeres Glas hin.

Röder nahm es ihm aus der Hand. Sollte er ruhig trinken, wenn es seine Zunge so wunderbar löste. Aus der Küche zurück, hörte er den Mann krächzen: »Sie können mir besser ein Bier aus dem Kühlschrank mitbringen.«

Röder beließ es bei dem Wasser. »Sie wissen, dass die Insulaner Anzeige erstattet haben? Die Sache wird jetzt offiziell weitergehen. Sie kommen heute um 17 Uhr auf die Wache.«

»Nützt ja nichts«, murmelte Peters.

»Dass Sie mir nicht auf die Idee kommen, einen Umweg über das Hotel *Sonnenstrand* zu nehmen und Herrn Becker aufzulauern. Wegen der Kamera gehen die Ermittlungen weiter«, sagte Arndt. »Es sei denn, Sie möchten doch etwas zur Wahrheitsfindung beitragen.«

Peters schüttelte nur den Kopf, trank einen Schluck und schwieg.

»Herr Peters, haben Sie mich verstanden? Auch Selbstjustiz ist strafbar hierzulande!«, fügte Arndt energisch hinzu.

Peters hob den Kopf und sagte müde: »Ich weiß, Herr Kleemann. Bin nur einmal etwas vom Wege abgekommen. Ich bin um 17 Uhr auf der Wache. Ohne Umwege.«

29

Meentje Schippers wunderte sich. Da saß der junge Mann, der neuerdings bei Frau Hinrichs angestellt war, auf einem Stein auf der Strandmauer und schaute ganz betrübt in die Ferne. Eigentlich war dieser Ort wunderbar zum Entspannen. Sie selbst kam, obwohl es ihr oft schwerfiel, mit dem Rollator mindestens einmal die Woche hierher. Die Weite des Wassers, der Strand, der täglich ein anderes Bild bot, die Kinder, die sich hier mit Eimer und Schaufel vergnügten, und die Erwachsenen, die sich einfach im Strandkorb entspannten oder mit dem Surfbrett unterwegs waren, all das verschaffte ihr jedes Mal ein Gefühl von Glückseligkeit und Dankbarkeit. Nur heute wurde dieses Gefühl durch Herrn Kannings, der so traurig dasaß, ein wenig gestört. Ob sie ihn fragen sollte, was ihn bedrückte? Oder würde er das als Einmischung betrachten? Schließlich ging es sie eigentlich nichts an. Aber der Anblick war schwer zu ertragen. Sie überlegte ein wenig, dann ging sie auf ihn zu. Als sie ihn knapp erreicht hatte, knickte sie mit dem rechten Fuß um. Gerade konnte sie sich am Rollator festklammern. Sie schrie auf. Jann Kannings sprang auf. »Kann ich helfen?«

»Mein Fuß«, stöhnte sie.

»Sie setzen sich besser.« Er deutete auf den Stein, auf dem er gesessen hatte.

Sie humpelte dorthin und ließ sich fallen. Hoffentlich komme ich nachher auch wieder hoch, dachte sie. Aber besondere Aktionen erforderten eben besondere Maßnahmen.

»Soll ich den Arzt anrufen?«, fragte der junge Mann besorgt und setzte sich neben sie.

»Nein, auf keinen Fall. Das geht gleich wieder.« Sie schüttelte energisch den Kopf. »Sie sind der Herr Kannings, nicht wahr? Haben Sie frei? Ist der Laden geschlossen? Wissen Sie, ich wollte nämlich gleich einkaufen, und Sie bedienen mich immer so nett«, sprudelte sie heraus.

Ein leises Lächeln stahl sich über sein Gesicht. »Nein,

der Laden hat geöffnet. Frau Hinrichs ist da. Ich muss morgen erst wieder arbeiten. Sie hat mir freigegeben.«

»Damit Sie bei einem Spaziergang die Schönheit der Insel in sich aufnehmen können?« Sie wusste, dass dieser Satz ein Schuss in den Ofen hätte sein können, aber einen Versuch war es wert.

»Nein, weil es mir nicht gut ging. Ein Freund von mir ist gestorben. Da kamen die ganzen beschissenen letzten Jahre in mir hoch«, antwortete Jann Kannings, und es war, als würde er nie mehr aufhören zu berichten, wie es ihm gegangen war. »Aber abgesehen davon war es auch eine schöne Zeit. Im Wald zu leben, heißt, die Natur aus nächster Nähe zu erleben. Natürlich – im Sommer war es oft sehr heiß und die Mücken kannten keine Gnade und im Winter war es natürlich lausig kalt. Aber es gab einen Brennholzofen zum Aufwärmen und zum Kochen, das war wunderbar. Wissen Sie, wie der Abwasch funktionierte? Wir haben Baumblätter genommen und damit die Teller gesäubert. Man muss es nur machen.«

Meentje Schippers unterbrach ihn nicht, sondern hörte einfach zu. Zwischendurch war ihr danach, ihre Hand auf seine zitternde zu legen, aber sie tat es nicht.

»Wir wollten doch nichts anderes, als die Natur retten. Diese Bäume dort – alle sollten weg. Das konnten wir nicht zulassen. Da ist es mit dem einen oder anderen durchgegangen. Auch mit mir.«

Zu gerne hätte sie ihn über den Abend befragt, den er mit seinem ehemaligen Freund verbracht hatte. Aber erstens hatte sie schließlich gesehen, wann er wieder nach Hause gekommen war, und zweitens hätte es das kleine bisschen Vertrauen, das sich zwischen ihnen aufgebaut hatte, sofort wieder zerstört. »Und – was haben Sie aus diesen Erlebnissen mitgenommen?« Das Wort »gelernt« wollte sie unter allen Umständen vermeiden.

»Ich bedaure, dass ich dem Polizisten das zugefügt habe. Gleichzeitig bin ich immer noch wütend darüber, was sich einige der sogenannten Ordnungshüter im Rahmen ihrer Aufgaben rausgenommen haben.«

»Dann steht es wohl unentschieden, oder?«, fragte Meentje Schippers.

»Wenn Sie es so sehen«, erwiderte Kannings gedankenverloren.

»Ich könnte es natürlich auch nach dem alten Vers: Was du nicht willst, was man dir tu, das …«

»… füg auch keinem andern zu«, vervollständigte Kannings den Satz. »Sie haben recht. Aber nun zu Ihnen: Soll ich Sie nach Hause bringen?«

Sie nickte. »Sehr gerne. Wenn Sie nicht lieber Ihren freien Nachmittag hier verbringen wollen.« So hatte sie wenigstens eine weitere Viertelstunde für ein Gespräch. Außerdem hatte sie beschlossen, dem Mann einen Vorschlag zu machen. Sie durfte nur nicht vergessen zu humpeln.

»Nein. Sie haben mir mehr geholfen als alle schöne Aussicht auf der Welt«, sagte Kannings leise.

»Das können wir gerne beibehalten«, sagte sie, als sie die Strandmauer verließen. »Falls Sie auf der Insel bleiben möchten.«

»Ich weiß es noch nicht. Zurzeit stehe ich unter polizeilicher Beobachtung. Wieder einmal. Aber diesmal habe ich nichts getan. Wirklich nicht.« Er blieb stehen. »Wenn es so wäre, würde ich es Ihnen hier und jetzt sagen.«

Meentje Schippers schaute sich um. Sie standen mitten auf dem Marktplatz. Die Bänke waren von den letzten Gästen der Saison besetzt, und Fahrradfahrer flitzten an ihnen vorbei. Nein, es wäre tatsächlich kein ruhiges Fleckchen für ein Geständnis gewesen. Aber schließlich hatte er auch abgestritten, seinen Freund getötet zu haben. Sie glaubte ihm. »Kommen Sie. Ich will Ihnen etwas zeigen.«

Fast schweigend liefen sie miteinander bis zur D-Straße, dann am Hotel *Seehof* links ab. Vor ihrer Haustür angekommen, zeigte sie auf ein offenes Fenster im Obergeschoss. »Dort ist es.«

»Was?«, fragte Kannings erstaunt.

Sie öffnete die Haustür, stellte den Rollator in eine Flurecke und deutete auf eine Treppe, die sich nach oben wandte. »Gehen Sie schon mal vor. Ich komme nach.«

Sie zog ihre Jacke aus und folgte Kannings. »Schauen Sie. Ist das nicht eine wunderschöne Wohnung?« Sie öffnete Tür für Tür.

»Ja, aber was …«, stammelte Kannings.

»Es ist so: Meine Tochter ist vor langer Zeit nach Amerika gezogen und wird höchstens alle zwei Jahre mal zu Besuch auf die Insel kommen. Dann kann sie problemlos im Hotel übernachten. Mein Sohn ist vor zwei Jahren bei einem Autounfall ums Leben gekommen. Er war verheiratet, und so habe ich ein Enkelkind und eine Schwiegertochter, die mich ganz selten besuchen. Meine Enkeltochter war vor ein paar Tagen da, aber es wird jetzt bestimmt ein halbes Jahr dauern, bis sie wiederkommt. Und dann habe ich für sie in meiner Wohnung ein Zimmer frei. Somit steht diese Wohnung leer. Sie ist zwar komplett eingerichtet, an Feriengäste möchte ich sie jedoch nicht vermieten. Daher habe mir überlegt, ob Sie nicht hier einziehen möchten.«

Jann Kannings schwieg eine Weile, schaute von einem Zimmer in das andere, dann sagte er: »Das kann ich nie im Leben bezahlen. Die ist viel zu groß. Und voll möbliert. Dafür müssen Sie ja mindestens ...«

»Habe ich Ihnen schon eine Miete genannt? Nein. Also machen Sie sich darüber keine Gedanken.« Genau genommen hatte auch sie bis jetzt darüber nicht nachgedacht, denn etwas anderes war ihr viel wichtiger. »Schauen Sie, ich würde es als wunderbar empfinden, wieder Leben im Haus zu haben. Das heißt nicht, dass Sie mich hier betüddeln sollen. Auf keinen Fall. Ich kann gut für mich alleine sorgen. Aber einfach mal Schritte auf der Treppe oder ein fröhliches Pfeifen bei Ihrer Heimkehr zu hören, würde mir schon reichen. Alles andere würde bei Ihnen liegen. Falls Sie sagen, ich stelle den Müll an die Straße, wenn der Pferdewagen der Müllabfuhr kommt, oder ich mähe im Sommer den Rasen oder haue mal einen Nagel in die Wand – das alles bleibt Ihnen überlassen und ich bin nicht sauer, wenn Sie es nicht tun. Na, was meinen Sie – wäre das ein Angebot?«

Jann Kannings ließ sich auf die oberste Treppenstufe fallen. »Womit habe ich das verdient?«, murmelte er. »Womit?«

»Sie sind ein netter Kerl und haben in Ihrem Leben viel erlebt. Warum soll es nicht mal gemütlich in Ihrem Leben zugehen?«, antwortete Meentje Schippers. »Sie können sich überlegen, ob Sie mein Angebot annehmen. Ich mache derweil einen Tee.« Zügig ging sie an Kannings vorbei und die Treppe hinunter.

»Passen Sie auf Ihren Fuß auf«, rief der junge Mann hinter ihr her.

Natürlich. Sie hatte vergessen, dass sie ja dummerweise

umgeknickt war. Sollte sie ihm die Wahrheit sagen? Sie wusste jedoch nicht so recht, ob er den Trick mit Humor nehmen würde. Sie musste lachen. Dafür kannte sie ihn nicht gut genug. Aber gut genug, um ihm ihre Wohnung anzubieten, die sie seit Jahren pflegte und immer wieder mal mit einem neuen Möbelstück ausgestattet hatte. Sie empfand die Wohnung nicht als Heiligtum, wie so einige Freundinnen es mit ihrem eigenen Zuhause taten. Bei ihrer Freundin Amelie durfte keiner mit Schuhen die heiligen Hallen betreten, und bei Helga war klar, dass keiner eine schöner eingerichtete, gemütlichere Bleibe sein Eigen nannte. Das lag ihr fern. Wahrscheinlich war in ihrem tiefen Inneren die Hoffnung gewesen, dass eines ihrer Kinder mit Familie dort einmal einziehen würde, aber das hatte sich mit den Jahren erledigt. Warum sollte sie nun nicht diesem jungen Mann ein Zuhause geben? Ihr Blick fiel auf das Foto ihrer Tochter, das über dem Schrank mit dem Geschirr hing. Sie hatte das Gefühl, dass ihre Tochter ob ihrer Entscheidung ein wenig missmutig zu ihr herüberschaute. Aber im gleichen Moment war ihr klar, dass die Fantasie ihr einen Streich spielte. Sie spülte die Teekanne aus, gab – wie hieß es immer so schön – einen Löffel Tee pro Tasse und einen zusätzlich für die Kanne hinein und goss das Ganze mit sprudelnd kochendem Wasser auf. So war es Sitte. Sie stellte Teetassen und Kluntje auf den Tisch.

»Setz dich«, sagte Meentje Schippers. Jetzt hatte sie den Mann einfach geduzt. Sie entschuldigte sich, doch Jann Kannings winkte ab.

»Es hat sich gut angehört. So vertraut. Als ob wir miteinander verwandt wären.«

Sie lachte. »Du wolltest damit sagen, als ob ich die Oma und du der Enkel wärest. Aber beinahe ist es ja auch so.«

Jann Kannings wurde rot. »Ich heiße Jann. Und ich nehme das Angebot gerne an. Vielleicht ist das die große Chance, zur Ruhe zu kommen. Das heißt ja nicht, dass ich mich nicht mehr um die Umwelt kümmere.«

»Aber bitte nur mit legalen Mitteln«, bat Meentje. »Ich heiße Meentje. Eigentlich müssten wir darauf einen Schnaps trinken. Aber der Tee tut es auch.« Sie legte einen Kluntje in die Tasse, goss Tee darauf und verteilte die Sahne. »Prost. Und was die Miete anbelangt: Wäre 350 Euro warm in Ordnung?«

Jann Kannings nickte fröhlich. »Auf jeden Fall. Wann soll ich einziehen?«

»Heute noch, wenn es dir passt. Komm, wann du willst.«

»Gut. Ich werde Eva Bericht erstatten. Dann muss sie sich nicht mehr um eine Wohnung bei der *GEWOBA* für mich kümmern. Und mein Arbeitsplatz ist gleich nebenan.«

Meentje war glücklich. Manchmal brauchte man eben einen kleinen Trick, damit die Welt sich zum Guten veränderte.

30

Die vier Kommissare saßen wieder einmal im Klubraum und ließen die letzten Stunden Revue passieren.

Wille winkte ab, als Arndt ihn nach der Baumfällung fragte. »Frau Heidemann meinte, einen Weg gefunden zu haben, die letzten zwei Bäume zu retten. Sie war der Meinung, die Karte würde beweisen, dass die beiden Birken noch genau auf ihrem Grundstück wuchsen. Da ich kein Experte im Kartenlesen bin, habe ich ihr geraten, sich an einen Fachmann zu wenden.«

»Und – wie hat sie das aufgenommen?«, fragte Röder.

»Nicht besonders gut. Sie hat ›Wenn man die Polizei schon mal braucht‹ gezischt, ist ins Haus gegangen und hat die Tür energisch zugemacht. Das war für mich das Zeichen zu gehen. Es gibt auch sicher Wichtigeres zurzeit.«

»Das ist richtig«, bestätigte Arndt und fuhr fort: »Gero hat sich gemeldet. Krasmer hat es bei dem Fahrradunfall ziemlich erwischt. Sein Knöchel ist eingegipst, und er trägt einen Kopfverband. Aber er ist aufgewacht, und Gero hatte die Möglichkeit, ihn zu befragen. Krasmer hat zugegeben, dass er in der Nacht unterwegs war, behauptet jedoch, am Strand gewesen zu sein. Er hat aber keinen Beweis, dass er nicht am Hafen war. Und wir bis jetzt ebenfalls nicht. Gero sagt, der Mann will entgegen dem eindringlichen Rat der Ärzte morgen das Krankenhaus verlassen und wieder auf die Insel kommen. Aber nun zu Beckers.« Er wandte sich an Marvin. »Hast du an der Fundstelle weitere Entdeckungen machen können?«

»Nein. Ich habe Fotos gemacht. Derweil kam der Mann, dessen Rad Kenny untergestellt hat, um es abzuholen. Er hat nachgefragt, wie es mit der Anzeige weitergeht, und ich habe mir von seiner Fassung des Unfallhergangs noch ein paar Notizen gemacht. Auch die Schäden am Rad habe ich dokumentiert. Jetzt können wir alles ans Festland zur Weiterbearbeitung geben.«

»Gut. Ich werde ein weiteres Mal mit Frau Becker reden, und du, Wille, kümmerst dich um den Fall Warfsmann? Ich bin sicher, dass mit der Betreuung alles klar geht, aber schau mal nach.«

»Und ich?«, fragte der Inselpolizist.

»Ich denke, du und Marvin, ihr solltet euch erneut mit Kannings unterhalten. Ich traue dem Frieden nicht. Der Typ scheint mir im täglichen Leben recht freundlich zu sein, aber ich bin mir nicht sicher, wie er unter Stress reagiert. Dass er anders kann, sehen wir in seiner Akte. Wir treffen uns spätestens zum Abendessen wieder hier.«

Gleich darauf waren die Kollegen verschwunden, und auch Arndt stand auf. Er war gespannt, ob er Klara Becker in ihrem Zimmer antreffen würde. Er klopfte und hörte ein kräftiges »Herein«. Sie telefonierte gerade, und er bekam mit, dass es wohl ein Gespräch mit dem Sender sein musste. Es ging um eine zweite Kamera. Doch das Gespräch schien nicht nach ihren Wünschen zu verlaufen, denn sie beendete das Gespräch abrupt und warf das Telefon beinahe auf den Tisch. »Setzen Sie sich«, sagte sie.

Er folgte ihrer Aufforderung. Sie sah schlecht aus. Innerhalb kurzer Zeit hatten sich tiefe Falten in ihr Gesicht gegraben, und die Haut um ihre Augen zeigte eine unnatürliche Blässe. »Was gibt es Neues?«, fragte er.

»Der Sender will, dass wir die Aufnahmen abbrechen.

Sie sind nicht bereit, eine neue Kamera zur Insel zu schicken.«

»Und Sie? Wie sehen Sie die Sachlage?«

Klara Becker schluckte. »Ich weiß es, ehrlich gesagt, nicht. Mein Mann will schon seit Tagen weg. Keine Ahnung, warum. Ich bin gerne hier, und eigentlich fing auch alles gut an. Ich denke, wir hatten schon ein sehr reales Bild vom Inselleben eingefangen. Gemeinsames Bemühen um den Fortschritt und hier und da unterschiedliche Meinungen, was aber völlig normal ist. Nein, ich bin sicher, das hätte für einen anständigen Zusammenschnitt gereicht. Aber man will, nein, *ich* will immer ein bisschen mehr. Und darum würde ich gerne bleiben. Doch ohne Kamera wird das nichts. Also werden wir morgen abreisen. Heute Abend habe ich einen Termin mit Salomon Bartels, den darf ich nicht verpassen. Auch ohne Kamera nicht. Daher werden wir nicht heute schon fahren.« Jetzt lächelte sie. »Außerdem will ich endlich meinen Saunabesuch hier im Hotel nachholen. Das habe ich bis jetzt nämlich nicht geschafft.«

»Haben Sie das Gefühl, dass Sie während Ihrer Dreharbeiten jemandem auf die Füße getreten sind?«, fragte Arndt Kleemann.

»Nein. Absolut nicht. Es gab keinen Stress. Bis auf die kurze Sache zwischen Markus und Frau Warfsmann.«

»Kommen wir zum Vormittag. Haben Sie, ich muss Sie erneut fragen, einen Streit zwischen Ihrem Mann und Herrn Peters mitbekommen? Haben Sie ein Krachen gehört?«, hakte Arndt nach.

»Glauben Sie mir, ich würde es Ihnen sagen. Ich habe keinen Grund, zum Schutz meines Mannes etwas zu verbergen. Keinen«, erwiderte sie resolut.

»Das klingt aber nicht sehr freundlich.« Der Kommissar wunderte sich ein wenig, obwohl er in seiner Laufbahn durchaus schon härtere Bewertungen zwischen Ehepartnern mitbekommen hatte.

»Ach wissen Sie – im umgekehrten Fall wäre es genauso. Was möchten Sie sonst noch wissen?«

»Danke, das wäre es. Dann erreichen wir Sie bis morgen nach dem Frühstück hier im Hotel?«

»So ist es geplant«, sagte sie.

Arndt verabschiedete sich und ging ein paar Schritte weiter zu Beckers Zimmertür. Er klopfte, doch es kam keine Antwort. Stattdessen hörte er Schritte hinter sich. Gleich darauf stand Bertus Becker vor ihm und raunte: »Was wollen Sie? Ich habe alles gesagt.«

»Herr Becker, gehen wir in Ihr Zimmer? Ich habe einige Fragen«, bat Arndt.

»Fragen Sie hier. Es wird wohl nicht allzu lange dauern.«

»Ungern. Dann machen wir es anders. Sie kommen um 17 Uhr zur Wache. Dort werden wir mit Ihnen und Herrn Peters klären, welche Version der Geschichte um die Kamera die richtige ist. Haben Sie mich verstanden? Um 17 Uhr auf der Wache«, sagte Arndt eindringlich. Er ging, ohne eine Antwort abzuwarten, zurück zum Klubraum. Irgendwie hatte er das Gefühl, der Mann wollte einfach keine Kooperation. Er war gespannt, ob er zur gewünschten Zeit auftauchte.

31

»Gehst du da auch mal rein?«, fragte Marvin seinen Inselkollegen, als sie am *Sindbad* vorbeifuhren.

Michael Röder lachte. »Nein, bisher nicht. Wenn mich Sandra zum Schwimmen überredet, ist es Sommer, und ich springe in die Nordsee. Wobei Sommer ein weiter Begriff ist. Natürlich bin ich zum Anbaden am 15. Mai mit dabei. Auch wenn das Wasser dann nicht mehr als zehn Grad warm ist«, erwiderte er stolz. Gleichzeitig spürte er allein bei dem Gedanken eine leichte Gänsehaut unter seinen Dienstklamotten.

»Gezwungenermaßen als Abgeordneter der Gemeinde oder tatsächlich freiwillig?«, fragte Marvin misstrauisch.

Röder verweigerte die Auskunft. Stattdessen zeigte er auf zwei Kaninchen, die es sich zwischen zwei Grasbüscheln gemütlich gemacht hatten. »Lange war es ruhig, was die Menge dieser Langohren anbelangte. Aber in letzter Zeit scheinen die sich wieder auszubreiten.«

»Ja, die vermehren sich eben wie Karnickel. Das liegt in deren Natur.« Marvin bremste scharf, denn genau in diesem Moment war eines der Tiere auf die Straße gelaufen und hätte sich beinahe unter Marvins Vorderrad wiedergefunden. »Uff, noch mal gutgegangen. Rechts ab?«

»Rechts und dann wieder rechts. Aber du kennst dich aus, nicht wahr?«

»Richtig. Es ist schließlich nicht das erste Mal, dass ich die Insel besuche. Wahrscheinlich sind Insulaner im umgekehrten Fall viel weniger in Ostfriesland anzutreffen, oder?«

»Das ist so«, bestätigte Röder. »Aber das wird sich ändern. Am nächsten Wochenende mache ich nämlich mit meiner Vespa das Land hinter dem Deich unsicher.« Er erzählte kurz von seinen Plänen, dann fragte er: »Ist doch klasse, oder?«

Sein Kollege nickte, verhielt sich jedoch ansonsten auffallend still. Nur ein »Prima Idee« kam über seine Lippen. Ob er neidisch war? Marvin hatte ihm mal erzählt, dass auch er sich mit dem Besitz einer Vespa gut anfreunden könnte. Vielleicht würde er ihm seinen Roller zum Test mal ausleihen. Sie fuhren noch einmal rechts in die D-Straße und stellten kurz darauf ihre Räder vor dem Bioladen ab.

Durch die Scheibe sahen sie Eva und drei Kunden, die vor der Theke warteten.

»Wir versuchen es durch den Hauseingang. Im Laden scheint Kannings nicht zu sein.« Sie stiegen die Treppe hoch, klopften und warteten. Röder sah, dass die Tür nur angelehnt war, und warf einen Blick in Kannings Wohnung. Sie war leer. Sie gingen hinein, schauten ins Badezimmer und in das kleine Schlafzimmer, doch nirgends war etwas Persönliches von Kannings zu finden.

Entschlossen gingen sie wieder runter, diesmal in den Laden. Sie hatten Glück. Eva Hinrichs kassierte gerade den letzten Kunden ab. Als der Mann den Laden verlassen hatte, fragte Röder: »Wir wollten mit deinem Mitarbeiter sprechen. Aber er scheint mir ausgezogen zu sein. Weißt du, wo er ist? Er hat hoffentlich die Insel nicht verlassen?«

»Ich weiß nicht, wo er ist«, sagte Eva. »Er steckte vor einer halben Stunde den Kopf in den Laden. Da hat er wohl gesehen, dass ich schwer beschäftigt war. Aber anstatt mir eben zu helfen, war er sofort wieder weg, ohne eine Nachricht zu hinterlassen. Ich hoffe, dass er morgen auf der Matte steht. Eben hat nämlich Sandra angerufen. Sie möchte an Land bleiben. Bei Wiebke. Und ich habe mich morgen mit Julia verabredet. Demnächst soll eine Messe in Dortmund stattfinden. Die wollen wir mit Infomaterial von der Insel besuchen. Einen Platz haben wir bereits reserviert.«

Röder war verblüfft über das, was Eva ihm gerade mitgeteilt hatte. Sandra kam nicht zurück, sondern übernachtete bei Wiebke? Warum hatte sie ihn nicht angerufen? Er schaute auf sein Handy. Tatsächlich, da war eine Nachricht. Er musste das Gerät wohl überhört haben.

»Aber habe ich es richtig verstanden, dass seine Sachen weg sind? Woher weißt du das?«, fragte Eva verwirrt.

Er erzählte, dass die Wohnungstür offen gestanden und sie einen Blick hineingeworfen hatten. »Nicht mal mehr die Zahnbürste ist da. Das sicherste Zeichen für einen Auszug.«

»Ja klasse. Dann bin ich gespannt, ob der wieder auftaucht. Dabei wollte ich morgen mit Julia ebenfalls alles wegen der Wohnung für ihn im Haus *Wassersicht* klar machen. Aber sagt mal – steht Jann denn weiterhin unter Verdacht? Oder warum seid ihr eigentlich hier?«

»Wir haben ein paar weitere Fragen«, sagte Marvin.

»Er ist ziemlich durcheinander. Sein Freund ist im Hambacher Forst vor Kurzem umgekommen. Das hat ihn sehr mitgenommen. Er konnte sich kaum beruhigen«, erklärte Eva.

»Vielleicht hat er ja die Nachmittagsfähre genommen und ist ans Festland gefahren«, überlegte Röder. »Aber danke. Wenn du ihn siehst, melde dich bitte.«

Sie versprach es, und die beiden Ermittler fuhren zur Wache. Es war kurz vor 17 Uhr, und Peters sollte hoffentlich dort auftauchen. Er hatte den Mann aus gutem Grund zur Wache und nicht in den Klubraum bestellt, denn dort erschien es ihm einfach zu gemütlich für die Befragung. Peters sollte merken, wie ernst die Lage war.

Röder ließ Marvin im Wachraum zurück und ging ganz in Gedanken in die Küche, um nach Amir zu sehen. Doch erst, als er das leere Körbchen sah, fiel ihm wieder ein, dass er sowohl Amir als auch Sandra heute nicht mehr zu Gesicht bekommen würde. Also hieß es, den Abend anders zu gestalten. Spontan fiel ihm Arndt ein, der sich sicher zu einem Glas Wein überreden lassen würde. Zumal der Wein ein ganz besonders guter war.

Aber jetzt war das Treffen mit Becker und Peters dran. Als er in die Wache trat, war Fiete Peters bereits da, und tatsächlich tauchte kurz darauf Bertus Becker auf. Die beiden Männer schauten sich kaum an, stattdessen starrten beide wortlos auf den Boden.

»Sie wissen, warum Sie hier sind«, begann der Inselpolizist das Gespräch.

Beide nickten knapp. Das konnte schwierig werden. Er musste die Männer aus ihrer Lethargie holen. Aber wie? »Wer fängt an?«, fuhr er fort. Doch wieder kam keine Antwort.

»Meine Herren, vergeuden Sie nicht unsere Zeit!«, forderte Marvin die Männer auf. »Herr Becker, jetzt reden Sie!«

Dem hatte Becker offensichtlich nichts mehr entgegenzusetzen. »Er kam rein, zeigte mir ein paar Blätter und hat gesagt, wir sollten bei der Wahrheit bleiben. Und die wäre, dass alles so bleiben solle, wie es ist. Ich habe von

Meinungsfreiheit geredet. Da hat er die Kamera genommen, ist raus und dann hat es gekracht.«

»Das ist nicht wahr!« Fiete Peters machte einen Schritt auf Becker zu.

Röder stellte sich dazwischen. »Bleiben Sie!«, sagte er energisch.

»Ja, keine Sorge«, erwiderte Peters. »Ich war bei dem Mann und habe, wie er so herablassend sagt, Blätter gebracht. Ja, wir haben eine Meinungsverschiedenheit gehabt. Das geht mir in letzter Zeit öfter so, weil keiner begreift, was ich will. Und ja, ich habe die Kamera genommen. Aber ich habe sie wieder abgesetzt. Ich habe sie nicht aus dem Fenster geworfen.« Jetzt schaute Peters die beiden Ermittler offen an. »Warum wird von Ihrer Seite eigentlich so ein Aufwand getrieben? Hier werden zwei Menschen behandelt, als ginge es um mehr als ein defektes technisches Gerät.«

»Herr Peters. Haben Sie schon einmal darüber nachgedacht, dass es auch eine Person, die zufällig unter dem Fenster vorbeigegangen wäre, hätte treffen können? Dann wäre die Sache nicht so glimpflich ausgegangen. Der Hausmeister, Kenny Janssen, war fast zu der Zeit am Gartenhäuschen.«

»Ist aber nichts passiert«, murmelte Peters.

»Also – wie ist die Geschichte wirklich abgelaufen?« Röder versuchte es erneut.

»So, wie ich es sage.« Becker zog ein Taschentuch heraus und wischte sich über die Stirn. »Kann ich gehen?«

»Der Mann lügt.« Peters wandte sich um und öffnete die Tür der Wache.

»Ich lüge nicht. Der hat sie genommen!«

»Herr Peters, warten Sie!«, rief Marvin ihn zurück.

»Eines noch, bevor Sie meinen, uns verlassen zu müssen. Es geht hier nicht nur um eine zerschmetterte Kamera, sondern um die Aufklärung eines Mordfalles. Glauben Sie mir, meine Herren, Sie sind dabei nicht aus unserem Blickfeld geraten! Zumal Sie uns beide bis jetzt kein Alibi haben vorlegen können. Außerdem trägt Ihr Auftritt hier nicht gerade zu einer positiven Beurteilung unsererseits bei. Wir werden uns sicher erneut bei Ihnen melden!«

Fiete Peters ging und direkt nach ihm Bertus Becker. »Der war's«, brummte er im Rausgehen.

»Jetzt sind wir einen riesigen Schritt weiter«, sagte Marvin ironisch. »Ich könnte nicht einmal ansatzweise für mich ausmachen, wer von den beiden Männern lügt und wer die Wahrheit sagt.«

»Immerhin hat Peters zugegeben, dass er die Kamera in der Hand gehabt hat. Und er hat zugegeben, dass er in Knubes Todesnacht am Hafen gewesen ist. Er scheint mir derjenige zu sein, den wir dringend im Auge behalten müssen. Ich hoffe, dass auch Kannings auftaucht. Der steht schließlich ebenfalls auf unserer Befragungsliste«, erwiderte Röder. »Lass uns die Sache mit Arndt und Wille besprechen. Vielleicht haben die eine Idee.« Er schaute auf die Uhr. »Außerdem wartet das Abendessen. Ich esse heute bei euch, da Sandra am Festland bleibt.«

»Gero wird auch bald zurück auf der Insel sein.« Im gleichen Moment klingelte sein Handy. Eva meldete sich. »Jann ist wieder da. Er wohnt jetzt bei Meentje Schippers, unserer Nachbarin. Dort könnt ihr ihn erreichen.«

Röder bedankte sich. Dann würde das Abendessen eben ein wenig warten müssen.

Jann Kannings stand vor der Tür, als sie Meentje Schippers' Haus erreichten. »Kommen Sie rein. Meentje weiß

Bescheid«, sagte er und ging voraus. »Was möchten Sie wissen?«

Tja, was wollten sie wissen? Eigentlich war ihr Auftreten nur der Tatsache geschuldet, dass sie dem jungen Mann nicht so recht trauten. Auch er hatte, wie die beiden anderen Männer, kein Alibi. Aber das traf sicher auf eine ganze Menge von Insulanern zu. Dazu kam seine Vorgeschichte, die erzählte, dass Kannings durchaus ausrasten konnte. »Herr Kannings, bitte überlegen Sie genau: Ist Ihnen, als Sie die Kneipe verlassen haben, jemand entgegengekommen? Ist Ihnen etwas Besonderes aufgefallen?«

Jann Kannings stöhnte. »Diese Frage habe ich Ihnen bereits beantwortet. Ich weiß es nicht, verdammt. Wir haben miteinander gequatscht, bis wir uns getrennt haben. Dann bin ich nach Hause. Warum hören Sie mir eigentlich nicht zu?«

»Jann, würdest du bitte freundlich mit den Herren reden?« Meentje Schippers war aus der Küche gekommen. »Die machen ihre Arbeit. Ein Mann wurde getötet, vergiss das nicht.«

»Aber die nerven. Ich bin Ökoaktivist, kein Mörder.«

»Ein Ökoaktivist, der auch mal zutritt?« Lächelnd schubste Schippers ihren neuen Untermieter an. »Du darfst dich nicht wundern, wenn Herr Röder darauf zu sprechen kommt.«

»Ja, ist gut. Ich muss es aber nicht ständig hören. Ich habe meine Strafe abgesessen und damit bin ich durch.«

»Dann hilf den Männern und zeige diesmal zivilen Gehorsam. Rede vernünftig mit der Polizei.« Gleich darauf war Meentje verschwunden.

Kannings schaute hinter ihr her und murmelte: »Das hätte auch von meiner Oma kommen können.«

»Tja, Herr Kannings«, warf Marvin Lingenberg ein, »so hat man manchmal das Gefühl, vom Regen in die Traufe zu geraten. Aber ich denke, hier sind Sie gut aufgehoben. Hier können Sie zur Ruhe kommen. Was Ihre Aufgabe als Ökoaktivist anbelangt – da haben Sie hier auch genug zu tun. Schauen Sie mal zum Strand. Aber vergessen Sie die Sammeltasche nicht.« Marvin schaute Röder an. »Wir gehen.«

Der Inselpolizist verabschiedete sich und folgte seinem Kollegen nach draußen. »Was war das denn?«

Marvin stieg auf sein Rad. »Das bringt alles nichts, solang wir keine weiteren Beweise haben. Weder bei Krasmer noch bei Peters noch bei Kannings. Wir sind vermutlich auf der völlig falschen Fährte. Es reicht mit der Befragung der Männer. Außerdem habe ich Hunger.«

Eine Argumentation, der Röder folgen konnte. Im Hotel warteten bereits Arndt und Wille. Auch Gero kam beinahe gleichzeitig mit Röder und Wille herein. »Erst essen, dann Fakten?«, fragte er und hoffte auf die richtige Antwort. Sie kam prompt.

»Der Tisch ist bereits im Esszimmer für uns gedeckt. Das hat Birgit soeben mitgeteilt. Wir sollen uns beeilen, sonst wird das Essen kalt«, informierte Arndt die anderen. »Die Fakten sind später dran. Oder hat jemand von euch Wichtiges, das nicht warten kann?«

Gemeinsames Kopfschütteln war die Antwort.

Im Esszimmer waren ein paar Tische besetzt, so verkniffen es sich die Ermittler, über ihre Arbeit zu sprechen. Genaugenommen waren sie auch viel zu sehr mit ihrem köstlichen Mahl beschäftigt, das die Hotelchefin ihnen servierte. Scholle mit Bratkartoffeln und verschiedenen

Salaten – die Männer waren begeistert. Doch sie wussten, dass der Abend noch nicht vorbei war.

Zurück im Klubraum berichtete Wille von der Lage bei Dora Warfsmann. »Über den Tag haben sich die beiden Kolleginnen von *Gode Tied* und eine Nachbarin abgewechselt. Das Essen haben sie vom Restaurant *Seehund* geholt. Frau Ladebeck wollte dann mit Dora Warfsmann zum Hafen, um die Tochter abzuholen. Ich denke, die dürfte mit dem gleichen Schiff wie Gero angereist sein. Ich habe mit Frau Warfsmann gesprochen, was allerdings nicht einfach war. Sie wiederholte einige Male, dass ihr Mann wegen eines Radunfalls im Krankenhaus sei, nur um dann zu berichten, dass er unterwegs sei, um Brötchen zu kaufen, und gleich wieder erscheinen würde. Sie benötigt ärztliche Hilfe, das hat auch Frau Ladebeck bestätigt.«

»Wenn die Tochter tatsächlich auf der Insel ist, ist Dora Warfsmann erst einmal in guten Händen. Zumindest gehe ich davon aus«, sagte Arndt.

»Frau Ladebeck wird weiterhin ein Auge darauf haben. Das hat sie mir zugesagt«, erwiderte Wille.

»Wie es dann morgen weitergeht – ob der Krasmer tatsächlich kommt – das werden wir abwarten. Zumindest wissen wir, wo wir ihn für weitere Befragungen finden«, sagte Gero. »Er schien mir wild entschlossen, das Krankenhaus zu verlassen.«

»Wo wir Kannings finden, wissen wir ebenfalls«, fügte Röder hinzu und berichtete, dass der junge Mann ein neues Zuhause in freundlicher Obhut von Meentje Schippers gefunden habe. »Ich glaube, sie mag ihn. Aber sie wird auch nichts durchgehen lassen. Ich hoffe für ihn, dass er sich nicht bald nach einem Baumhaus im Hambacher Forst zurücksehnt.«

Arndt lachte. »Wer kennt schon die Menschen? Rechnen musst du mit allem.«

»Auch damit, dass es tatsächlich Krasmer war, der Knube ins Hafenbecken gestürzt hat«, sagte Gero. »Leider hat er es nicht zugeben wollen.«

»Was liegt sonst heute an?«, fragte Marvin.

»Das Einzige, was mir dazu einfällt, ist ein nettes alkoholfreies Bier«, sagte Röder. »Und ich erzähle euch, was ich am nächsten Wochenende alles vorhabe.«

SAMSTAG

32

Wenn er nicht versprochen hätte, das Frühstück mit den Kollegen einzunehmen, hätte sich der Inselpolizist vermutlich ein weiteres Mal im Bett eingekuschelt. Jedoch musste er auch zugeben, dass jemand an seiner Seite fehlte. Daher empfand er das Aufstehen als doch nicht so schlimm. Außerdem war es am gestrigen Abend gar nicht so spät geworden wie gedacht. Auch der Rotwein war in der Flasche geblieben und hatte nur einem weiteren Bier Platz gemacht. Er hatte von seinen Plänen erzählt, und seine Kollegen waren zu seinem Erstaunen sehr interessiert gewesen. Er hatte nach ihren etwas seltsamen Reaktionen im Vorfeld gar nicht erwartet, dass sie so viel Anteil nehmen würden. Wille Weerts, der ja eigentlich in Norden wohnte, hatte ihm das Oldtimermuseum ans Herz gelegt, und Arndt hatte begeistert von einem historischen Ringziegelofen geschwärmt, in dem in Nenndorf in der Gemeinde Holtriem seit 1904 Torfbrandklinker hergestellt wurden. »Das ist echte Industriegeschichte«, hatte er gesagt. Nur Marvin hatte etwas kritisch hinzugefügt: »Allerdings schade, dass dafür Torf abgebaut wird. Wie beschränkt ist eigentlich die Menschheit, dass sie bis heute nicht begreift, wie wichtig das Moor für unser Ökosystem ist.« Dann war es im Klubraum einen Moment still geworden, bis Gero meinte: »Na gut, dann fährt Michael eben nicht mit der Vespa durch Ostfriesland, sondern ökologisch richtig mit dem Fahrrad den Deich entlang. Von Neßmersiel nach Dornumersiel und zurück. Immer hin und her.«

Bald darauf war er aufgebrochen. Das Bett wartete.

Aber nun war es Zeit für das Frühstück. Er schaute kurz in den Wachraum, aber hier war alles ruhig. Wille war wohl schon unterwegs. Im Hotel herrschte ebenfalls Ruhe. Nur seine Kollegen saßen bereits im Frühstücksraum und ließen sich die leckeren Angebote vom Büfett schmecken. Birgit Ahlers brachte eine Platte herein. »Frisch geräucherter Aal. Möchte jemand?«

Die Männer blickten sich an, und beinahe gleichzeitig nickten sie. »Gerne«, riefen sie wie im Chor. Röder war es zwar nicht gewohnt, zum Frühstück Aal, geschweige denn, überhaupt Fisch auf dem Tisch zu haben, aber er langte zu und war begeistert. Bestimmt rief gleich Sandra an. Er würde sie bitten, Geräuchertes vom Festland mitzubringen. Er hatte es kaum zu Ende gedacht, da meldete sie sich. Allerdings musste er feststellen, dass sie von dem Gedanken an Räucherfisch frühmorgens nicht unbedingt begeistert war. Sie bestätigte jedoch, dass sie gewillt war, mit dem nächsten Schiff auf die Insel zurückzukommen.

»Ich hole dich ab«, versprach Röder und biss erneut mit Wohlbehagen in sein Lachsbrötchen.

Eine gute halbe Stunde später saßen die Männer wieder einmal im Klubraum. »Ich habe eine Nachricht von Frau Ladebeck«, sagte Wille. »Hagen Krasmer kommt mit dem gleichen Schiff wie Sandra.«

»Dann geht ihr beide zum Hafen. Wille, du kannst den Mann offiziell begrüßen, damit er merkt, dass wir ihn nicht aus den Augen verloren haben«, sagte Arndt.

»Die beiden Beckers wollten die Insel heute verlassen. Leider sehe ich keinen Grund, die beiden hier zu behalten. Aber wir haben die Privatadresse. Ansonsten sind sie natürlich über den Sender zu erreichen. Insofern muss es gehen.«

»Sollten wir dann nicht ebenfalls über eine Abreise nachdenken?«, fragte Gero. »Hier sehe ich keine Ermittlungserfolge. Wir haben zwar drei ansatzweise Verdächtige ohne Alibi, aber es lässt sich nichts nachweisen. Daher können wir besser in Aurich weiterarbeiten.«

»Du hast wohl Sehnsucht nach deiner Familie«, lächelte Marvin.

»Auch das«, bestätigte Gero, was Röder wie ein Stich traf.

Mit Geros Frau Marlene war er vor einigen Jahren, als die beiden noch nicht verheiratet waren, eine sehr enge Verbindung eingegangen. Jedoch hatte er gedacht, dass er schon lange darüber weg war. Offensichtlich war es nicht der Fall.

»Aber es stimmt. Wir sollten unsere Zelte abbrechen. Bei Bedarf sind wir schnell wieder hier. Ich frage unseren Chef Müller, was er davon hält, und dann können wir heute Abend fahren«, beschloss Arndt.

Röder wunderte sich. Das ging ja jetzt alles sehr schnell. Und dabei hatten seine Auricher Kollegen überhaupt nicht nachgefragt, was er von dieser spontanen Abreise hielt. Aber eigentlich hatte Gero mit seinem Vorschlag recht. Sie hatten Leerlauf. Er, Röder, würde seine Frau abholen. Wille und er würden zurück in den kleinen Wachraum ziehen und das übliche, geruhsame Inselleben fortsetzen. Ein paar Suchmeldungen abarbeiten, Fälle von Alkohol am Zügel aufnehmen und hier und da einen Nachbarschaftsstreit schlichten. Außerdem war dann Zeit, seinen Kollegen zu fragen, ob sich in Bezug auf den Baltrumposten schon etwas bewegt hatte.

33

Julia Coordes blätterte durch das kleine weiße Heftchen mit der Zeichnung einiger alter Inselhäuser darauf. *Chronik Baltrum*, herausgegeben vom Heimatverein. Die erste urkundliche Erwähnung der Insel gab es demnach im Jahr 1398.

Ab dann wurden viele politische, gesellschaftliche und wetterbedingte Ereignisse erwähnt. Bis zum Jahr 1997. Mit diesem Jahr endete leider die Aufzeichnung. Aber was es nicht gab, konnte man erschaffen. Genau das hatte sie sich vorgenommen. So ein Rentnerleben musste ausgefüllt werden, und da reichte der Einsatz für die *GENOBA* und die *Baltrumer Zukunft* einfach nicht aus. Es waren zu viele Stunden übrig. Besonders, wenn man immer so früh wach war wie sie.

Morgens um 7 Uhr war der Schlaf spätestens für sie erledigt. Da half nur ein ausgedehntes Frühstück. Sie nahm einen Schluck Kakao, biss vom Brötchen ab und langte nach einem Fotoalbum, das sie von einem langjährigen Gast geschenkt bekommen hatte. Sie hatte ihm von ihrem Plan, die Baltrumer Geschichte bis hin zur Gegenwart aufzulisten, erzählt, und er hatte ihr die Bilder mit den Worten: »Vielleicht ist es hilfreich, wenn einem über das Inselleben nicht nur berichtet wird, sondern man es auch ansehen kann. Zumindest das Leben aus Gästesicht«, überreicht. Sie blätterte das Album zum wiederholten Mal durch. Sah den Strand zu Zeiten, als es noch keine Strandkörbe, sondern nur Zelte gab. Sah die kleine Bahn, die vom alten Reedereigebäude über den Heller bis zum Hafen fuhr, und auch ein Zirkuszelt südlich des Deiches, als die Straße zum Ostdorf noch auf der anderen Seite des Spielteiches entlangführte. Es war bestimmt eine hochinteressante Aufgabe, alle Informationen in die richtige Reihenfolge zu bringen und aufzuschreiben.

Aber nun wurde es Zeit. Sie trank den Rest Kakao, ging ins Bad, machte sich fertig und kam gerade passend zurück, als sich die Tür öffnete und Eva vor ihr stand.

»Ich hoffe, ich darf schon reinkommen. Ich habe sogar etwas Zeit. Mein Laden wartet zwar, aber mein Mitarbeiter ist da, und wir haben nur bis mittags geöffnet. Nachmittags wartet das Aufräumen im Lager auf mich.«

»Bis dahin haben wir es geschafft. Setz dich«, lachte Julia. »Wir wollten die Eckpunkte der Messe in Dortmund besprechen. Ist schließlich das erste Mal, dass wir von der *Baltrumer Zukunft* uns an so etwas beteiligen.«

»Hast du schon Zusagen, wer mitkommt?«, fragte Eva.

»Also ich werde dabei sein. Dann wird Jasper Blüm, der für den Sport und andere Aktionen auf der Insel verantwortlich ist, anreisen. Das ist sehr gut. Er ist jung und kräftig und kann mit aufbauen. Er bringt auch das nötige Material mit. Tapeziertisch, zwei Klappstühle, Aufsteller, Prospekte und andere Werbemittel. Ein weiterer Mitarbeiter der Kurverwaltung wird ebenfalls dort sein. Schließlich dauert diese Messe drei Tage und viele Stunden am Tag. Da braucht man schon mal Ablösung. Ich fahre mit dem Zug dorthin. Was ist mit dir?«

Eva überlegte kurz, dann nickte sie. »Ich komme mit. Das ist bestimmt eine spannende neue Erfahrung. Es werden sicher eine Menge Stammgäste aus Westfalen auftauchen. Schön, die bekannten Gesichter begrüßen zu können.«

»Und neue Gesichter dazuzugewinnen.«

Die beiden besprachen weitere Einzelheiten der Fahrt, die im Januar stattfinden sollte, und machten sich Notizen, was zu erledigen war.

Julia erzählte Eva von ihrem Plan, die Inselchronik zu vervollständigen. »Ich habe ein paar Fragen, die mir Fiete Peters beantworten kann, obwohl ich eigentlich keine Lust habe, den Mann aufzusuchen. Er ist schon echt … schwierig.«

»Weißt du was? Ich komme mit. Wenn ich merke, dass er nervt, wechsle ich das Thema und ziehe dich mit raus. Oder eben du mich«, schlug Eva Hinrichs vor.

»So machen wir es.« Julia nahm die Regenjacke vom Haken. Ein paar dunkle Wolken zeigten an, dass das eine gute Wahl war.

Es war nicht weit zu dem alten Insulanerhaus, in dem Fiete wohnte. Sie sahen Licht hinter den Sprossenfenstern. »Gut. Er scheint wach zu sein«, sagte Eva und klopfte.

Fiete sah zwar noch nicht ausgehbereit aus in seiner schlabberigen Jogginghose und dem knappen T-Shirt, das sich über seinen mächtigen Bauch spannte, aber ausgehen wollten sie schließlich auch nicht. »Kommt rein. Ich bin am Sanieren. Getreu meinem Motto: Altes muss erhalten bleiben.«

Julia konnte sich ein Stöhnen kaum verkneifen. Ging das schon wieder los? Wahrscheinlich war es bei dem Mann die Angst vor dem eigenen Ableben und Vergessenwerden, schoss ihr durch den Sinn. Sie folgten ihm in einen Raum, der weitgehend leer stand.

»Ik heb heel wat Besünners entdeckt.« Er kletterte auf eine Leiter und deutete auf eine Fuge zwischen Wand und Decke. »Ik glöv, dat is een Drievhuus.«

»Ein was?«, fragte Eva ratlos.

»Ein Schwimmdachhaus. So heet dat in hochdütsch. Dat Huus is al dreehunnert Jahre alt. Un damals het dat dat gegeven«, erklärte Fiete stolz.

»Lieber Fiete, das wird zwar immer wieder erzählt, aber erstens ist es nicht bewiesen, dass es diese Häuser überhaupt gab, und zweitens schon gar nicht auf Baltrum«, widersprach Julia.

»Könnt ihr mir bitte sagen, worum es hier geht?«, fragte Eva.

»Es geht um Häuser …«, begann Julia, bevor Fiete zu einer längeren Erklärung ansetzen konnte, »deren Dächer man angeblich vom Ständerwerk lösen konnte, wenn eine Sturmflut den unteren Teil des Hauses unter Wasser setzte. Die Bewohner retteten sich dann auf das Dach, konnten mit dem Nordwestwind, der auch das Wasser mit sich brachte, ans Festland schwimmen und waren in Sicherheit. So wird es erzählt.«

»Un so is dat ook«, warf Fiete ein. »Min Broer Daniel is Inselführer. De weet dat und he het dat seggt.«

»Allerdings gibt es keinen Beweis für diese Technik«, fuhr Julia fort. »Außerdem – warum gibt es diese Erfindung in den letzten zwei Jahrhunderten nicht mehr, wenn sie angeblich so erfolgreich war?«

»Dat weet ik nich«, sagte Fiete. »Aber ik ben Architekt. Ik weet, wat richtig is.«

Eigentlich hatte Julia ihn nach einigen anderen geschichtlichen Dingen fragen wollen, aber verspürte jetzt keine Lust mehr. Wie der Mann da oben stand und mit hochmütigem Gesicht zu ihnen herunterblickte, das war ekelig. Sie nickte Eva zu und sagte: »Ich komme später wieder. Mir ist gerade entfallen, was ich fragen wollte, und meine Unterlagen habe ich zu Hause auf dem Küchentisch gelassen.« Das war schlichtweg gelogen, aber sie wollte nur raus aus dem Haus.

»Tja, dat kann passeren. Dat kenn ik woll.« Fiete stieg von der Leiter. »Aber mannigmal seggt man ok nichts, weil de annern einem sowieso nich glöven.«

Was wollte der Mann damit sagen? Wollte er auf den Streit zwischen ihm und dem Fernsehmenschen hinaus? Die Sache hatte sich auf der Insel bereits herumgesprochen. Die einen gaben Fiete recht, die anderen dem Becker. Sie hatte jedoch nicht die geringste Lust, sich damit auseinanderzusetzen. Sie hoffte nur, dass Fiete sich nicht bereit erklärte, in Dortmund mitzuhelfen. Der würde doch nur dumme Sprüche machen.

»Keiner glaubt einem!«

Der Mann gab nicht auf. Also gut. »Was möchtest du uns sagen?«

»In der Nacht, als der Mann gestorben ist, war ich unterwegs. Das ist bekannt. Aber was mir gestern erst eingefallen ist, nachdem die Polizei weg war: Ich habe den Becker getroffen. Er ging die Stufen zum Hotel hoch.«

»Aha. Das konntest du im Dunkeln erkennen?«, fragte Eva.

Julia schaute Eva besorgt an. Bitte nicht, dachte sie. Bitte lass dich auf keine Diskussion ein.

»Konnte ich. Er hatte nämlich …«

»Wenn es so ist, dann halten wir dich jetzt nicht länger auf, damit du die Polizei benachrichtigen kannst. Wir gehen.« Sie zog Eva aus dem Haus, ohne Rücksicht darauf, was Fiete denken würde.

»Die glauben mir sowieso nicht«, rief Fiete hinter ihnen her.

Julia hörte ein dumpfes Klacken. Die Haustür war zu.

»Meinst du nicht, wir sollten Michael Bescheid geben?«, fragte Eva.

»Ach was. Der wollte sich doch nur aufspielen. Damit alle Welt seine Version vom Kamerawurf glaubt«, erwiderte Julia. »Sag mir lieber, ob du die Wohnung für deinen Angestellten noch brauchst oder ob er gar nicht bei dir bleibt.«

»Er bleibt.« Eva Hinrichs erzählte, dass Jann zu Meentje Schippers gezogen war. »Sie hat ihn wohl auf der Strandmauer angesprochen. Sie haben sich bestens verstanden, und so hat sie ihm die große Oberwohnung angeboten. Gleich darauf ist er eingezogen. Zunächst hat er mir gar nichts gesagt, und wir haben ihn gesucht. Aber dann hat sich alles aufgeklärt.«

»Sehr gut. Dann ist die Bleibe für andere Anwärter frei. Anfragen haben wir genug. Jetzt steht uns nur die Renovierung bevor, dann wird das Haus *Wassersicht* gut gefüllt sein.«

34

Klara Becker blieb stehen und schaute auf die Sandbank, die langsam aus dem Wasser stieg. Es war beruhigend zu sehen, wie sich die Natur ihren Weg bahnte und keine Rücksicht auf die oftmals selbsterschaffenen Sorgen der Menschheit nahm. Das klappte natürlich nur, wenn man diese Ruhe zuließ, und dazu war sie wild entschlossen. Schließlich war es für längere Zeit das letzte Mal, dass sie den Sand unter ihren Schuhen spüren würde, dass der Wind ihre Haare durcheinander brachte und dass ihr der Geruch nach Meer in die Nase stieg. Heute, noch vor dem Frühstück, hatte sich der Planungsredakteur erneut gemeldet und ihr mit leicht säuerlicher Stimme mitgeteilt, dass die Aufnahmen auf der Insel zunächst nicht fortgeführt wurden. Zumindest nicht von ihr. Er hatte gemeint, dass die Sachlage, was Bertus und die zerschmetterte Kamera anbelangte, keine professionelle Arbeit möglich machte. Auch ihr Einwand, dass Bertus bei dem nächsten Aufenthalt nicht mehr dabei wäre, hatte ihn nicht umstimmen können. Sie meinte sogar, im Hintergrund herausgehört zu haben, dass der Sender ganz und gar auf ihre Mitarbeit verzichten wollte. Aber das würde sich herausstellen. Was sie in den letzten Tagen abgeliefert hatte, war informativ und hatte das Leben auf der Insel nach ihrer Ansicht wieder einmal bestens eingefangen. Es reichte für mindestens zwei Berichte im Vorabendprogramm, und genau das war ihr Auftrag gewesen. Als Nächstes hätte sie einen Bericht über Salomon Bartels und sein neues Inselleben erstellen wollen. So hatte sie es am Abend zuvor mit dem Mann abgesprochen. Bartels und seine zukünftige Frau hatten zwar ihren Vorschlag, deren Hochzeit zum Anlass zu nehmen, abgelehnt, sie jedoch eingeladen, gerne zu einem anderen Zeitpunkt wiederzukommen.

Rechts an der Randdüne sah sie zwei Strandkörbe stehen. Alle anderen waren bereits abtransportiert und der Strand leer, soweit sie blicken konnte. Auch Gäste waren kaum unterwegs. Wahrscheinlich saßen alle noch beim Frühstück. Schließlich hatten sie Urlaub. Frühstück. Tatsächlich war Bertus aufgetaucht und hatte sich zu ihr an den Tisch gesetzt. Allerdings hätte sie darauf gerne verzichtet. Er hatte sich wortlos drei Brötchen, Schinken, Käse und eine Schale Müsli vom Büfett geholt, gegessen und geschwiegen. Dann war er erneut zum Büfett gegangen. Sie hatte es nicht lange ausgehalten, war aufgestanden, und hatte in ihrem Zimmer die Sachen eingepackt. Kurz darauf war sie beinahe aus dem Hotel an den Strand geflohen, in der Gewissheit, dort Abstand von der Aura, die diesen Mann umgab, gewinnen zu können.

Wie spät war es? Gleich 10.30 Uhr. Eine halbe Stunde hatte sie noch, bevor sie ihre Tasche und leider auch Bertus mit zum Schiff nehmen musste. Sie mochte nicht an die nächste Woche denken, wenn sie ihm klarmachen würde, dass der Termin beim Scheidungsanwalt bevorstand. Nicht, dass sie Angst hatte oder dass es ihr leidtat. Sie hatte einfach keinen Bock auf seine schlechte Laune. Aber da musste sie durch. Hoffentlich ein letztes Mal.

Sie bog an *Uschis Beachclub* rechts ab, ging hinunter zum Kiefernwäldchen, blieb einen Moment am Rosengarten stehen und musste sich aufraffen weiterzugehen. Das Schiff wartete nicht. Doch je näher sie dem Hotel kam, desto unbehaglicher fühlte sie sich. Mit Bertus gleich auf dem Schiff zu sitzen, und was noch schlimmer war, die Autofahrt nach Hannover – der Gedanke war kaum zu ertragen. Wenn es nur seine Muffigkeit wäre, gut, das kannte sie seit Jahren. Aber dazu kam natürlich die immer wiederkehrende Überlegung, ob doch er es war, der die Kamera aus dem Fenster geworfen und Fiete Peters fälschlicherweise beschuldigt hatte.

»Hallo, Frau Becker, nehmen Sie Ihr Gepäck selbst mit zum Schiff, oder soll ich es bringen?«

Sie hatte kaum mitbekommen, dass Herr Janssen, der Hotelmitarbeiter, vor ihr aufgetaucht war. »Wenn Sie es bringen würden, wäre es prima«, sagte sie. »Ich stelle die Sachen raus.«

»Das ist in Ordnung.« Kenny schob die Wippe neben die Tür des Hotels.

Sie ging zur Rezeption, wechselte ein paar Worte mit Henning Ahlers und bezahlte.

»Ich hoffe, Sie bald wieder begrüßen zu können«, sagte der Hotelchef. »Bestimmt gibt es weiterhin jede Menge Interessantes über dieses Fleckchen Erde zu berichten. Natürlich stand Ihr Aufenthalt nicht unter einem guten Stern. Aber das war sicher eine einmalige Sache.«

Sie musste schlucken, konnte kaum antworten, als das Gesicht ihres Tonassistenten beinahe wie lebendig vor ihr auftauchte. Doch die Professionalität siegte. »Ich komme bestimmt wieder«, versprach sie.

Sie ging auf ihr Zimmer, schloss den Reißverschluss der Reisetasche und trug sie nach draußen auf die Wippe. Nun fehlten nur Bertus' Köfferchen und der Technikkram, der übrig war. Sie klopfte an seiner Tür.

»Ja«, hörte sie seine dumpfe Stimme. »Komm rein.«

35

Michael Röder war nach dem Frühstück kurz zurück zur Wache gefahren und hatte seine Wippe hinter das Fahrrad geklemmt. Sandra hatte gesagt, dass es Amir heute besser ging, doch es musste nicht sein, dass der Hund den Weg nach Hause auf vier Pfoten antreten musste.

Jetzt stand er auf der Terrasse des Hotels und wartete auf Wille Weerts, den Mann, der ihm seit einigen Wochen hilfreich zur Seite gestanden hatte. Allein wäre seine Aufgabe im Sommer nicht zu schaffen. 24 Stunden Dienst, sieben Tage durch, das ging einfach nicht. Unten auf der Hellerstraße sah er einige Leute zum Hafen ziehen. Es war Wochenende und damit Wechsel in vielen Ferienwohnungen und Hotelzimmern. Wobei das mit dem Wechsel um diese Jahreszeit nicht so ganz stimmte. Es war wohl eher Abreise, und ab Montag würde auf der Insel noch mehr Ruhe einkehren.

»Darf ich mal durch?« Kenny schob eine vollbeladene Wippe vor sich her. »Es ist das drittletzte Mal, bevor es wieder auf große Fahrt geht«, sagte er fröhlich.

»Aber gerne.« Röder machte Platz und ließ Kenny vorbei. Ein Stativ und eine Tonangel ragten über den Wippenrand hinaus. Dann würden die Beckers tatsächlich der Insel den Rücken kehren. Vielleicht konnte er vor Abfahrt des Schiffes ein paar Worte mit ihnen wechseln, obwohl er nicht glaubte, dass aus Becker weitere Erhellungen herauszulocken waren. Aber wenn er mit ihnen sprechen wollte, war es Zeit loszufahren. Er sah das Schiff aus dem Neßmersieler Hafenschlauch Richtung Ostende von Norderney abbiegen. Ein knappes Viertelstündchen, dann hätte es den Baltrumer Hafen erreicht. Natürlich mussten erst die Anreisenden aussteigen und das eine oder andere Frachtstück abgeladen werden, aber danach legte das Schiff zügig wieder ab, und Beckers wären verschwunden.

So war es gut, dass Wille aus dem Hotel kam. »Sollen wir los?« Er nahm sein Rad, und bald darauf fuhren sie am Nationalparkhaus vorbei.

Da ist auch bald Saisonende, dachte Röder. Den ganzen Sommer haben die Mitarbeiter sich um die Ausstellung gekümmert und tägliche Veranstaltungen wie Wattwanderungen oder Inselführungen angeboten. Das Geld für die Gehälter musste schließlich erwirtschaftet werden.

Auf der Hafenstraße, in Höhe des Reedereigebäudes, bremste Röder, denn sein Handy klingelte in der Uniformjacke. Er hielt an, bat Wille weiterzufahren, um nach Becker Ausschau zu halten, und nahm es heraus. Auf dem Display sah er den Namen von Sandras Chefin. Eva Hinrichs. Sicher wollte sie wissen, wann Sandra wieder auf der Insel sein würde. Aber das konnte sie besser mit ihr direkt besprechen. »Ich hole sie gerade ab«, sagte er ohne große Begrüßung.

»Das ist nicht der Grund meines Anrufes«, klang es etwas zickig.

»Worum geht es denn?«

»Es geht darum, dass Fiete Peters, bei dem Julia und ich soeben waren, gesagt hat, dass er in der Nacht von Knubes Tod den Herrn Becker draußen gesehen hat.«

»Das kann ich mir vorstellen«, sagte Röder, bereute seine Reaktion jedoch sofort. »Entschuldige. Was sonst hat er dazu gesagt?«

»Es ist ihm wohl später erst wieder eingefallen. Außerdem ist er davon ausgegangen, dass ihr ihm nicht glaubt. Und damit liegt er sicher nicht verkehrt, oder?«

»Eva, wir unterhalten uns später. Ich muss dringend weiter.« Er unterbrach das Gespräch, denn der Mann, um den es ging, Bertus Becker, überholte ihn zügigen Schrittes. »Herr Becker. Warten Sie«, rief er hinter ihm her, doch der Mann wurde eher noch schneller. Aber wozu hatte ein Inselpolizist ein Dienstfahrrad? Es waren nur ein paar Meter, dann hatte er Becker erreicht. »Bleiben Sie stehen. Die Ankunft des Schiffes dauert.« Röder sprang vom Rad, warf es fast gegen den Zaun. »Herr Becker. Bleiben Sie stehen.«

»Warum?«, fragte Becker. »Ich muss schauen, ob der Typ unsere Sachen vernünftig in den Container packt.«

»Da brauchen Sie bei Herrn Janssen keine Sorge haben«, erwiderte Röder, »der ist Experte darin.«

Doch Becker ließ sich nicht aufhalten. Ohne Röder weiter zu beachten, ging er Richtung Anlegeplatz. Röder blieb an seiner Seite und schaute sich um. Wo war Wille? Er stand am Holzcontainer und unterhielt sich mit einem Mitarbeiter der Reederei. Und wo war eigentlich Klara Becker? Er konnte sie nirgendwo entdecken. »Wo ist Ihre Frau?«

»Suchen Sie sie. Dann wissen Sie es.« Bertus Becker blieb stehen und schaute auf die Wasserfläche. »Mich interessiert es nicht.«

»Herr Becker, ist es richtig, dass Sie in der Nacht, als Herr Knube starb, draußen waren? Wenn ja, wo? Und um welche Uhrzeit?«

»Hat Herr Peters das gesagt?« Die ersten Schritte, die der Mann auf das Hafenbecken zu machte, waren ganz ruhig, dann wurde er schneller, immer schneller, und bevor Röder registrierte, was da ablief, sprang Bertus Becker hinunter. Genau an der Stelle, wo auch Markus Knube ins Wasser gefallen war.

»Wille! Hierher!«, rief Röder so laut er konnte, lief zur Spundwand und schaute auf das Wasser. Von Becker keine Spur. Gleich darauf kräuselte sich das Wasser, und Beckers Kopf tauchte auf, um sofort wieder unter der Wasseroberfläche zu verschwinden. »Alarmiere die Kollegen. Auch den Rettungsdienst und die *DGzRS*«, rief er Wille zu, der mit schnellen Schritten näher kam. Es kostete Überwindung, aber es nützte nichts. Kurz durchfuhr ihn der Gedanke, nicht hineinzuspringen, sondern zu der Rampe zu laufen und von dort aus zu Becker zu gelangen, aber jede Sekunde zählte. Offensichtlich wollte oder konnte der Mann nicht schwimmen. Er gab seine Einsatzausrüstung wie Pistolenhalfter und den Schlagstock in Willes Hände, setzte sich auf den Rand, ließ sich ins Wasser rutschen und näherte sich vorsichtig der Stelle, an der Becker zuletzt aufgetaucht war. Sofort spürte er, wie sich das Wasser einen Weg durch seine Kleidung suchte. Am Morgen hatte er noch überlegt, ob er seine neue Dienstthermounterwäsche anziehen sollte, hatte aber mit der Gewissheit, dass die Tage zum Winter hin noch kälter würden, darauf verzichtet. Hätte sicher in diesem Moment auch nichts genützt. Nass war eben nass. Nur seine Strickmütze hatte er anstatt der üblichen Kappe aus dem Dunkel der Garderobenschublade befreit und sie aufgezogen. Darüber war er jetzt froh.

»Was ist? Wo ist Becker?«, rief Wille von oben. »Brauchst du Hilfe?«

»Nein. Geht schon«, rief der Inselpolizist. »Sorge du

für den anderen Ablauf.« Aber jetzt: Wo war Becker? Röder gab sich einen Ruck und tauchte unter. Dann fühlte er etwas. Einen Arm, dann den ganzen Körper. Er umfasste Becker, merkte, dass er dringend wieder nach oben musste. Er war das Tauchen einfach nicht gewohnt. Und er war sich nicht sicher, ob er es schaffen würde, den schweren, schlaffen Körper des Mannes an die Oberfläche zu bringen. Er hatte genug mit sich selbst zu tun. Er umfasste den leblosen Körper und zog ihn mit sich. Kaum hatte er den Kopf über Wasser, sah er zwei weitere Personen ins Wasser springen.

Sie kamen auf ihn zu geschwommen. »Wir helfen.«

»Da vorne. Zur Rampe«, keuchte Röder und deutete nach rechts. Selbst diese kleine Armbewegung fiel ihm unendlich schwer. Er hatte das Gefühl, dass seine Einsatzklamotten ihn unnachgiebig auf den Grund des Hafenbeckens zogen. Es musste an den Stiefeln liegen. Er hätte sie besser ausziehen sollen.

Im gleichen Moment, als die beiden Helfer Becker mit geschulten Griffen übernahmen, erwachte der Mann zum Leben. Er hustete, spuckte Wasser aus und fing an, wie wild mit den Armen zu wedeln und den Beinen zu strampeln. Der Mann und die Frau, die ihn fest im Griff hatten, ließen jedoch nicht zu, dass er sich befreite. Offensichtlich war ihnen diese Situation durchaus geläufig.

»Lasst mich«, stöhnte Becker. »Lasst mich.«

Doch die beiden zogen den Mann mit sich zur Schräge, wo schon Wille und, wie Röder bemerkte, eine ganze Truppe Neugieriger auf sie wartete. Er schwamm hinter den dreien her und half, als sie festen Boden unter den Füßen hatten, den sich heftig wehrenden Becker ins Trockene zu tragen.

»Die Ärztin und der Rettungsdienst sind alarmiert. Auch die Kollegen. Und Tim Seebald habe ich angerufen, falls wir mit der *Elli* rüber müssen.«

»Sehr gut.« Röder zitterte. Er war bestimmt nicht empfindlich. Aber die Kälte und die Nässe machten sich jetzt hier draußen an der frischen Luft erheblich mehr bemerkbar als im Hafenbecken. Frische Klamotten und ein heißer Tee schienen jedoch noch nicht im Bereich des Möglichen.

Auch die beiden, die ihm geholfen hatten, schlugen die Arme um sich. »Sollen wir bleiben?«, fragte der Mann. »Sonst versuchen wir, die Fähre zu erreichen.«

Röder schaute Wille an, dann nickte er. »Erst einmal: ein großes Dankeschön. Bitte teilen Sie uns, wenn Sie wieder zu Hause sind, Ihren Namen und die Adresse mit. Ich möchte mich gerne mit Ihnen unterhalten.«

»Wir kommen aus dem Emsland. Meppen. Hümmlinger Tauchklub. Auf dem Weg zurück aus dem Urlaub. Wir melden uns.« Unter dem Beifall der Umstehenden liefen sie, Tropfen versprühend, zur Fähre.

»Und nun zu Ihnen.« Wille beugte sich über Becker, der mit geschlossenen Augen vor ihnen lag. »Erstens: Wo ist Ihre Frau? Zweitens: Was soll das Ganze?«

Becker schwieg.

»Herr Becker!« Willes nächsten Worte wurden durch die Sirene des Rettungswagens verschluckt, der zügig näher kam.

Ellen Neubert und Maik Bernhardt stiegen aus. »Was liegt an?«, fragte die Ärztin.

»Ich hoffe, bis auf zwei nasse Gestalten nichts«, erwiderte Wille. »Aber dieser hier«, er deutete auf Becker, »war kurz unter Wasser, und du solltest ihn ansehen, bevor wir ihn wieder ins Hotel bringen. Wir haben nämlich ein paar Fragen, die er uns dringend beantworten sollte.«

»Und du, Michael? Wie geht es dir? Warum bist du klitschnass?« Ellen Neubert schaute aufmerksam an ihm herunter.

»Ich bin hinter dem Mann her, als er meinte, sich verabschieden zu müssen«, sagte der Inselpolizist. »Aber jetzt kann ich dringend warme Klamotten gebrauchen, bevor ich weiter ermittele.«

»Sollen wir dich nach Hause fahren? Im Fahrzeug ist es warm«, schlug Maik Bernhardt vor.

»Du kannst dich auch ins Reedereigebäude begeben, und wir holen frische Klamotten für dich«, sagte Christian Wollschläger, der Hafenmeister, der inzwischen auch aufgetaucht war. »Oder du setzt dich so lange bei mir ins Büro. Da liegt auch deine Dienstausrüstung. Im Tresor. Dein Kollege hat sie mir in sichere Hände gegeben.«

Röder überlegte kurz. Das wäre eine Idee. Aber es war schließlich kein Frost in der Luft, und die Sonne kam auch raus. »Bringt ihr den Becker ins Hotel, falls er nicht weiter behandelt werden muss? Und meldet der Reederei, dass die Fähre wieder angelegt werden kann. Ich schnappe mir mein Fahrrad. Meine Ausrüstung hole ich danach bei dir ab.«

»Sieh zu, dass du nach Hause kommst«, forderte Wille ihn auf. »Ich kümmere mich, bis die Kollegen da sind. Ach – wolltest du nicht eigentlich deine Frau abholen?«

Ja, verdammt, das hatte er ganz und gar aus den Augen verloren. Sie war sicher bereits auf dem Weg nach Hause. Doch er hatte sich getäuscht.

Sie stand neben seinem Rad. Amir hatte sie in die Wippe gesetzt. Das Beste aber war – sie hielt ihm ein

Handtuch entgegen. »Das hat mir die Chefin vom *Verhungernix* gegeben«, erklärte sie. »Sie hätte es gerne frisch gewaschen zurück.«

Dankbar nahm er es und wischte sich das Gesicht und die Hände trocken. Sollte er die Füße ebenfalls …? Er hatte das Gefühl, dass sie in den Stiefeln immer noch unter Wasser standen. Aber barfuß nach Hause musste jetzt auch nicht sein. Außerdem wäre es ziemlich sinnlos gewesen. Ständig liefen Wasser und Schlamm aus seiner Hose.

»Du machst echt Blödsinn. Erst haben wir einen kranken Hund, und dann springst du ins Hafenbecken. So muss ich mich um zwei Familienmitglieder kümmern«, lachte Sandra und stieg auf ihr Rad.

Röder warf das Handtuch in den Fahrradkorb, und die beiden fuhren los. Unterwegs überholten sie Hagen Krasmer, der, begleitet von seiner Frau und offensichtlich seiner Tochter, gestützt auf zwei Krücken zum Ostdorf humpelte. Er hätte auch eine Kutsche zum Hafen bestellen können, dachte der Inselpolizist. Aber wie auch immer, klar war, dass mit ihm noch zu reden war.

36

Wille Weerts schaute hinter seinem Kollegen her. Offensichtlich hatte er seinen ungeplanten Tauchgang einigermaßen gut überstanden. Jetzt ging es um Becker, der sich standhaft weigerte, den Rettungswagen zu besteigen.

»Ich will weg«, wiederholte er ein ums andere Mal.

Aber das konnten sie nicht erlauben, bevor sie nicht herausgefunden hatten, was den Mann veranlasst hatte, ins Hafenbecken zu springen. Immer wieder versuchte er, aus dem Mann den Grund seines Abtauchens herauszubekommen. Doch es war vergeblich.

Die Fähre hatte inzwischen den Baltrumer Hafen erreicht, und die ersten Menschen kamen von Bord. »Christian, geh zum Kapitän. Das Schiff soll nicht abfahren. Wir brauchen das Gepäck der Beckers. Schau nach, ob du Kenny irgendwo siehst. Der weiß, um welche Dinge es sich handelt.«

»Geht in Ordnung.« Der Hafenmeister lief los.

Jetzt sah er zu seiner Beruhigung Arndt Kleemann und Gero Schonebeck hinter dem Rettungswagen auftauchen.

Auch Tim Seebald war bei ihnen. »Braucht ihr die *Elli*?«

»Ich denke nicht«, sagte Ellen Neubert, die Inselärztin. »Der Mann ist nass, aber gesund. Er sollte sich nur schnell trockene Klamotten anziehen.«

»Gut. Ich warte einen Moment«, beschloss Tim Seebald. »Danach findet ihr mich auf dem Friedhof, falls ihr Hilfe braucht. Meine Hauptarbeit wartet. Ich muss die drei restlichen Gräber winterfest machen.«

»Alles klar.« Wille winkte Arndt und Gero herbei, nahm sie ein wenig zur Seite und berichtete in kurzen Zügen, was sich ereignet hatte. »Wo ist Marvin?«

»Marvin hält die Stellung im Klubraum«, sagte Arndt. »Ich denke, er sollte die Suche nach Klara Becker übernehmen. Mit den Ahlers' jedes Eckchen dieses Hotels durchsuchen. Wir müssen sie finden. Wer weiß, warum sie nicht hier ist.«

»Dann kümmere ich mich hier um die Lage. Ich hoffe, dass Kenny uns helfen kann, und schaue auf dem Schiff nach, ob Klara Becker sich dort aufhält. Ist doch möglich, dass wir gar nicht mitbekommen haben, wie sie an Bord gegangen ist.«

»Alles klar. Sollten wir die Frau nicht in Kürze finden, werden wir die Feuerwehr um Amtshilfe bitten«, beschloss Arndt. »Zieh los. Wir kümmern uns um Becker.«

»Was machen wir jetzt? Soll ich ihn hierlassen?«, fragte Ellen genervt. »Medizinische Versorgung braucht er nicht. Nur trockene Anziehsachen.«

Arndt Kleemann ging zu Becker, der triefend auf dem Fußtritt des Fahrzeuges saß und schniefte. »Ich denke, Sie hören mal auf mit dem Unsinn. Sie setzen sich hinein und lassen sich zum Hotel fahren. Dabei können Sie sehr froh sein, dass die Retter Ihnen überhaupt dieses Angebot machen. Sie sind es nämlich, die das Fahrzeug wieder trocknen und säubern müssen. Also, was ist nun? Gehen oder fahren?«

Ganz langsam stand Becker auf und schaute den Kommissar an. »Wissen Sie eigentlich, dass das zurzeit mein kleinstes Problem ist?« Er drehte sich um und stieg in den RTW.

Maik Bernhardt schloss die Tür mit kräftigem Ruck.

Wahrscheinlich hat Maik Angst, dass der Mann wieder aussteigt, dachte Wille. Wäre auch völlig fehl am Platz. Das Fahrzeug war jetzt eh nass.

»Wir sind dann auch unterwegs«, sagte Gero. »Wir sollten sinnvollerweise gleichzeitig mit dem Mann im Hotel eintreffen.«

»Gut. Ich mache hier weiter.« Wille nahm sein Handy heraus und rief im Hotel an. Henning Ahlers versprach, Kenny Janssen so schnell wie möglich zum Hafen zu schicken. Der Hilfssheriff ging zur *Baltrum III,* wo er mit freundlichen Worten empfangen wurde. »Mach tau. Das Wasser läuft uns weg«, rief einer der Steuerleute.

Wille winkte ab. »Kann ich leider nicht ändern. Polizeieinsätze machen auch vor der Tide nicht Halt.« Er erklärte, wonach er suchte und dass der Hausmeister des Hotels das Gepäck wieder entnehmen würde. »Familie Becker steht uns dafür im Moment nicht zur Verfügung. Außerdem muss ich einen Blick in das Schiff werfen. Wenn diese Maßnahmen durch sind, könnt ihr losfahren.« Er stieg auf das Schiff und schaute sich alle die, die auf das Ablegen des Schiffes warteten, genau an. Doch Klara Becker war nicht dabei. Er sah die beiden Emsländer, die mit einem Koffer hinter einer Tür zwischen Kiosk und Aufgang zum Ruderhaus verschwanden.

»Wir haben denen erlaubt, dass sie sich in einem der Mannschaftsräume trockene Sachen anziehen«, sagte der Mann im Kiosk. »Wenn man helfen kann, nicht wahr?«

»Das ist sehr nett«, erwiderte Wille. »Es ist bestimmt nicht gemütlich, bis Neßmersiel quietschnass hier zu sitzen. Danke dafür.« Zur Sicherheit warf er einen genauen Blick in beide Toiletten und in den Maschinenraum. Allerdings konnte er sich nicht vorstellen, dass sich die Frau ausgerechnet dort aufhielt. Aber besser war besser. Er verließ das Schiff und sah, sehr zu seiner Erleichterung, Kenny auf der Hafenstraße näherkommen. »Gleich haben wir es geschafft«, sagte er zu dem Steuermann, der sich noch schnell eine Zigarette anzündete.

»Henning hat gesagt, ich soll Beckers Gepäck wieder abholen.« Kenny stieg vom Rad und schob es vor den Container. »Ist das richtig?«

»So ist es. Du weißt, was da alles dazugehört?«, fragte Wille.

»Klar. Ist nicht viel. Einmal der technische Kram und die beiden Taschen.« Er hob einen Koffer und eine Kühltasche aus dem Container und stellte sie daneben. Dann nahm er zwei Reisetaschen und eine eckige schwarze heraus und packte sie in seine Wippe. Daneben verstaute er die Tonangel und das Stativ. »Das war es schon.«

»Prima. Das gibst du bitte bei den beiden Kommissaren im Klubraum ab. Die sorgen dafür, dass der Becker trockene Kleidung bekommt.«

»Was ist genau passiert?«, fragte Kenny, doch Wille winkte ab.

»Später vielleicht. Jetzt muss das Schiff erst einmal los.« Er gab dem Kapitän, der am Landgang stand, ein Zeichen, und gleich darauf hob der Kran den hölzernen Container an Bord. Die Gangway wurde zurückgeschoben, die Leinen gelöst, und das Schiff kam in Bewegung.

Wille nahm sein Rad, unterrichtete Christian Wollschläger über den letzten Stand der Dinge, ließ sich Michaels Dienstausrüstung aushändigen und fuhr zum Hotel. Er war gespannt, wie sich die Lage dort entwickelt hatte.

37

Sie rannte und rannte am Cobigolfplatz vorbei und weiter, immer nur weiter. Ihr Blick verschwamm, weil die Tränen nicht aufhörten. Erst als ihr Atem versagte, blieb sie stehen, ihr Körper krümmte sich nach unten, und sie hatte das Gefühl, sich übergeben zu müssen. Sie versuchte einzuatmen, doch es gelang ihr kaum, Luft in die Lungen zu bringen.

»Kann ich helfen?«, fragte ein Mann und beugte sich über sie.

Sie schüttelte nur den Kopf. »Geht schon. Danke.« Sie musste weiter. Dorthin, wo keine Menschen waren. Sie schlurfte Meter für Meter, merkte nicht, wie die Menschen, die ihr entgegenkamen, sie neugierig anschauten. Sie folgte einfach dem rot geklinkerten Weg in die Dünen.

Mitten zwischen Brombeersträuchern stand eine Bank. Mühsam schleppte sie sich dorthin und ließ sich darauf fallen. Jegliche Kraft war aus ihrem Körper gewichen. Sie würde nie wieder aufstehen können. Es war, als ob ein zentnerschwerer Stein auf ihren Schultern lastete, und es gab keine Möglichkeit, ihn loszuwerden. Und das Schlimmste war – es war ihr völlig egal. So blieb sie einfach sitzen, bis ihre Tränen nachließen. Langsam hob sie ihren Kopf. Wo war sie? In den Dünen, klar. Aber wo genau? Sie sah auf der anderen Seite des Weges gelbe Blumen in dichten Büscheln. Jakobskreuzkraut. Sie hatte erst vor zwei Monaten einen Bericht für den

Sender darüber gemacht. Ganz schön gefährlich für die Tierwelt, dieses Kraut. Ihr Schluchzen ging in verzweifeltes Lachen über. Was machte sie hier? Bertus hatte ihr vor zwei Stunden erzählt, dass er Markus Knube umgebracht hatte, und sie dachte über die Gefährlichkeit des Jakobskreuzkrautes nach? Sie hatte das Gefühl, langsam verrückt zu werden. Obwohl – eigentlich passte es. Da stand die Blume leuchtend gelb in der Sonne und war äußerst gefährlich. So ähnlich war es mit Bertus. Nicht, dass der Mann leuchtete, aber wenn man ihn sah, würde man ihn eher als faulen, aber harmlosen Brummkopf einstufen. Doch bis vor zwei Stunden niemals als einen Mann, der einen anderen tötete.

Bertus hatte ihr die Schuld gegeben. Und was das Schlimmste war – sie konnte es sogar nachvollziehen. Nicht den Mord. Natürlich nicht. Aber dass sie mit dem Redakteur und nicht erst mit Bertus gesprochen hatte, musste ihn unglaublich wütend gemacht haben. Aber was Markus damit zu tun hatte, warum er ihn und nicht sie, Klara, getötet hatte – darauf war er die Antwort schuldig geblieben.

Er hatte nur das Obstmesser von der Schale mit den Äpfeln genommen und war auf sie losgegangen. Im letzten Moment hatte sie die Zimmertür aufreißen und weglaufen können.

Nun saß sie hier anstatt mit Bertus auf dem Schiff. Das war sicher längst in Neßmersiel angekommen. Genauso wie ihr Gepäck. Was sollte sie also machen? Sitzen bleiben, bis die Sonne über dieser wunderschönen Landschaft unterging, oder am Strand bis zum Ostende laufen, als wäre sie ein unbeschwerter Urlauber wie alle anderen? Sie wusste, dass es keine Lösung war. Schließlich hatte sie den Ruf einer Frau, die mitten im Leben stand und nicht irgendwelchen Träumereien hinterherzujagen pflegte. Aber diesmal versagte diese Eigenschaft. Fast. Eine Weile blieb sie sitzen, schaute den Möwen bei ihren Rundflügen zu, sah einen Fasan über die grünbewachsene Düne laufen und das Moos herauspicken und überlegte, welche Sorte Baum es wohl war, der so dürftig seine blattlosen, ausgetrockneten Zweige hängen ließ. Ein Flugzeug hinterließ einen weißen Kondensstreifen am Himmel. Sehnsucht erfüllte sie. Sehnsucht nach einem Leben ohne Probleme, frei und unbeschwert. Vielleicht für immer in Neuseeland. Das Land ihrer Träume. Sie stand auf. Zunächst musste sie Licht ins Ungewisse bringen. Denn eines wurde ihr mit jeder Sekunde klarer: Ihr Mann war ein Mörder, und sie war abgehauen, anstatt die Polizei zu benachrichtigen. Sie wühlte in ihrer Jackentasche. Das Einzige, was sie herauszog, war ein tränennasses Taschentuch. Ihr Handy steckte im Rucksack. Und der lag als letztes Teil reisebereit in ihrem Zimmer.

38

Die beiden Kommissare folgten dem RTW und nahmen Bertus Becker in Empfang, der aus allen Löchern triefte. »Ob wir ihn so mit in den Klubraum nehmen sollten?«, überlegte Arndt. »Das könnte Krach mit Familie Ahlers geben.«

»Kommt rein.« Henning Ahlers stand in der Tür zum Hotel. »Wir bringen ihn gleich in die Umkleide vom Schwimmbad. Da habt ihr Platz und ihr macht nichts nasser, als es sowieso schon ist. Die beiden Gäste, die gerade ihre Schwimmauszeit nehmen, wissen Bescheid und bleiben im Wasser, solang ihr die Umkleide nutzt. Handtücher liegen bereit.«

»Eine gute Idee.« Arndt bedankte sich bei Ellen Neubert und Maik Bernhardt und schob den Mann, der wie ein im wahrsten Sinne des Wortes nasser Sack zwischen ihnen ging, ein Stück energischer vorwärts. »Da können wir warten, bis Kenny mit den Sachen auftaucht. Warm ist es auch.«

Sie gingen in den hinteren Bereich, den Ahlers vor einigen Jahren zur Freude ihrer Gäste hatten anbauen lassen. Seitdem war das Hotel gerade in der Vor- und Nachsaison noch ausgelasteter als zuvor.

Bertus Becker ließ sich auf die schmale Holzbank fallen und stöhnte. »Was soll das? Ich kann nicht schwimmen. Also war das die beste Methode, um sich von der Welt zu verabschieden. Warum habt ihr mich nicht einfach da unten liegenlassen? Ich will dieses verdammte Leben nicht mehr. Kapiert ihr das nicht?«

»Sie wollen vielleicht nichts mehr vom Leben, aber wir wollen gerne etwas von Ihnen wissen«, erwiderte Gero. »Das ist eigentlich Grund genug, Sie aus dem Wasser zu ziehen. Und dazu gehört: Wo ist Ihre Frau?«

Becker sagte nur: »Keine Ahnung.« Dann schwieg er.

Auch die Kommissare schwiegen, zwar ungeduldig, aber mit dem Wissen, dass der Mann, der wie ein durchweichter Zementsack vor ihnen saß, nichts mehr sagen würde.

Arndt hörte ein leichtes Rumpeln, dann wurde es lauter, und die Tür flog mit Schwung auf. Er sah zuerst eine Reisetasche, dann Kenny.

»Hier ist sie. Ich hoffe, ich habe mich nicht versehen und es ist die richtige.«

»Danke«, sagte Gero. »Stellst du die anderen Sachen in den Klubraum?«

»Klar, mache ich.« Schon war der Hausmeister wieder verschwunden.

»So, Herr Becker. Jetzt ziehen Sie sich um. Aber bitte zügig«, forderte Arndt den Mann auf, der sich immer noch nicht bewegt hatte.

»Hier vor Ihnen. Das glauben Sie doch selbst nicht.«

»Herr Becker. Sie nehmen jetzt die nötigen Sachen aus der Tasche. Wir kontrollieren, ob es tatsächlich nur Notwendiges ist. Dann gehen Sie in die Einzelumkleide und wechseln Hemd, Hose und alles andere. Verstanden?« Endlich stand Becker auf und suchte frische Bekleidung aus seiner Tasche.

Gero beobachtete genau, dass sich nicht etwa ein Rasiermesser oder Ähnliches, das zum Selbstmord taugte, darunter verbarg, und ließ den Mann gehen. »Die Tür bleibt angelehnt. Es wird nicht abgeschlossen«, ordnete er an.

Es dauerte eine ganze Weile, bis Becker wieder erschien. Diesmal trocken. Bis auf seine Haare, die nass an seiner Kopfhaut klebten und die er wohl beim Abtrocknen vergessen hatte.

»Wir werden im Klubraum die Vernehmung fortsetzen. Kommen Sie!« Wieder nahmen sie den Mann zwischen sich und brachten ihn unter dem einen oder anderen Blick eines Hotelgastes in den Raum, der ihnen seit 15 Jahren als Dienstraum zur Verfügung stand.

»Kann ich euch etwas Gutes tun?«, fragte Birgit Ahlers freundlich in die Runde. »Herr Becker kann sicher einen warmen Tee gebrauchen.«

»Gerne. Kaffee und Tee für alle.« Arndt lächelte zu der Frau hinüber.

»Bis gleich. Marvin wird auch gleich hier sein.«

Tatsächlich dauerte es nur ein paar Minuten, da stand Marvin im Klubraum, vor sich einen Rucksack.

»Wie sieht es aus?«, fragte Gero. »Habt ihr Frau Becker gefunden?«

Marvin schüttelte den Kopf. »Henning, Birgit und ich haben das ganze Haus abgesucht. Vom Dachboden bis zum Keller. Wir haben in den Kühlhäusern nachgesehen, in jedem Zimmer, auf jeder Toilette genau nachgeschaut. Aber nichts. Sie war nirgends aufzutreiben. Das Einzige, was wir gefunden haben, war der Rucksack in ihrem Zimmer. Darin sind ihre Papiere, das Telefon und ein paar weitere Dinge. Also – es sieht nicht gut aus. Welche Frau geht schon ohne ihr gesamtes Leben aus dem Haus? Da muss schon ein besonderer Grund vorliegen.«

»Und genau diesen Grund hätten wir jetzt gerne von Ihnen erfahren!«, wandte sich Arndt mit scharfer Stimme an Becker. »Los, reden Sie! Wo ist Ihre Frau?«

»Ich habe keine Ahnung. Ich weiß es wirklich nicht.« Dabei blieb er.

Gero, Arndt und Marvin überlegten. Wie war mit dieser Situation umzugehen? »Was nun? Großes Aufgebot? Je schneller, desto besser!«, sagte Gero eindringlich.

»Ich rede mit Müller. Dann sehen wir weiter. Bis gleich.« Arndt ging auf die Terrasse. Da war es ruhiger. Er erreichte seinen Chef und unterrichtete ihn über die momentane Lage. »Ich mache mir große Sorgen um die Frau«, sagte er.

»Leite alles in die Wege«, war die spontane Antwort.

Genau das würde jetzt passieren. Ihm war klar, dass Axel Meinders, der Gemeindebrandmeister, sofort helfen würde. Arndt versprach, seinen Chef auf dem Laufenden zu halten, und wählte Axels Nummer. Der meldete sich sofort, doch noch ehe er seine Bitte loswerden konnte, sah er jemanden die Treppe hoch zur Terrasse steigen. »Danke. Hat sich erledigt. Erklärung folgt später«, sagte er und beendete das Gespräch. Gleichzeitig näherten sich von der linken Seite Michael und Wille. Jetzt wird es voll, dachte Arndt. Mal sehen, was die nächsten Stunden bringen. Er überlegte, dann beschloss er, Klara Becker zunächst getrennt von ihrem Mann zu befragen. »Hallo, Frau Becker. Wir haben Sie schon intensiv gesucht.«

Klara Becker schaute ihn ruhig an. »Das ist mir auch klar geworden. Aber ich brauchte eine Auszeit. Jetzt stehe ich Ihnen zur Verfügung.«

Arndt wandte sich an Wille und Michael, der jetzt wohlgetrocknet vor ihm stand. »Nehmt ihr bitte Frau Becker mit in Ahlers' Privatküche zur Besprechung? Ich bin ebenfalls gleich vor Ort.«

»So machen wir es. Kommen Sie, Frau Becker«, erwiderte der Inselpolizist.

»Aber bitte, sagen Sie mir doch zuerst, ob mein Mann abgereist ist. Das ist er sicher, oder?«, fragte Klara Becker.

»Wir haben Ihren Mann in Obhut«, sagte Arndt. »Ihm geht es gut. Auch Ihr Gepäck ist im Hotel. Aber jetzt folgen Sie bitte meinen Kollegen.« Ihm war im Moment keine bessere Alternative zum Klubraum eingefallen, aber er wollte unbedingt zunächst die Version von Frau Becker hören, bevor sie ihren Mann befragten. Der sollte man erst seinen Tee trinken und zu Kräften kommen. Vielleicht hatten ja Gero und Marvin schon eine Aussage von ihm im Kasten. Er ging zum Klubraum und gab Bescheid, dass Frau Becker wieder aufgetaucht war und so die Suche durch die Feuerwehr nicht mehr nötig war. »Wir sprechen mit ihr. Ihr bleibt bei Becker. Hat er euch schon …?«

»Nein. Kein Wort«, sagte Marvin.

»Soll ich euch Wille schicken? Falls er …?«

»Nein, danke. Wir haben den Mann im Griff«, sagte Gero was ihm ein Protestschnaufen von Becker einbrachte.

»Gut. Bis gleich.« Auf dem Flur kam ihm Birgit Ahlers mit einem Tablett voll mit Tassen und Kannen entgegen. Wie gerne hätte auch er einen Kaffee gehabt.

»Er steht schon bereit«, sagte sie im Vorbeigehen. Offensichtlich hatte sie seinen neidischen Blick mitbekommen. »Wenn ihr schon das halbe Hotel in Beschlag nehmt.«

»Danke«, rief er und war wieder einmal glücklich, dass sie seit Jahren diesen wunderbaren Platz zum Schlafen, Essen und letztendlich zum Ermitteln gefunden hatten. Gastfreundlicher als es die Ahlers waren, ging es kaum.

Die beiden Polizisten und Klara Becker saßen um den Küchentisch. Es sah so gemütlich aus, als ob es sich um ein Familientreffen handelte. Wobei ihm natürlich klar war, dass längst nicht alle Familientreffen harmonisch abliefen. Er setzte sich dazu, goss sich einen Kaffee ein und bat: »Frau Becker, berichten Sie uns, was sich hier heute Morgen abgespielt hat, und wie es dazu gekommen ist. Und bitte ausführlich.«

»Gerne.« Klara Becker holte tief Luft. »Heute Morgen wollten wir abreisen. So war es zumindest geplant. Ich habe dem Hausmeister mein Gepäck gegeben. Dann bin ich zu Bertus rein, um zu fragen, ob auch er fertig ist. Er war total sauer und hat mich angeschnauzt, warum ich hinter seinem Rücken mit dem Redakteur abgesprochen hätte, dass ich nicht mehr mit ihm zusammenarbeiten wollte. Daraufhin bin ich auch böse geworden und habe ihm vorgehalten, dass mir seine Art total auf den Wecker ging und dass er sich in den letzten Jahren so sehr verändert hätte.«

»Was geschah dann? Hat er Sie bedroht?«, fragte Wille.

Sie schüttelte den Kopf. »Nein. Zunächst nicht. Nicht einmal, als ich ihn fragte, ob er Markus umgebracht habe. Er blieb sogar erstaunlich ruhig.«

Arndt schaute die Frau nachdenklich an. »Meinen Sie nicht, dass dieser Zeitpunkt genau der Richtige gewesen wäre, das Zimmer zu verlassen? Sie haben sich in höchste Gefahr begeben.«

»Das weiß ich jetzt auch«, bestätigte Klara Becker. »Aber er war so ruhig in diesem Moment, dass ich keine Gefahr sah. Im Übrigen hat er den Mord tatsächlich zugegeben, aber keinen Grund für die Tat genannt. Erst als mir dann herausrutschte, dass ich für die nächste Woche einen Termin bei einem Scheidungsanwalt gemacht hätte, da ist er mit dem Obstmesser auf mich los, und ich habe zugesehen, dass ich wegkam.«

»Eine gute Entscheidung. Wo sind Sie hin?«, fragte Wille.

»Ich bin einfach losgerannt. Ohne Ziel, ohne Nachdenken, wollte einfach nur weg. Hätte ich in diesem Moment auch nur ein wenig überlegt, wäre ich natürlich hiergeblieben und hätte Sie benachrichtigt. Das tut mir jetzt richtig leid. Aber es ist einfach mit mir durchgegangen. Erst auf einer Bank in den Dünen kam mir zu Bewusstsein, dass Herumsitzen und Möwen Begucken keine Lösung ist.«

»Da haben Sie durchaus recht«, sagte Röder. »Das hätte uns manches erspart.«

Arndt konnte sich ein Lächeln kaum verkneifen, als er sah, wie sich Michaels Stirn in Falten gelegt hatte.

»Wieso? Was ist passiert?«, fragte Klara Becker angstvoll.

»Ihr Mann ist ins Hafenbecken gesprungen, und ich habe ihn wieder herausgeholt«, erwiderte Röder trocken.

»Aber er kann doch gar nicht schwimmen. Was sollte das also?«, fragte Klara Becker verwundert und gab gleich darauf die Antwort. »Er wollte sich umbringen, oder? Der Mann wäre niemals aus Spaß am Schwimmen und schon gar nicht an dieser Stelle mal einfach so ins Wasser gegangen. Also …«

»Die Hintergründe klären wir später«, sagte Arndt. »Kommen wir wieder zu Ihnen. Ihr Mann hat Ihnen also gestanden, dass er Herrn Knube getötet hat. Allerdings wissen Sie nicht warum, wie und wo. Ist das richtig?«

»Das ist richtig«, bestätigte die Frau.

»Haben Sie denn eine Idee, warum er Knube getötet haben könnte? Überlegen Sie!«, bat Arndt.

»Nein. Ich habe keine Ahnung«, sagte Klara Becker.

»Sie bleiben bitte im Hotel. Frau Ahlers wird Ihnen sicher ein Zimmer zur Verfügung stellen, in dem Sie sich aufhalten können. Wir werden Sie im Lauf des Tages bestimmt zu einer weiteren Befragung bitten.« Arndt leerte seine Kaffeetasse, stand auf und bat Röder, mit der Hotelchefin Kontakt aufzunehmen. »Wir treffen uns im Klubraum.« Arndt und Wille gingen zurück zu dem Raum, in dem seine beiden Kollegen und Bertus Becker saßen.

»Sag mal, glaubst der Frau?«, fragte Wille ihn zögerlich. »Zunächst habe ich ziemlich euphorisch gedacht, dass wir nach deren Aussage ein ganzes Stück weiter sind. Dass wir Becker damit überführt haben. Aber es gibt auch die Möglichkeit, dass sie ihren Mann belasten will, um von sich selber abzulenken.«

»Alles ist möglich«, erwiderte der Hauptkommissar. »Wer weiß, welches Huhn sie mit Knube zu rupfen hatte. Außerdem haben wir Kannings und Krasmer ebenfalls noch auf dem Schirm. Allerdings weiß ich dann nicht, warum die Becker den Mord ihrem Mann in die Schuhe schieben sollte.«

»Nicht zu vergessen Fiete Peters«, fügte Wille hinzu, bevor sie den Klubraum betraten.

»Ich glaube, Herr Becker hat nur auf euch gewartet«, unterbrach Marvin das Schweigen, das in dem Raum herrschte.

Offensichtlich hatte er recht. Denn kaum hatten die Männer Platz genommen, begann Becker zu reden. »Das hat alles keinen Zweck. Das ist vorbei.«

»Herr Becker«, unterbrach ihn Gero. »Bitte fangen Sie mit dem heutigen Tag an. Und zwar von vorne. Doch bevor Sie anfangen – Ihnen steht ein Rechtsbeistand zu. Wie sieht es damit aus?«

»Jaja, schon gut. Den brauche ich nicht. Ich habe gefrühstückt und bin danach auf mein Zimmer gegangen, um zu packen. Nach einiger Zeit kam meine Frau, um mir zu sagen, dass ihre Reisetasche bereits zur Abfuhr auf der Wippe vor dem Hotel stand. Soweit so gut. Allerdings war ich an diesem Morgen nicht so gut drauf bei dem Gedanken, was mir der Redakteur ziemlich unbeabsichtigt mitgeteilt hatte. Nämlich dass ich meinen Job los war. Kein gutes Gefühl, oder?« Er schaute die Kommissare beinahe auffordernd an. »Aber so etwas kennen Sie ja nicht. Als ich dann meine Frau sah und sie zu drängeln anfing, wurde ich noch wütender. Dann kam die Sache mit der Scheidung. Erst konnte ich kaum begreifen, was sie mir sagen wollte. Doch als ich realisierte, dass mein Leben völlig im Eimer war, musste ich handeln. Da kam mir das Messer gerade recht. Verstehen Sie, ich wollte sie nicht töten. Sie nicht. Aber wie sie dann aus dem Zimmer floh – es war Balsam auf meine Seele. Ich hatte gezeigt, dass ich nicht so ein Schwächling bin, wie alle meinen. Ich kann reagieren. Jawohl!«

Becker reckte sich, und Arndt hatte das Gefühl, als wäre mit dieser Aussage Kraft und Leben in dessen Körper zurückgekehrt. »Wie ging es dann weiter?«

»Ich habe das Messer zurück zu den Äpfeln gelegt und habe meine Tasche mit der Technik zusammen auf die Wippe gepackt. Wie befohlen.« Jetzt kicherte der Mann sogar ein wenig.

Sie mussten aufpassen, dass er nicht ganz durcheinander lief, bevor sie seine Aussage hatten.

»Ich war sogar ein wenig aufgedreht auf dem Weg zum Hafen. Beinahe hätte ich – ach, egal – ich hätte tanzen können. Aber dann kam Ihr Inselkollege und hat mich gefragt, ob ich in der Nacht draußen gewesen wäre, als dieser Peters auch unterwegs gewesen war. Da schlug die Laune um. Können Sie sich vorstellen.«

»So sind Sie ins Hafenbecken gesprungen.« Auch Michael Röder war inzwischen im Klubraum eingetroffen. »Wir möchten wissen, warum meine Frage bei Ihnen diese Reaktion ausgelöst hat.«

»Mit anderen Worten: Haben Sie Herrn Knube getötet?«

Bertus Becker zögerte ein wenig, dann sagte er mit fester Stimme: »Ja. Das habe ich.«

»Warum?« Arndt Kleemann konnte kaum ertragen, wie dieser Mann sich plötzlich aufspielte. Aber vermutlich erschien ihm die Situation hier vor Publikum das letzte Mal zu sein, dass er sich im Mittelpunkt fühlen konnte. Allerdings hatte er offensichtlich nicht bedacht, dass es auch noch eine Verhandlung geben würde.

»Er hat mich hintergangen. Oder, wie soll ich sagen, nicht ernst genommen.«

»Herr Becker, bitte. Etwas genauer!«, forderte Marvin ihn auf.

»Es war in der ersten Nacht. Ich konnte nicht schlafen. Wegen des Gesprächs mit dem Redakteur. Sie wissen schon. Da hörte ich plötzlich vom Hotelflur eine leise Stimme. Ich dachte, es wäre vielleicht meine Frau, die mich um Entschuldigung bitten wollte. Man denkt halt eben Blödsinn, wenn man nachts mit seinen Überlegungen allein ist. Ich bin also raus auf den Flur und sah Markus, der ein Liedchen vor sich hin trällerte. Mir fiel gleich auf, dass er wohl etwas angeschickert war, aber ich brauchte jemanden zum Reden. Ich bin ihm auf sein Zimmer gefolgt. Ist sonst nicht meine Art. Das mache ich immer für mich alleine aus. Wir haben geredet. Es war schwierig, weil – die Biere bei ihm und so. Darum dachte ich, wenn wir einen Gang machen, er frische Luft atmet, dann könnte es besser gehen. Ich habe es ihm vorgeschlagen, und er hat sofort eingewilligt.«

»Dann sind Sie raus Richtung Hafen?«, unterbrach Gero den inzwischen erstaunlich schnellen Redefluss des Mannes.

Arndt hatte das Gefühl, als ob der unbedingt etwas loswerden wollte.

»Ja. Dabei war es eigentlich egal, wo es hinging. Hauptsache raus. War dann aber doch nicht so gut, wie ich dachte. Je länger wir liefen, desto ekliger wurde Markus. Plötzlich war es nicht mehr ich, um den es sich drehte, sondern die Welt im Ganzen. Oder wie sagte er: Es geht nicht um die Wünsche einzelner Menschen. Es darf nur eine Welt geben. Ohne Staatsoberhäupter oder Kirchenfürsten. So ein Quatsch. Ich wurde ziemlich wütend. Das war nicht Sinn des Gesprächs. Ich wollte meine Probleme in den Griff kriegen und nicht die Welt retten. Da konnte ich mich ebenso gut ins Bett legen und grübeln. Wir kamen an der Hafenkante an. Noch immer hörte der Mann nicht auf zu schwafeln. Er stand vor mir und zeigte auf das Wasser. Als er dann rief: ›Hier ist der Platz, wo Mensch und Natur zusammenkommen. So soll es sein. Beide gleichberechtigt miteinander‹, da hatte ich die Schnauze voll. Das kannst du haben, gute Idee, dachte ich und habe ihm eine geknallt. Er ist umgekippt. Einfach so. Er hat versucht, von mir wegzukriechen. Aber ich habe mich auf seine Hand gestellt und zugetreten. Ich hoffte, dass er zur Vernunft kommen und sich entschuldigen würde. Aber er sagte nichts mehr. So habe ich ihn ins Wasser geschoben. Schließlich war es seine Idee gewesen. Mensch und Natur sollen zusammenkommen.«

Beinahe angewidert wandte sich Arndt ab. Er hatte in seiner Laufbahn schon viele widerwärtige Situationen erlebt, aber die gehörte zu den schlimmsten. Er merkte, dass es seinen Kollegen nicht anders ging.

»Also haben Sie beschlossen, dass es doch total witzig wäre, wenn Sie an der genau gleichen Stelle den Tod finden würden wie der Mann, den Sie in den Tod geschickt haben.« Arndt war klar, dass das Wort »witzig« nicht zwingend die Realität wiedergab. Aber er konnte es sich nicht verkneifen.

»Es war reiner Zufall. Hätte mich der da«, Becker zeigte auf Röder, »in den Dünen angesprochen, wäre vermutlich nichts oder etwas ganz anderes passiert. Es bot sich jedoch am Hafen nahezu an.«

»Motiv und Möglichkeit passten also zusammen. Wunderbar.« Marvin schaute in die Runde. »Soll ich veranlassen, dass dieser Mann in die JVA gebracht wird?«

»Gerne«, kam es wie aus einem Munde.

»Ich werde Frau Becker benachrichtigen.« Arndt stand auf. Er musste dringend raus. Erst einen Moment frische Luft schnappen, dann zu Frau Becker. Vor dem Hotel verharrte er einen Moment und ließ seinen Blick über das Wattenmeer gleiten. Es war Niedrigwasser. Vor dem Nationalparkhaus hatte sich eine kleine Gruppe um Enna Klar versammelt. Einige trugen Gummistiefel, andere waren barfuß. Also stand eine Wanderung in das Gebiet bevor, das alle paar Stunden vom Wasser überspült wurde. Markus Knube hatte schon recht mit seiner Aussage, dass Mensch und Natur in Einklang leben sollten. Nur hatte er das für Becker offensichtlich zu einem völlig falschen

Zeitpunkt geäußert und dafür mit dem Leben bezahlen müssen.

Klara Becker saß reglos auf dem Bett und schaute ihn mit leeren Augen an. Erst als er ihr berichtete, dass ihr Mann die Tat gestanden hatte, schien sie aufzuwachen. »Unglaublich. Er hat es zugegeben? Nicht mal dafür hätte ich ihm den Mumm zugetraut.«

»Doch. Er hat uns den genauen Ablauf geschildert. Ich denke, er meinte, dass er nichts mehr zu verlieren hat«, sagte Arndt.

»Klar. Er wollte sich und seine Meinung ein letztes Mal im Mittelpunkt sehen. Und wer denkt an mich? Bertus ist im Knast, Markus ist tot, und ich kann mir eine neue Lebensaufgabe suchen. Sie können nämlich sicher davon ausgehen, dass der Sender nichts mehr von mir wissen will, wenn erst die Verhandlung gegen Bertus Thema in den Medien ist«, schluchzte Klara Becker und zog ein Taschentuch heraus.

Da ist wohl eine weitere Person, die sich selber im Mittelpunkt des Weltgeschehens sieht, dachte Röder. So habe ich die Frau eigentlich nicht eingeschätzt. »Wissen Sie, Sie können wenigstens Licht am Ende des Tunnels sehen. Das ist für Herrn Knube leider nicht mehr möglich.«

»Entschuldigung. Das habe ich nicht so gemeint.« Jetzt weinte die Frau aus tiefster Seele.

Offensichtlich hatte seine Überlegung nicht zwingend zur Beruhigung beigetragen. Er setzte sich zu ihr und legte den Arm um sie. Es war sicher aus polizeilicher Sicht nicht sehr professionell, aber er konnte die Verzweiflung der Frau nur schwer ertragen. So saßen sie eine Weile, dann sagte er: »Ich muss zurück, aber ich hole Hilfe.«

In der Geschäftsküche fand er Birgit Ahlers vor dem offenen Gefrierschrank. »Wir machen den Herbstbestand«, erklärte sie. »Alles muss raus. Es ist aber nicht sehr viel, denn, wie du weißt, bereiten wir die meisten Mahlzeiten mit frischen Zutaten zu.«

»Das ist mir bekannt.« So oft hatte er schon die Mahlzeiten hier im Hotel genossen, und er konnte sich an kein Gericht erinnern, das ihm nicht geschmeckt hätte. Er bat Birgit, sich um Frau Becker zu kümmern. Sie war sofort einverstanden. »Unser Koch und Henning können hier weitermachen. Ich gehe zu ihr.«

»Der Hubschrauber wird in einer halben Stunde hier sein« empfing Marvin ihn, als er zurück in den Klubraum kam. »Ich fliege mit. Schließlich muss jemand ein Auge auf den Mann haben.«

»Das ist gut.«

Bertus Becker saß in seinem Sessel, und das Einzige, was ihn zu interessieren schien, waren die Elvis-Plakate an den Wänden. »Herr Becker«, versuchte Marvin, die Aufmerksamkeit des Mannes zu wecken, »Sie haben gehört: Gleich geht es los. Wenn Sie vorher zur Toilette müssen, dann begleiten wir Sie jetzt gerne dorthin. Im Hubschrauber wird es schwierig. Verstehen Sie mich?«

Bertus Becker schaute Marvin Lingenberg an. »Sie haben in mein Leben unerlaubt eingegriffen, als Sie mich nicht haben sterben lassen. Sie haben mich festgenommen und bestimmen nun, wie es weitergeht. Aber nun ist Schluss. Ich höre nicht mehr, was Sie sagen, und eine Antwort auf Fragen bekommen Sie auch nicht.«

Sie ließen es dabei. Kurz darauf hörten sie das Schlagen von Rotorblättern. Der Hubschrauber war im Anflug. Sie brachten Becker zum Flugplatz, und Arndt war froh, als die Maschine wieder abhob. »Michael, würdest du bitte kurz mit Kannings reden? Er soll wissen, dass er aus der Sache raus ist. Und du, Wille, sprichst du mit Krasmers? Auch die haben ein Recht auf Aufklärung. Ich werde zu Frau Becker gehen und dann schauen, ob auf der Strandmauer die Welt in Ordnung ist.«

»Ich werde mich um Fiete Peters kümmern«, sagte Gero. »Wenn dann noch Zeit ist, fahre ich zu *Stadtlander* und kaufe für meinen Nachwuchs diesen süßen grauen Plüschseehund, der im Schaufenster liegt. Was haltet ihr davon?«

»So machen wir es«, bestätigte Arndt. »Um 17 Uhr treffen wir uns wieder im Klubraum zum Abschlussgespräch.«

39

Jann Kannings blickte nicht sehr erfreut über die Theke, als der Inselpolizist den Laden betrat. Doch das Gesicht des jungen Mannes erhellte sich zusehends, als Röder ihm den Grund seines Kommens erklärte.

Ein »Endlich mal eine gute Zusammenarbeit mit der Polizei«, konnte sich Kannings trotzdem nicht verkneifen.

»Vielleicht wird es auch zur Grundlage Ihrer Zusammenarbeit mit uns«, schlug Röder vor und ließ Kannings weiter gelbe Gewürzpäckchen ins Regal räumen. Er wollte nach Hause. Schauen, wie es Sandra und Amir ging.

In der Küche wurde er mit einem freundlichen »Hallo, mein Schatz. Ich hoffe, dir ist warm geworden«, empfangen. Wenn seine Frau jetzt noch ein Tässchen Tee für ihn hatte, wäre es ein guter Tag. Doch sie legte gerade Amir einen neuen Verband an. Also füllte er den Wasserkocher und nahm die Teetassen aus dem Schrank. »Eine kurze Pause, dann geht es zurück zum *Sonnenstrand*. Nachbesprechung.« Während sie den Tee genossen, berichtete er, was sich ergeben hatte. »Du siehst, wir haben einiges zu bereden.«

»Ich habe verstanden.« Sandra lachte. »Du gehst wieder und wirst vermutlich auch das Abendessen mit deinen Kollegen einnehmen. Rein dienstlich natürlich. Das Bier danach gehört, wie ich es einschätze, zur verdienten Entspannung nach dem aufreibenden Dienst.«

»Das siehst du ganz richtig. Ich denke aber, wir sehen uns heute Abend noch.« Röder stand auf, streichelte erst Sandra, dann Amir und fuhr zurück zum Klubraum, der ihm in all den Jahren fast zur zweiten Heimat geworden war. Leider war diese Heimat mit oftmals unangenehmen Erinnerungen verbunden. Er wünschte sich, mal wieder eine der seltenen Partys dort zu feiern. Aber erst einmal stand hoffentlich seiner Vespa-Tour am nächsten Wochenende nichts mehr im Wege.

Seine Kollegen waren bereits ins Gespräch vertieft. Röder hörte, wie Gero sagte: »Ich habe selten eine schlechtere Begründung für einen Mord gehört.«

»Es kam eben eines zum anderen. Sein Jobverlust, die Enttäuschung, dass Markus nicht auf seine Nöte eingegangen ist – da ist es mit ihm durchgegangen«, erwiderte Arndt.

»Als seine Frau ihm klarmachte, dass sie die Scheidung wollte, sah er keinen anderen Weg, als sich umzubringen. Oder es war einfach ein Hilfeschrei.«

»Und das Endergebnis war, dass der mich dadurch auch ins Wasser gescheucht hat«, prustete der Inselpolizist.

»Dafür sind wir da«, warf Wille ein. »Außerdem verstehe ich deinen Protest überhaupt nicht. Als du zitternd aus dem Hafenbecken kamst, musste ich mir einfach folgende Frage stellen: Warst du es nicht, der mir mit stolzer Brust erzählte, dass du selbstverständlich am 15. Mai am Anbaden teilnimmst? Da ist das Wasser doch erheblich kälter, als es heute war. Wozu also jetzt der Aufstand?«

Dem Inselpolizisten war spontan klar, dass die beste Antwort darauf war, einfach in das Gelächter der anderen einzustimmen.

Es dauerte eine Weile, bis wieder Ruhe im Klubraum eingekehrt war. Dann fragte Arndt: »Wie war es denn bei Kannings?«

»Alles bestens. Wir haben uns auf Waffenruhe geeinigt«, sagte Röder.

»Das ist sehr gut. So bleibt er der Insel hoffentlich in Frieden erhalten. Wie war es bei Peters?«, wandte er sich an Gero.

»Ihr glaubt es nicht, aber Fiete Peters war extrem friedlich. Er hat beschlossen, Julia Coordes bei der Aufarbeitung der Baltrumer Geschichte zu helfen, und ansonsten wollte er wohl sein Dach sanieren. Er hat gemeint, dass an seiner Vermutung, das Dach seines Hauses könnte im Überflutungsfall tatsächlich als schwimmende Hilfe dienen, sei nichts dran. Es sei lediglich an der Stelle extrem löcherig gewesen.«

»Das ist ein Ding«, stellte Arndt erstaunt fest. »Jetzt haben wir schon zwei geläuterte Seelen. Nun bin ich gespannt, was Krasmer gesagt hat.«

»Ich muss dich enttäuschen. Auch da gab es keinen Streit. Na ja, bis darauf, dass Hagen Krasmer auf der Insel bleiben wollte, obwohl er kaum laufen konnte. Die Tochter fand diese Entscheidung ziemlich blöd und aussichtslos. Sie plädierte sogar dafür, mit der Krankheit der Mutter an die Öffentlichkeit zu gehen, was Krasmer strikt ablehnte. Aber das soll nicht unser Bier sein. Wir haben die Anzeige wegen des Unfalls aufgenommen, und er wird Nachricht vom Amt erhalten. Alles Weitere geht uns nichts an.«

»Wir hoffen mal, dass alles gut geht«, sagte Arndt. »Kommen wir jetzt also zu den wichtigen Dingen. Ich habe in weiser Voraussicht mit Birgit abgesprochen, dass wir ein gemeinsames Abendessen einnehmen. Gero und ich fahren morgen ans Festland, um von dort die Ermittlungen weiter zu betreuen. Dann werden wir uns so bald sicher nicht wiedersehen.«

Röder hatte irgendwie das Gefühl, als ob sich auf den Gesichtern der Kollegen ein ganz schwaches Grinsen zeigte. Aber er mochte sich auch irren.

14 TAGE SPÄTER

An diesem Wochenende hatte Wille, genau wie am letzten, freiwillig den Dienst übernommen, bevor er wieder seine Arbeit am Festland aufnahm. »Wenn ich nicht mehr da bin, hast du genug zu tun. Lass mich man machen«, hatte er argumentiert und keine andere Möglichkeit zugelassen.

Sandra hatte ihn darin erstaunlich energisch unterstützt, und nun räkelte sich der Inselpolizist gemütlich auf der Couch und dachte über die Tage nach, die er an Land verbracht hatte. Wie schön war es gewesen. Die Stadt Jever hatte ihm besonders gut gefallen. Nicht zu vergessen die Schlossführung. Und das Treffen mit den Festlandskollegen in der Brauerei war äußerst gemütlich verlaufen. Am schönsten war allerdings Leer. Der Hafen, die Altstadt, die kleinen romantischen Gassen – ein Genuss. Das alles würde er bald Sandra zeigen. Es war bedauerlich, dass der Insulaner, wenn er ans Festland fuhr, gerne an den Schönheiten Ostfrieslands vorbeifuhr zu weiter entfernten Zielen. Hier in der Nähe gab es so viel anzusehen.

»Michael, bist du fertig?«

Er schaute auf die Uhr. Hatte er doch ein wenig zu lange in Erinnerungen geschwelgt. Sie wollten auf ein Getränk ins Hotel *Sonnenstrand.* Henning hatte angerufen und Sandra und ihn auf ein Bier zum Saisonschluss eingeladen. Eigentlich hatte er keine Lust. Heute war es zum ersten Mal in diesem Herbst so richtig kalt gewesen. Die Blätter waren ihm um die Ohren geflogen, als er mit Amir, dem es erfreulicherweise wieder besser ging, draußen gewesen war.

Gemächlich ging er nach oben ins Schlafzimmer und zog sich an. Fast automatisch griff er zur Uniformjacke, aber das war natürlich Blödsinn. Privatklamotten waren angesagt.

Als er wieder runterkam, wartete Sandra bereits fertig angezogen auf ihn.

»Nun man nicht so hektisch«, winkte er fröhlich ab. Er freute sich auf den Abend in Gemütlichkeit.

Als sie dem Hotel näher kamen, hörte er Musik. Das durfte nicht wahr sein. Er wusste genau, wer dafür verantwortlich war für diese seine Lieblingsmucke. Das konnten nur die *Emilys* sein. Er beschleunigte seine Schritte, sodass Sandra kaum hinterherkam. Warum waren die hier? Ging es um ein Probenwochenende? Fast stürmte er durch den Hoteleingang. Die Musik kam aus dem Klubraum. Er öffnete die Tür und blieb wie angewurzelt stehen. Was war das? Seine Knie zitterten. Sandra schob ihn beinahe in den Raum. Dort saßen – nein, das konnte einfach nicht sein.

Seine Kollegen, die er erst vor 14 Tagen verabschiedet hatte, Wiebke, Arndts Frau, und sogar sein Chef Müller – sie alle schauten ihn strahlend an. Die Ärztin Ellen Neubert, Maik Bernhardt und Axel Meinders saßen mit Tim Seebald und Eva Hinrichs an einem Tisch und winkten ihm fröhlich zu.

Was sollte das? Warum waren sie alle hier? Hatten Henning und Birgit sie alle zum Saisonende eingeladen? Aber warum dann auch seinen Chef Müller, der bisher noch nie auf der Insel gewesen war, wenn er sich recht erinnerte? Auch Martin Brinkmann und Lars Haltegrund, die als Spurensicherungsexperten so manchen Fall mit aufgedeckt hatten, waren da. Er konnte es nicht fassen. Alle Gesichter waren ihm wohlbekannt.

Die *Emilys* machten Pause, und sein Freund Arndt kam auf ihn zu. »Da staunst du, was?«

Röder blieb nur ein Nicken, denn seine Stimme funktionierte nicht.

»Dir ist klar, warum wir alle hier sind? Ich sehe schon, nein. Ich erkläre es dir. Es sind genau 15 Jahre her, dass du deinen Dienst auf der Insel angetreten und den ersten Fall mit uns hier gelöst hast. Natürlich wohnten damals nicht alle, die heute Abend hier versammelt sind, schon auf Baltrum.« Er deutete auf Salomon Bartels und Hanna Goedeke. »Aber diese Menschen haben dich in den letzten Jahren begleitet.«

Logisch. Jetzt wusste er auch, was Florian, Hannas Sohn, gemeint hatte, als er erwähnte, dass außer der Hochzeit der beiden eine weitere Party stattfinden würde, und Hanna ihn daraufhin böse angeschaut hatte. Florian hatte es gewusst. Alle hatten es gewusst. Auch Sandra? Er schaute kurz zu seiner Frau und war sich sicher.

»Natürlich ist ein 15-Jähriges nicht unbedingt ein Jubiläum, das gefeiert wird. Aber wir haben es zum Anlass genommen zusammenzukommen. Sandra und Wiebke hatten die Idee, und alle haben begeistert zugesagt«, fuhr Arndt fort. »Was also sagst du?«

»Ich … ich bin so platt, mir fehlen die Worte. Aber dass ihr alle dichtgehalten habt, das wird noch ausdiskutiert«, erwiderte Michael schwach.

»Aber erst trinken wir einen.« Henning, Birgit und Kenny standen mit großen Tabletts im Raum.

»Ich bin dabei.« Enna Klar, die Leiterin des Nationalparkhauses stand auf und nahm sich ein Bier. »Wer zuerst kommt …«

»Es war übrigens nicht so einfach, wie du vielleicht meinst«, sagte Arndt und nahm ebenfalls ein Glas. »Eigentlich war alles für das letzte Wochenende geplant. Die Dienste abgesprochen, die *Emilys* bestellt und so weiter. Aber du hast ja unbedingt darauf bestanden, deine Vespa-Tour zu machen. Da mussten wir spontan alles ändern. Aber wir haben es geschafft.«

»Jetzt leuchtet mir ein, warum ihr alle immer so seltsam geschaut habt, wenn ich meinen Ausflug erwähnt habe. Aber plötzlich war es vorbei. Da habt ihr mir ganz entspannt zugehört und mir sogar Ideen für weitere Ausflugsziele mit auf den Weg gegeben. Und ich konnte mir keinen Reim darauf machen.« Michael Röder holte tief Luft. »Ich freue mich, euch alle zu sehen, und wir werden einen ganz besonders schönen Abend haben. Danke, dass ihr gekommen seid. Danke auch an Max und die *Emilys*.« Für die Öffentlichkeit hieß der Vormann der Band Billy Blackwell. Aber jetzt waren sie privat. Da war es Max. Fertig. Sandra und Michael setzten sich zu Arndt und Wiebke. Kurz, aber nur ganz kurz schlich sich der Gedanke bei ihm ein, wer diesen Abend wohl bezahlen würde. Aber es war ihm eigentlich egal. Denn so richtig konnte er immer noch nicht glauben, was da gerade ablief. Lag er in Wirklichkeit auf dem Sofa in der Dienstwohnung und alles war nur ein Traum?

Dass dem nicht so war, machte Wille klar. »Im Laufe des Abends wird sicher noch der eine oder andere Insulaner auftauchen«, rief sein Kollege in den Raum. »Aber jetzt habe ich euch etwas mitzuteilen, von dem ich hoffe, dass es euch die Feierlaune nicht verdirbt.« Er deutete auf eine Frau neben sich, die Röder wohl als Einzige in diesem Raum nicht kannte. »Nach längeren Überlegungen haben meine Frau Kerstin und ich beschlossen, dass ich den Posten auf Baltrum annehme. Wir werden in zwei Monaten ganz und gar auf die Insel ziehen, in der Hoffnung, dass die *GENOBA* eine Wohnung für uns hat.«

Das gab es nicht. Hörte es denn gar nicht auf mit den Überraschungen? Als Röder seinen Kollegen das letzte Mal befragt hatte, hatte der nur ausweichend geantwortet, sodass er eigentlich nicht mit dessen Zusage gerechnet hatte. Es war schließlich auch kein einfacher Schritt.

Der Inselpolizist stand auf, umarmte Wille und begrüßte dessen Frau. »Herzlich Willkommen, Kerstin. Ich bin Michael. Ich freue mich. Ich freue mich sehr.«

»Wir uns ebenfalls«, lachte Wille. »Aber jetzt setz dich und hör zu. Wir haben uns etwas Besonderes ausgedacht. Max wird sein Mikrofon an Gero für einen besonderen Auftritt weitergeben. Was wirst du uns singen, lieber Kollege?«

Gero stand auf. »Ist doch klar: *It's Now Or Never* von unserem Elvis. Wie es sich gehört in diesem Raum und mit dieser Band. Danach übernehmen wieder die *Emilys*, und später wird getanzt bis in den frühen Morgen.«

»Dann hoffen wir mal, dass kein Einsatz diese Party beendet«, lachte Michael und gab seiner Frau einen Kuss. »Danke.«

ENDE

Oberkommissar Michael Röder ermittelt:

1. Fall: Endstation Baltrum
ISBN 978-3-8392-2908-8

2. Fall: Dornröschen muss sterben
ISBN 978-3-8392-2905-7

3. Fall: Baltrumer Bärlauch
ISBN 978-3-8392-2896-8

4. Fall: Baltrumer Dünengrab
ISBN 978-3-8392-2656-8

5. Fall: Baltrumer Eiszeit
ISBN 978-3-8392-2899-9

5. Fall: Baltrumer Bitter
ISBN 978-3-8392-2898-2

6. Fall: Baltrumer Bescherung
ISBN 978-3-8392-2897-5

6. Fall: Baltrumer Kaninchenkrieg
ISBN 978-3-8392-2901-9

7. Fall: Baltrumer Maskerade
ISBN 978-3-8392-2903-3

10. Fall: Baltrumer Badezeit
ISBN 978-3-8392-2893-7

11. Fall: Baltrumer Krimitage
ISBN 978-3-8392-2902-6

12. Fall: Baltrumer Glockenschlag
ISBN 978-3-8392-2900-2

13. Fall: Baltrumer Wattenschmaus
ISBN 978-3-8392-2562-2

14. Fall: Baltrumer Dünensingen
ISBN 978-3-8392-2794-7

15. Fall: Baltrumer Zukunft
ISBN 978-3-8392-0103-9